INSELFALLE

Rieke Husmann, Jahrgang 1976, aufgewachsen in Emden/Ostfriesland, lebt heute mit ihrer Familie in Oldenburg. Nach dem Pädagogikstudium war sie in verschiedenen Einrichtungen tätig und arbeitet heute als Referentin in der Erwachsenenbildung.

RIEKE HUSMANN

INSELFALLE

Kriminalroman

emons:

Bibliografische Information der Deutschen Nationalbibliothek
Die Deutsche Nationalbibliothek verzeichnet diese Publikation
in der Deutschen Nationalbibliografie; detaillierte bibliografische
Daten sind im Internet über http://dnb.d-nb.de abrufbar.

© Emons Verlag GmbH
Alle Rechte vorbehalten
Umschlagmotiv: istockphoto.com/Rike_, istockphoto.com/
Philip Thurston, istockphoto.com/soleg
Gestaltung Innenteil: DÜDE Satz und Grafik, Odenthal
Druck und Bindung: CPI – Clausen & Bosse, Leck
Printed in Germany 2024
ISBN 978-3-7408-2116-6
Originalausgabe

Unser Newsletter informiert Sie
regelmäßig über Neues von emons:
Kostenlos bestellen unter
www.emons-verlag.de

1

Hella Brandt rekelte sich im Strandkorb. War sie eingeschlafen? Sie beugte sich nach vorne und suchte den Strand nach Leon und ihrer Tochter Jella ab, ohne sie zu finden. Sie ließ sich in den Korb zurückfallen und schloss die Augen. Wie lange waren sie jetzt schon auf Spiekeroog? Es kam ihr vor, als würde ihr Urlaub bereits Monate dauern. Sie hatte Leon vor der Abreise versprochen, das Handy lediglich einmal am Tag anzustellen und sich voll und ganz auf die Zeit mit der Familie zu konzentrieren. Es waren herrliche drei Wochen gewesen, die in vier Tagen zu Ende gehen würden. Hella mochte nicht daran denken, zurück in den hektischen Alltag zu kommen – das morgendliche Aufstehen, die Fahrt zum Kindergarten, die Absprachen, wer Jella am Nachmittag abholen würde, die Angst, es wieder mal nicht zu schaffen und Leon bitten zu müssen, eher aus Wilhelmshaven zurückzukommen.

Sie warf einen Blick in den Himmel. Für Ende August und Anfang September hatten sie warme und trockene Sonnentage gehabt mit Temperaturen bis zu fünfundzwanzig Grad. Eine Seltenheit für die Ostfriesischen Inseln, die sich in aller Regel mit ein paar Grad weniger als auf dem Festland begnügen mussten. Als kleine Entschädigung hielten sich Regenwolken meist nur kurz über den Inseln auf und wurden vom Wind in die eine oder andere Richtung davongetragen.

»Aufgewacht?«, riss Leons Frage Hella aus ihren Gedanken.

Sie sah ihre beiden Liebsten auf sich zukommen. Jella, die im nächsten Jahr vier Jahre alt werden würde, kroch zu Hella in den Strandkorb und kuschelte sich an sie. Leon ließ sich vor den beiden in den Sand fallen.

»Was kochen wir heute?«, fragte er. »Oder gehen wir in die Pizzeria?«

»Pizza!«, rief Jella und richtete sich im Strandkorb auf.

Hella lachte. »Meinetwegen können wir gerne Pizza essen. Wir waren auch schon fast eine Woche nicht mehr da.«

»Also abgemacht«, sagte Leon und sah auf die Uhr. »Eine halbe Stunde noch, dann gehen wir los.«

Sie traten aus dem italienischen Restaurant, in dem sie die letzte Stunde verbracht hatten. Leon schlug mit Blick auf Jellas müde Augen vor, einen Mittagsschlaf zu machen.

»Willst du laufen oder in den Bollerwagen?«, fragte Hella ihre Tochter, die unschlüssig vor dem auf Spiekeroog üblichen Holzwagen stand.

»Fahren natürlich«, sagte Leon und hob Jella mit Schwung hoch, gab ihr einen Kuss und setzte sie vorsichtig in den Wagen. »Auf geht's!«

Hella fuhr einen kleinen Umweg über den Süderloog, um nicht an der Eisdiele vorbeizukommen. Normalerweise legte sie hier eine Schlemmerpause ein, aber Leons warnender Blick hatte ihr in Erinnerung gerufen, dass Jella dringend ins Bett musste, bevor sie ihnen im Bollerwagen einschlief.

»Wir sind gleich da«, rief Hella ihrer Tochter zu, deren Augen immer wieder zufielen. »Wollen wir heute Nachmittag wieder zum Strand, Jella?«

Das kleine Mädchen nickte, antwortete aber nicht.

Auf Leons Wink hielt sie an, er hob Jella aus dem Wagen und trug sie die letzten Meter bis zu ihrem Ferienhaus.

Als sie den Lütt Pad passierten, sah Hella aus dem Augenwinkel einen Mann auf dem Fahrrad winken. Sie drehte sich zu ihm um und erkannte Gerrit Eilers, den Inselpolizisten, mit dem sie bereits in zwei ihrer Fälle zusammengearbeitet hatte. Sie rief Leon zu, dass sie nachkommen würde, und wartete auf ihren Kollegen.

Der große, stämmige Mann stieg von seinem Fahrrad, stellte es auf den Ständer und eilte auf Hella zu. »Gut, dass ich Sie noch treffe, Frau Brandt. Ich war schon auf dem Rückweg von Ihrem Ferienhaus.«

Hella schluckte. Sie ahnte, dass der Inselpolizist ihr nicht nur einen guten Tag wünschen wollte, sondern etwas passiert sein musste.

»Ich weiß natürlich, dass Sie in Urlaub sind, aber vielleicht können Sie eine halbe Stunde Ihrer Zeit opfern.« Er war immer noch außer Atem und hatte schnell gesprochen.

»Um was geht es?«, fragte Hella.

»Ein älterer Herr. Er wurde heute Vormittag von seiner Putzfrau tot aufgefunden.«

»Ein Urlauber?«

»Nein, Rüdiger Scharff lebte auf Spiekeroog.«

»Schon länger?«

»Der Inselarzt, also Dr. Janssen, meinte, dass es schon achtzehn Jahre sind. Die Putzfrau hat ihn angerufen, er ist gleich gekommen und hat mich dann dazugeholt.«

»Es gibt also einen Anfangsverdacht?« Hella wunderte sich, dass ihr Inselkollege so durcheinander war. Sie kannte ihn als sehr ruhigen und strukturierten Beamten.

»Ja, Dr. Janssen denkt, dass Herr Scharff erstickt worden sein könnte. Die Anzeichen sind nur gering, aber bevor …« Er ließ den Satz in der Luft hängen.

Hella wusste natürlich, warum er sie angesprochen hatte: kurzer Dienstweg, die Leiterin der zuständigen Kriminalpolizei macht auf der Insel Urlaub – was liegt da näher, als sie direkt zu holen? Sie seufzte innerlich auf. Leon würde nicht begeistert sein. Zu Recht. Nicht umsonst hatte sie das Handy ausgeschaltet im Ferienhaus liegen.

»Ich bringe kurz den Bollerwagen zum Haus und sage meinem Mann Bescheid. Dann komme ich nach. Wo wohnt Herr Scharff?«

Hella lief den Noorderloog entlang und bog kurz hinter der Künstlerherberge nach rechts ab. Leon hatte Jella bereits ins Bett gelegt und gerade Tee gekocht, als sie ihm die nicht so frohe Nachricht überbringen musste. Knurrend hatte er zugestimmt.

Das Haus lag etwas abseits des Weges und grenzte unmittelbar an die für Spiekeroog so typischen Braundünen. Ein schmaler, an beiden Seiten zugewachsener Weg führte zur Eingangstür, die angelehnt offen stand. Hella betrat das Gebäude, ohne etwas zu berühren. Auf dem Flur kam Gerrit Eilers ihr entgegen und reichte ihr Latexhandschuhe und Schuhschützer, die sie überstreifte. Er wandte sich ab und führte Hella in ein Wohnzimmer, dessen deckenhohe Fenster den Blick in die Dünenlandschaft freigaben.

Auf einem großen Sofa lag ein Mann. Er war vollständig bekleidet, die Wolldecke, mit der er vermutlich ursprünglich zugedeckt gewesen war, türmte sich jetzt über seinen Beinen. Auf einem Stuhl saß Dr. Janssen, den Hella flüchtig kannte. Er stand auf, sie begrüßten sich.

»Das ging ja schnell«, sagte der Inselarzt.

»Ich bin eigentlich in Urlaub«, sagte Hella mit Blick auf den Toten. Seine Augen waren geöffnet, ansonsten sah es aus, als sei er im Schlaf gestorben oder in einer ruhigen Minute beim Ausruhen.

»Das tut mir leid«, sagte Dr. Janssen und zeigte auf den Kopf des Toten. »Wenn mich nicht alles täuscht, habe ich in seinen Augen Anzeichen eines Erstickungstodes gefunden.« Er beugte sich hinunter. »Sehen Sie hier. Im rechten Auge sind leichte Staublutungen zu erkennen.«

»Ja, ich stimme Ihnen da zu.« Hella schaute sich im Zimmer um. »Lag in der Nähe ein Kissen?«

Gerrit Eilers räusperte sich. »Auf dem Stuhl, der an dem kleinen Tisch dort steht. Ich habe es bereits eingetütet.« Er hob einen großen Plastikverschlussbeutel hoch, in dem sich ein etwa fünfzig mal fünfzig Zentimeter großes Kissen befand.

Hella sah es sich von allen Seiten an und zeigte auf mehrere Stellen. »Das könnte tatsächlich auf sein Gesicht gepresst worden sein.« Sie wandte sich wieder dem Inselarzt zu. »Wie sicher sind Sie sich?«

Er hob beide Hände. »Nun, ich bin kein Rechtsmediziner

und will mich auch nicht zu weit aus dem Fenster lehnen, aber ich werde auf dem Totenschein ›Todesursache ungeklärt‹ ankreuzen.«

Hella nickte. »Das reicht. Ich informiere die Kollegen in Wittmund.«

Nachdem Hella ihren Stellvertreter Torsten Peters nicht erreichen konnte, ließ sie sich zu Alina Becker durchstellen. Die junge Kommissarin hatte bereits in einigen großen Fällen mit Hella zusammengearbeitet und war zunächst irritiert, dass Hella sie aus dem Urlaub anrief. In kurzen Worten berichtete Hella ihr von der Situation auf Spiekeroog und bat Alina, Torsten Peters zu informieren und den Abtransport der Leiche nach Oldenburg in die Rechtsmedizin zu organisieren.

»Roland rufe ich jetzt gleich selbst an«, sagte Hella. Roland Radmeier war der Leiter der Kriminaltechnik, die in Aurich ihren Sitz hatte.

»Sollen Lars und ich kommen?«, fragte Alina. Lars Mattes war Alinas Lebensgefährte und ebenfalls Kommissar im Wittmunder Polizeikommissariat.

»Das muss Torsten entscheiden. Ich gehe aber davon aus, dass er euch beide schickt.«

Nachdem sie sich verabschiedet hatten, rief Hella in Aurich an.

»Ich dachte, du bist in Urlaub. Spiekeroog, richtig?«

»Noch vier Tage. Du wirst hier gebraucht. Ein ungeklärter Todesfall. Im Moment sieht alles danach aus, dass der alte Herr erstickt worden ist.«

Der Kriminaltechniker seufzte theatralisch. »Da denkt man, du rufst mich nett aus deinem Urlaub an, und schon hat man wieder Arbeit an der Backe.«

»Wann kommst du? Spiekeroog hat jetzt Schnellfähren. Es sollte für euch kein Problem sein, am späten Nachmittag wieder zurück auf dem Festland zu sein.«

»Ich melde mich. Bis später.«

Zurück im Ferienhaus fand Hella Leon und Jella im Garten. Ihre Tochter aß ein Eis, Leon trank Kaffee. Hella holte sich eine Tasse aus der Küche und setzte sich zu den beiden.

»Alina und Lars werden wohl gleich eintreffen, die Kriminaltechnik ist auch auf dem Weg.«

Leon nickte, schwieg aber.

»Ich muss mich um nichts kümmern. Die beiden machen das.«

Erneut nickte Leon.

»Hey, hätte ich ablehnen sollen? Gerrit Eilers war unsicher, was er machen soll. Jetzt sollte aber alles anlaufen.«

»Sind die ersten achtundvierzig Stunden nicht die wichtigsten?«, fragte Leon.

»Ach, das kommt aus den Lehrbüchern. Klar, die meisten Tötungsdelikte in Deutschland haben ihre Ursachen in der näheren Umgebung des Opfers.« Sie grinste. »Du weißt schon, der Gärtner ist immer der …«

»… Mörder«, vervollständigte Leon.

Natürlich hatte Leon recht damit, dass die ersten Stunden nach Auffinden eines Todesopfers ausgesprochen wichtig waren. Zeugen waren noch nicht von außen beeinflusst, Verdächtige hatten sich noch kein tragfähiges Alibi zurechtgelegt und keine Zeit gehabt, sich mit anderen Personen abzusprechen. Spuren waren noch frisch und mussten gesichert und schnellstmöglich ausgewertet werden. Allerdings gab es auch Fälle, die erst nach den ersten Ermittlungstagen in Fahrt kamen. Hella hatte in ihrer Karriere einige von ihnen erlebt.

»Ein Tag wäre okay«, sagte Leon in die entstandene Stille hinein. Er strich Jella zärtlich über die Haare. »Wir wollten sowieso einen Vater-Tochter-Tag einlegen.«

»Sicher?«, fragte Hella. »Ich kann mich auch vollkommen raushalten. Die beiden schaffen das auch alleine.«

Leon wiegte den Kopf hin und her. »Aber mit den Gedanken wärst du doch immer beim Fall. Morgen ist schon okay.«

Hella beugte sich vor und küsste Leon. »Danke!«

Auf dem Weg zum Strand schrieb Hella Alina eine Nachricht, dass sie am nächsten Tag eine Urlaubspause einlegen würde, um auf Spiekeroog die Befragungen zu unterstützen. Alina antwortete, dass sie gerade angekommen seien und Gerrit Eilers sie vom Hafen abgeholt habe. Sie schlug ein Treffen um acht Uhr am nächsten Morgen in der Polizeistation vor. Hella sagte zu.

»Läuft alles?«, fragte Leon, dem nicht entgangen war, dass Hella Nachrichten verschickte.

»Sie sind gerade angekommen. Morgen früh um acht treffen wir uns dann. Bis dahin ist Funkstille.« Hella stellte das Handy aus und legte es weit nach unten in ihren Rucksack.

»Hast du noch einmal über das Sabbatjahr nachgedacht?«, fragte Leon, als sie am Abend im Garten saßen, jeder ein Glas Weißwein in der Hand. Seit sie auf Spiekeroog waren, hatte keiner von ihnen das Thema angesprochen, aber in den Monaten davor war die Frage nach einer Auszeit immer wieder aufgekommen. Als Hella Leon kennengelernt hatte, tourte er als Surflehrer durch die halbe Welt, im Sommer auf Spiekeroog, im Herbst, Winter und Frühjahr in anderen Surf-Regionen der Welt, immer dort, wo es gerade warm war und es Wellen gab.

»Nachgedacht immer wieder, entschieden noch nicht«, antwortete Hella. Sie verschwieg, dass sie bisher das Thema für sich umgangen hatte und keinen Weg wusste, sich damit konstruktiv auseinanderzusetzen.

»Was stört dich am meisten an dem Gedanken, dieses Land für ein Jahr zu verlassen?«

Hella zuckte mit den Schultern. »Es klingt so endgültig. So, als würden wir nicht zurückkehren.«

»Wir haben hier ein Haus, zwei Jobs, es ist unsere Sprache, die hier gesprochen wird. Heimat halt. Kommt man da nicht immer hin zurück?«

»Vermutlich ja, aber die Frage ist nur, wann wir wieder nach Hause kommen«, warf Hella ein.

»Dann, wenn wir es für richtig halten. Du, ich und Jella. Das können wir unmöglich jetzt entscheiden. Weißt du, ob dir hier nicht in einem halben Jahr oder in zwei die Decke auf den Kopf fällt und du dringend eine Luftveränderung brauchst? Nein, das weißt du nicht. Es gibt Menschen, die brauchen diese Sicherheit, für immer am gleichen Platz zu bleiben, den gleichen Job, die gleichen Gesichter. Das ist vollkommen in Ordnung, aber gehören wir dazu?«

»Du bestimmt nicht«, sagte Hella. »Bei mir bin ich da nicht so sicher.« Zum ersten Mal hatte sie den Gedanken ausgesprochen. Aber wollte sie eigentlich in Ostfriesland bleiben? In der Region, in der sie aufgewachsen war? Erst vor einem Jahr hatte sie sich ihren Eltern vorsichtig wieder angenähert. Da Leons Eltern im Ausland wohnten, sah Jella ihre Großeltern väterlicherseits nur ganz selten. Ihre Eltern lebten nur eine gute Stunde Autofahrt von ihnen entfernt. Jella hatte immer wieder nach ihnen gefragt, und irgendwann hatte Hella ihren Widerstand aufgegeben und ihre Mutter angerufen. Es war ein schwieriges Gespräch geworden, keiner von ihnen konnte die Vergangenheit auf Knopfdruck ausschalten.

Als Hella mit fünfzehn Jahren schwanger geworden war, hatten ihre Eltern sie dazu gedrängt, ihr Kind zur Adoption freizugeben. Hella fühlte sich alleine und im Stich gelassen und gab schließlich dem Druck ihrer Eltern nach. Erst vor wenigen Jahren hatte sie ihren Sohn wiedergefunden. Benjamin war inzwischen erwachsen, hatte gerade sein Studium abgeschlossen und lebte mit seinem Lebensgefährten in Berlin. Zu Beginn ihres Spiekeroog-Urlaubs hatte er sie mit Luis für einen Tag besucht. Sie hatten Pläne gemacht und überlegt, eine ganze Woche zu fünft zu verreisen. Nach Australien oder Hawaii würden die beiden sicher nicht mitkommen.

»Ich bin mir bei dir auch sicher«, sagte Leon. »Im Grunde genommen bist du ein genauso freiheitsliebender Mensch wie ich. Du lässt es nur selten zu. Sehr selten.«

Hella lächelte. Wahrscheinlich hatte Leon recht. Sie wusste aber auch, dass sie ein starkes Bedürfnis nach Geborgenheit und

Sicherheit hatte. Welche Seite am Schluss den Ausschlag geben würde, lag für sie vollkommen im Dunkeln.

»Ich möchte, aber dann möchte ich doch lieber nicht«, versuchte sie ihre Gefühle zu beschreiben. »Das ist ein ständiger Kampf, und im Moment laufe ich eher vor der Entscheidung davon. Ich habe nicht die geringste Ahnung, wie ich das ändern soll.«

Leon stand auf und ging nach hinten zum Kühlschrank. Mit der Flasche Wein in der Hand kam er zurück zum Tisch, schenkte ihnen beiden ein und setzte sich wieder.

»Vielleicht schaffen wir es zusammen. Wenn wir ehrlich über unsere Pläne reden. Ich werde dir nicht böse sein, wenn du dich gegen das Sabbatjahr entscheidest. Dann finden wir andere Wege, um mit der Situation umzugehen.«

»Ja, du hast recht. Ich darf das nicht nur mit mir selbst abmachen. Das funktioniert nicht und führt zu noch mehr Frust.«

Leon hob sein Glas und stieß mit ihr an. »Also abgemacht: Wir entscheiden es gemeinsam. Es gibt keinen Druck und keinen Termin.«

Hella atmete erleichtert auf. »Ja, vielleicht ist das ein Weg.«

2

Um kurz vor acht Uhr ging Hella auf der breiten Straße Richtung Fährhafen, um Alina und Lars abzuholen. Als sie das Ferienhaus verlassen hatte, hatten Leon und Jella noch tief und fest geschlafen. Sie würden in etwa einer Stunde aufstehen, beim Bäcker Brötchen holen, anschließend in Ruhe frühstücken und dann zum Strand aufbrechen. Bereits jetzt waren die Temperaturen auf knapp zwanzig Grad gestiegen.

Alina und Lars liefen als letzte Gäste über die Gangway auf den Kai, begrüßten Hella beide mit einer Umarmung und nahmen sie in die Mitte, als sie langsam aufs Dorf zugingen.

»Wie ist der Stand?«, fragte Hella, die sich am Abend zuvor gezwungen hatte, nicht in Wittmund anzurufen, um ihre Neugier zu befriedigen.

»Die Leiche wird heute Morgen obduziert«, sagte Alina. »Ich habe gestern noch mit Frau Dr. Wolters gesprochen. Sie lässt dich übrigens grüßen. Wir werden also spätestens gegen Mittag aus der Rechtsmedizin mündlich die ersten Ergebnisse bekommen.«

»Okay, das wäre gut, bevor wir hier zu viel Wirbel machen.«

Alina nickte. »Rüdiger Scharff lebte alleine, er war ledig und nie verheiratet. Dass er seit achtzehn Jahren auf Spiekeroog ist, hast du schon gehört. Er hat seinerzeit das heruntergekommene Haus gekauft und es komplett renovieren und ausbauen lassen. Scharff hat die deutsche Staatsangehörigkeit, war aber vor Spiekeroog lange Zeit im Ausland gemeldet.«

»Was hat er da gemacht?«

»Ist nicht bekannt beziehungsweise konnten wir bisher nicht herausbekommen. Ich vermute, dass er eine Art Berater war und für viele unterschiedliche Firmen gearbeitet hat. Da er zu der Zeit steuerlich nicht in Deutschland erfasst war, wird es schwer, das so einfach nachzuvollziehen. Rente bezog Scharff übrigens nicht.«

»Irgendwo muss er ja das Kapital fürs Haus und sein Leben auf Spiekeroog herhaben. Habt ihr noch mehr herausgefunden?«

»Kinder oder andere nahe Verwandte gibt es offenbar keine«, übernahm Lars den Berichtpart. »Seine Eltern leben nicht mehr, Geschwister hatte er nicht. Wir haben von daher auch niemanden über seinen Tod informiert. Um sein Erbe wird sich ja das Nachlassgericht kümmern.«

»Klingt alles sehr geheimnisvoll. Hatte er auf der Insel Kontakte?«

»Die Reinigungskraft war gestern zu aufgelöst, um uns relevante Informationen geben zu können«, sagte Lars. »Wir versuchen es gleich noch einmal. Sie kommt gegen neun in die Polizeistation.«

»Allerdings hat Gerrit Eilers uns eine Person genannt, mit der Scharff seiner Meinung nach viel Kontakt hatte«, fuhr wieder Alina fort. »Unser Kollege hat sie schon mehrfach zusammen gesehen.« Sie hatten fast das Dorf erreicht. Alina zog ihr Notizbuch aus der Tasche. »Dörte Dirksen, zweiundsiebzig, ehemals Grundschullehrerin auf Spiekeroog. Ihr Mann ist vor dreizehn Jahren an Krebs verstorben. Gerrit Eilers vermutet sogar, dass die beiden ein Paar gewesen sein könnten.«

»Sie lebt auf der Insel?«

»Ja, laut unserem Inselkollegen ist sie auch nicht verreist. Du willst mit ihr sprechen?«

Hella nickte. »Ich komme kurz mit in die Polizeistation und melde mich dann bei der Dame an.«

Vor Dörte Dirksens Haus stand ein Schaukasten, der die Ferienzimmer in ihrem Haus bewarb. Die Zimmer schienen nicht sehr groß zu sein, strahlten aber auf den Fotos eine wohlige Wärme aus. Der Frühstücksraum lag im für Spiekeroog typischen Vorbau des Hauses und wirkte genauso behaglich wie die Zimmer.

Als Hella auf die Eingangstür zutrat, wurde sie von innen geöffnet. Eine attraktive Frau, die Hella allenfalls auf Mitte sechzig geschätzt hätte, lächelte sie an, stellte sich als Dörte Dirksen vor und bat sie herein.

»Trinken Sie eine Tasse Kaffee mit mir? Oder möchten Sie lieber Tee?«

»Zu Kaffee sage ich nicht Nein«, antwortete Hella und folgte ihrer Gastgeberin in die Wohnküche des Hauses. »Wie viele Ferienzimmer haben Sie?«

»Nur vier. Ein kleines Zubrot zu meiner Pension. Und vor allem eine Beschäftigung. Ich war mein Leben lang berufstätig und konnte mir nach dem frühen Tod meines Mannes nicht vorstellen, untätig zu Hause herumzusitzen. Mit der Lebensversicherung habe ich das Haus ausgebaut, und seit über zehn Jahren bin ich nun Pensionswirtin.«

Dörte Dirksen reichte Hella den Becher Kaffee, den sie auf Hellas Wunsch zur Hälfte mit aufgeschäumter heißer Milch aufgefüllt hatte, und setzte sich zu ihr an den Tisch.

»Gerrit hat mir am Telefon gesagt, dass es um Rüdiger geht. Ich habe natürlich schon gehört, dass er gestorben ist. Gerrit wollte mir nicht sagen, warum sich die Polizei jetzt darum kümmert. Stimmen etwa die Gerüchte, dass Rüdiger …?« Sie ließ den Satz unvollendet.

»Im Moment können wir nicht ausschließen, dass Herr Scharff getötet wurde.«

Dörte Dirksen schluckte schwer und sah sie fassungslos an. »Aber wer …? Wir leben hier auf einer Insel. Sind Sie sicher?«

»Der Leichnam von Herrn Scharff wird gerade in Oldenburg obduziert. In ein paar Stunden werden wir mehr wissen.«

»Sie sind sich relativ sicher, oder?«, fragte Dörte Dirksen noch einmal.

Hella nickte. »Darf ich Ihnen ein paar Fragen zu Herrn Scharff stellen?«

»Ja, natürlich.«

»Sie waren seit längerer Zeit befreundet?«

»Das ist richtig. Wir kannten uns eigentlich, seit Rüdiger nach Spiekeroog gezogen ist. Auf einer Veranstaltung sind mein

Mann Walter und ich mit Rüdiger ins Gespräch gekommen und haben uns ab da gegenseitig besucht. Rüdiger konnte gut kochen, Walter war ebenfalls Hobbykoch. Im Grunde genommen waren die beiden Männer befreundet, ich war mehr Begleitung. Das hat sich geändert, als mein Mann krank geworden ist. Bauchspeicheldrüsenkrebs.« Dörte Dirksen schloss kurz die Augen, bevor sie fortfuhr. »Walter hatte ab der Diagnose gerade noch zwei Monate zu leben. Ich war am Boden zerstört, und ich weiß nicht, wie das ohne Rüdiger alles ausgegangen wäre. Er war für mich da, hat meinen Alltag organisiert, und er war es, der auf die Idee mit der Pension kam. Auch dabei hat er mir geholfen. Als das Geld von der Versicherung auf sich warten ließ, hat er mir sozusagen einen Freundschaftskredit gegeben. Damit konnte ich mit dem Ausbau schon anfangen. Als die ersten Gäste kamen, stand er morgens in meiner Küche und hat beim Frühstück geholfen. Und das alles, ohne jemals auch nur einen Cent anzunehmen.«

»Darf ich fragen, ob Sie ein Paar waren?«

Dörte Dirksen lächelte. »Dürfen Sie. Und nein, wir waren Freunde, sehr, sehr gute Freunde. Rüdiger hat mir nie Avancen gemacht, und ich wäre auch nicht dafür empfänglich gewesen. Nicht, weil ich ihn nicht attraktiv fand, nein, ganz und gar nicht. Aber nach dem Tod meines Mannes war ich viele Jahre nicht für eine neue Beziehung bereit. Und später … Es war gut so, wie es war. Ich glaube, wir beide wollten daran nichts ändern und auch kein Risiko eingehen. Jede Beziehung bedeutet nicht nur Glück, sondern auch viel Arbeit, und es gibt keine Garantie auf Erfolg. Sie verstehen sicher, was ich meine.«

»Ja, durchaus.« Hella hielt kurz inne. »Sie standen Herrn Scharff also sehr nahe.«

»Auf jeden Fall.«

»Wir haben keine Angehörigen ausfindig gemacht, die wir benachrichtigen können.«

»Rüdiger war Einzelkind. Seine Eltern sind vor langer Zeit gestorben, von weiteren Verwandten hat er nie gesprochen.

Sollte es welche geben, hatte er zumindest keinerlei Kontakt zu ihnen. Rüdiger hat immer gesagt, er sei der Letzte seiner Sippe. Was immer das auch heißen mag.«

»Nach unseren Informationen hat Herr Scharff lange im Ausland gelebt. Ist das richtig?«

Dörte Dirksen nickte. »Das stimmt. Bevor Rüdiger sich auf Spiekeroog niedergelassen hat, war er seit seinem frühen Erwachsenenalter im Ausland unterwegs.«

»Unterwegs? Das klingt nicht nach einem festen Wohnsitz.«

»Zumindest keinem für viele Jahre. Rüdiger hat für Firmen in aller Welt gearbeitet. Als externer Berater.« Sie hob schützend die Hände. »Aber fragen Sie mich jetzt nicht, was und wen er beraten hat. Ich weiß es schlicht nicht und muss zu meiner Schande auch sagen, dass ich nie nachgefragt habe.«

»Von sich aus hat Herr Scharff Ihnen nichts über sein Leben vor Spiekeroog erzählt?«

Dörte Dirksen warf Hella einen erstaunten Blick zu. »Sie sind eine gute Zuhörerin. Ja, Rüdiger war niemand, der groß über sein altes Leben gesprochen hat. Er sagte einmal, dass er mit dem Teil abgeschlossen habe. Er sprach von einem Schlussstrich und von einem neuen Leben. Er liebte die Nordsee seit seiner Kindheit. Auf Spiekeroog ist er schon mit acht Jahren gewesen. Zusammen mit seinen Eltern hat er hier einen Sommer verbracht. Damals war Spiekeroog noch schwer zu erreichen. Den Hafen gab es noch nicht. Die Schiffe legten an einem langen Steg an, und die Gäste wurden mit der Inselbahn ins Dorf gebracht.«

»Ja, ich kenne die Geschichte der Insel«, sagte Hella. »Herr Scharff hat Ihnen also nie erzählt, was und wo er gearbeitet hat?«

»Nein. Und wie gesagt, ich habe auch nicht nachgehakt.« Dörte Dirksen sah sie fragend an. »Meinen Sie denn, dass er deshalb …? Das ist doch so viele Jahre her, das kann ich mir nicht vorstellen.«

»War Herr Scharff häufiger auf dem Festland? Auch für längere Zeit?«

»Hin und wieder müssen wir alle für die eine oder andere Sache aufs Festland fahren. Allein wegen Besuchen bei Fachärzten, aber auch, um Kleidung zu kaufen. Das ist doch ganz normal.« Sie runzelte die Stirn. »Aber das war nicht Ihre Frage, oder? Nun gut, in den letzten Jahren war Rüdiger sehr selten auf dem Festland. Ich kann mich nur an wenige Fahrten erinnern, die länger als einen oder zwei Tage gedauert haben. Seit wir die Schnellfähren haben, ist das mit den Gezeiten ja nicht mehr ganz so einschränkend. Also, wenn Rüdiger überhaupt länger fort war, dann höchstens für eine, allenfalls zwei Nächte.«

»Sie hatten so engen Kontakt, dass Sie das mitbekommen haben?«

Dörte Dirksen nickte. »Wenn Rüdiger über Nacht blieb, habe ich bei ihm im Haus nach dem Rechten geschaut und auch mal seine Blumen gegossen. Er hat mir eigentlich immer mitgeteilt, wenn er aufs Festland fuhr.«

»Sie sprachen von den letzten Jahren. Davor war er häufiger unterwegs?«

»Da kam es vor, dass er auch mal mehrere Nächte blieb. Er fuhr damals gerne nach Hamburg. Er hat mir erzählt, dass er die Stadt liebt, aber niemals mit so vielen Menschen auf engem Raum zusammenleben möchte.« Dörte Dirksen warf Hella einen unsicheren Blick zu. »Ich bin wohl nicht sehr hilfreich, oder?«

3

Vor der kleinen Spiekerooger Polizeistation standen ein Tisch und vier Klappstühle. Lars und Alina saßen in der Sonne und warteten auf Hella.

»Ihr lasst es euch gut gehen?«, fragte Hella schmunzelnd.

»Was sollen wir ohne Chefin auch sonst machen?«, sagte Lars lachend und schenkte Hella ein Glas Wasser ein. »Setz dich zu uns. Hast du was erreicht?«

Hella fasste die Befragung von Dörte Dirksen zusammen und schloss mit den Worten: »Sehr geheimnisvoll, unser Herr Scharff.«

»Sieht ganz danach aus«, sagte Alina. »Die Haushaltshilfe hat sich zwar inzwischen wieder halbwegs gefangen, aber viel hat sie uns auch nicht sagen können. Sie arbeitet seit fünf Jahren für Rüdiger Scharff und beschreibt ihn als freundlichen alten Herrn, der sie gut bezahlt und nie etwas zu beanstanden hatte. Sie kommt übrigens drei Tage die Woche für jeweils drei Stunden. Wenn sie im Haus gearbeitet hat, war Herr Scharff entweder auf einem Spaziergang, oder er hat sich in seinem Arbeitszimmer aufgehalten. Dort hat sie übrigens nie geputzt, und wenn sie alleine im Haus war, war das Zimmer verschlossen.«

In diesem Moment klingelte Alinas Handy. Sie warf einen Blick aufs Display und reichte das Gerät an Hella weiter. »Das wird Frau Dr. Wolters sein. Willst du gleich rangehen?«

Hella nahm das Gespräch an. »Guten Tag, Frau Dr. Wolters. Hella Brandt am Apparat.«

»Wieso dachte ich mir schon, dass Sie Ihren Urlaub unterbrechen? Aber gut, wir sind ja alle nicht ganz frei von dieser Krankheit. Zu viel Ehrgeiz, zu viel Engagement, zu viel … Ach, Sie wissen schon.« Sie seufzte theatralisch. »Kommen wir lieber zur Sache. Wollen Sie vielleicht das Handy auf laut stellen, dann können Ihre Kollegen gleich mithören.« Die Rechtsmedizinerin wartete einen Moment und fuhr fort. »Der Inselkollege hatte recht. Herr …«

»Scharff«, half Hella aus.

»Genau, also Herr Scharff ist erstickt worden. Wir haben nicht nur die klassischen Anzeichen entdeckt, sondern auch Fasern im Rachenraum und in der Luftröhre gefunden, die zu einem Kissen passen sollten. Auf die genaue Analyse müssen Sie noch ein oder zwei Tage warten, aber hier handelt es sich ja auch nur um einen Vorabbericht. Ihre Kollegen in der Kriminaltechnik haben von uns bereits Fotos von den Fasern bekommen. Des Weiteren haben wir keine Abwehrspuren festgestellt, unter seinen Fingernägeln waren keine Hautreste, und am Körper fanden sich keine Hämatome. Entweder war das Opfer vollkommen ahnungslos und überrascht von dem plötzlichen Angriff, oder es ist im Schlaf überwältigt worden.« Sie hielt kurz inne. »Und bevor Sie fragen: Ich favorisiere keine der beiden Varianten. Beides ist möglich. Allerdings sind trotz Überraschungsmoment oder Schlaf häufig Abwehrspuren zu finden. Aber dazu später noch eine Anmerkung.«

»Todeszeitpunkt?«

»Immer langsam mit den jungen Pferden, Frau Hauptkommissarin. Da kommen wir gleich zu. Der Herr war für sein Alter erstaunlich gut in Form. Herz, Lunge, Leber hätten auch für einen Fünfzigjährigen durchgehen können. Nach meiner Einschätzung hätte er auch hundert werden können.« Sie legte eine kurze Pause ein. »Und nun zum Todeszeitpunkt. Der Kollege auf Spiekeroog war so weitsichtig, die exakte Temperatur des Leichnams zu prüfen. Zusammen mit unseren Untersuchungsergebnissen können wir davon ausgehen, dass Herr Scharff am Vortag seines Auffindens zwischen zwanzig und vierundzwanzig Uhr getötet wurde.«

»Angenommen, Herr Scharff ist im Schlaf überrascht worden«, sagte Hella. »Was würde das bedeuten?«

»Genau dazu wollte ich gerade kommen. Sobald der steigende CO_2-Spiegel den Atemreflex ausgelöst hätte, wäre der

Mann wach geworden. Natürlich hätte das dem Täter – nehmen wir einmal an, dass es eine männliche Person war – einen kleinen Vorteil verschafft, aber Sie dürfen sich das nicht so vorstellen, als wenn das Opfer gleich bewusstlos gewesen wäre. Es ist durchaus zu erwarten, dass er sich gewehrt hätte. Das sind ja ganz natürliche Reflexe. Das Gleiche gilt selbstverständlich auch für eine Überraschungstat. Hier ist der Vorteil noch geringer.«

»Und wenn er zuvor betäubt wurde?«

»Das ist genau die richtige Frage, Frau Brandt. Die Analysen stehen zwar noch aus, aber ein betäubtes Opfer würde durchaus zur Spurenlage passen. Wir sollten die toxikologischen Analysen abwarten. Noch Fragen?«

Hella bedankte sich bei der Rechtsmedizinerin und verabschiedete sich von ihr.

»Zumindest ist jetzt geklärt, dass wir es mit einem Tötungsdelikt zu tun haben«, sagte Hella. Kurz zuvor war Gerrit Eilers aus der Polizeistation zu ihnen getreten und hatte die letzten Erklärungen der Rechtsmedizinerin mit angehört.

»Nicht gut«, murmelte er.

»So ist die Situation nun mal«, sagte Hella. »Meine Kollegen und ich werden vorsichtig auf der Insel ermitteln. Da brauchen Sie keine Bedenken haben.«

»Habe ich auch nicht«, sagte der Inselpolizist. »Aber Sie kennen ja die Gerüchteküche in einer so überschaubaren Gemeinschaft. Vielleicht ist es sogar besser, wir informieren direkt, sobald die Öffentlichkeit etwas erfahren darf.«

»Ich spreche mit der Staatsanwältin. Sie ist sehr zugänglich für Anregungen von der Basis.« Hella zeigte auf den vierten Stuhl. »Wollen Sie sich nicht zu uns setzen?«

Der Inselpolizist nickte und zog den Stuhl vor.

»Ich habe gerade von meinem Gespräch mit Dörte Dirksen erzählt«, fuhr Hella fort. »Sie war mit Scharff sehr gut befreundet, aber über sein Leben im Ausland wusste Frau Dirksen nur sehr wenig. Dass die Zeit vor Scharffs Ruhestand wirklich relevant ist, ist nach den vielen Jahren auf Spiekeroog eher unwahrscheinlich. Trotzdem müssen wir dem nachgehen.« Sie warf einen Blick in ihr Notizbuch. »Zumindest habe ich noch drei weitere Personen genannt bekommen, mit denen Rüdiger Scharff auf Spiekeroog Kontakt gepflegt hat.«

»Um wen handelt es sich?«, fragte Eilers.

»Hindrik Kruskopp, Britta Joken und Gerhard Meyer. Kennen Sie sie?«

Gerrit Eilers nickte. »Mehr oder weniger. Professor Hindrik Kruskopp ist ein Spiekerooger Urgestein. Er ist hier geboren und aufgewachsen, war auf dem Inselinternat und hat nach dem Abitur Medizin studiert. Soweit ich gehört habe, war er ein international anerkannter Chirurg. Nach seiner Pensionierung ist er wieder zurück auf die Insel. Er sollte jetzt an die neunzig Jahre alt sein. Hin und wieder halten wir einen Snack, wenn wir uns begegnen. Er hat über lange Jahre Wattführungen gemacht, aber vor einiger Zeit damit aufgehört.«

»Interessant«, sagte Alina. »Und Britta Joken?«

»Sie kenne ich nur vom Sehen und weiß wenig von ihr. Sie hat eine Eigentumswohnung auf Spiekeroog und ist in den wärmeren Monaten auf der Insel, im Winter und Frühjahr soll sie in Spanien leben. Wo genau, weiß ich nicht. Ihr Alter schätze ich auf Anfang sechzig. Aber wie gesagt, ich kenne sie nicht persönlich.«

»Und Gerhard Meyer?«, fragte Lars.

»Zu ihm kann ich allerdings mehr sagen. Er ist der Jüngste der drei. Ich meine, er hätte mal gesagt, dass er Jahrgang 70 sei. Dann wäre er jetzt dreiundfünfzig. Er lebt seit fünfundzwanzig Jahren auf Spiekeroog. Ursprünglich hat er für einen Immobilienmakler gearbeitet, sich dann aber als Verwalter von Ferienhäusern und -wohnungen selbstständig gemacht. Er managt alles für die Besitzer, von der Buchung bis zur Bettwäsche für die Gäste. Sogar kleine Reparaturen erledigt er selbst. Ein Hansdampf in allen Gassen und sehr beliebt auf der Insel.«

»Eine bunte Gruppe«, warf Hella ein. »Haben die drei Personen und Dörte Dirksen auch untereinander Kontakt?«

»Sie meinen, ob sie befreundet sind? Nicht dass ich wüsste. Nein, wäre es ein fester Freundeskreis, hätte ich das sicher schon mal mitbekommen.«

Hellas Handy machte sich bemerkbar. Nach einem kurzen Blick aufs Display nahm sie das Gespräch an, begrüßte Roland Radmeier und legte das Handy auf den Tisch.

»Wir sitzen hier gerade zusammen. Ich habe das Handy auf laut gestellt. Aus Oldenburg kam übrigens eben die Bestätigung, dass es sich um ein Tötungsdelikt handelt.«

»Gruß in die Runde«, sagte der Kriminaltechniker. »Einen kurzen Vorabbericht, damit ihr nicht im luftleeren Raum ermitteln müsst.« Er hielt kurz inne und fuhr fort. »Wir haben das Kissen untersucht und an mehreren Stellen Spuren sichergestellt, die zu Mund, Nase und Augen eines Menschen passen. Wir können somit davon ausgehen, dass es sich um das Tatwerkzeug handelt. Warten wir also auf die DNA-Analyse und hoffen, nicht nur vom Opfer DNA-Spuren nachweisen zu können.«

»Wie lange?«, fragte Hella.

»Wenn es schnell geht, Mitte nächster Woche. Ich habe es eilig gemacht, aber …« Er ließ den Rest des Satzes in der Luft hängen. »Als Nächstes haben wir das Wohnzimmer akribisch nach Fingerabdrücken abgesucht. Es scheint im Haus regelmäßig gründlich geputzt zu werden. Das hat uns die Arbeit etwas erleichtert. Sprich: Fingerabdrücke, die aufgrund von Staubablagerungen mutmaßlich älteren Datums sind, haben wir keine gefunden. Bis morgen, vielleicht auch übermorgen werdet ihr euch gedulden müssen, dann hoffe ich, die ersten Aussagen treffen zu können, wie viele unterschiedliche Personen sich in den letzten Tagen vermutlich im Haus aufgehalten haben. Die Abdrücke der Haushaltskraft haben wir bereits, einem freiwilligen DNA-Abstrich hat sie auch zugestimmt.«

»Gab es ansonsten Anzeichen, dass Rüdiger Scharff vorgestern Besuch hatte?«, fragte Alina.

»Da wollte ich gerade zu kommen. Wir haben kein Geschirr

oder Gläser gefunden, die auf einen Gast hindeuten. Ein Flasche Weißwein war offen, aber allenfalls ein halbes Glas entnommen. Der Wein wird gerade untersucht, da das halbe Glas mutmaßlich vom Opfer getrunken wurde und er eventuell Rückstände von Betäubungsmittel enthalten könnte. Das Glas selbstverständlich auch.«

»Könnte es sein, dass ein Gast auch Wein getrunken hat, aber die Flasche später mit Wasser wieder aufgefüllt hat?«

»Gute Frage, die ich mir auch gestellt habe. Ich habe eine volle Flasche des gleichen Weins gekauft, und wir untersuchen, ob beide vom Alkoholgehalt identisch sind. Ob Wasser hinzugefügt wurde, sollten wir eigentlich auch herausfinden können, da es sich um einen relativ guten Wein handelt, dem sicherlich kein Wasser zugesetzt ist. Bevor jemand fragt, Ergebnisse sind frühestens Anfang nächster Woche zu erwarten.«

»Fingerabdrücke auf der Weinflasche?«, fragte Hella.

»Geduld, Geduld, Frau Hauptkommissarin. Die Abdrücke stammen von dem Opfer.« Radmeier legte eine kurze Kunstpause ein. »Allerdings sind einige von ihnen leicht verwischt worden. Das kann unter anderem passieren, wenn die Flasche mit einem Tuch oder mit Handschuhen angefasst wird. Auch aus diesem Grund untersuchen wir den Inhalt der Flasche ganz genau. Gibt es aus der Gerichtsmedizin schon Hinweise, dass der Mann betäubt wurde?«

»Nein«, sagte Hella. »Allerdings sind Analysen in Auftrag gegeben worden.«

»Okay, also warten wir«, warf Radmeier ein.

»Bisher konnten wir nichts über die Vergangenheit von Rüdiger Scharff herausbekommen«, sagte Lars. »Ihr habt doch sicher etwas gefunden, oder?«

Roland Radmeier stöhnte. »Da haben wir beide ja schon gestern vor der Durchsuchung drüber gesprochen. Deshalb habe ich mich auch persönlich darum gekümmert. Aus den letzten achtzehn Jahren ist durchaus etwas zu finden. Nicht viel, aber es reicht. Auf der einen Seite die ganzen offiziellen Unterlagen.

Notarvertrag fürs Haus, Gemeindeanmeldung, Gebührenbescheide und solche Dinge. Alles fein säuberlich in Ordnern nach Jahren abgeheftet. Dann gibt es Fotos. Keine digitalen, sondern Abzüge. Wir haben auch eine ältere Spiegelreflexkamera gefunden und entsprechende Filmstreifen. Viele Fotos sind es nicht, aber nach dem Datum auf der Rückseite der Abzüge zu schließen, stammen alle aus den letzten achtzehn Jahren.«

»Heißt das, es gibt überhaupt nichts aus den Jahren davor? Keine Zeugnisse, Unterlagen übers Studium, Arbeitszeugnisse, Steuerunterlagen, persönliche Briefe?«

»Nein, oder sollte ich sagen: Wir haben sie zumindest nicht gefunden. Ich kann mir auch nicht vorstellen, dass der gute Mann, als er auf die Insel gezogen ist, alle Dokumente, Fotos, Unterlagen seines vorherigen Lebens vernichtet hat.«

»Aber du hast das ganze Haus abgesucht?«, fragte Hella.

»Ja, ich bin fast durchgedreht, da ich mich ausschließlich um diese Sache gekümmert habe. Ich habe nichts entdeckt, und glaub mir, ich habe jeden Stein im Haus umgedreht. Der Mann muss seine Vergangenheit komplett ausgelöscht haben.«

Es wurde still in der Runde. Alle verarbeiteten die neuen Informationen. Auch Hella stand vor einem Rätsel, zu dessen Lösung sie noch nicht die geringste Idee hatte. Warum hatte Rüdiger Scharff so konsequent mit seinem alten Leben abgeschlossen? Jeder hatte doch das eine oder andere Foto aus seiner Kindheit. Von den Eltern und Verwandten. Von Freunden oder wichtigen Ereignissen im Leben. Was war passiert, dass Scharff diesen radikalen Schnitt gemacht hatte?

»Das kommt jetzt unerwartet«, sagte Hella.

»Tut mir leid, in der Hinsicht habe ich wirklich nichts gefunden. Der Rest ist auch nicht viel, aber warten wir die nächsten Tage ab. Ihr hört von mir.«

Hella bedankte sich bei Roland Radmeier, beendete das Gespräch und sah in die Runde. »Hat jemand eine Idee, was vor achtzehn Jahren im Leben von Rüdiger Scharff passiert sein könnte?«

»Tod seiner Frau?«, überlegte Gerrit Eilers.

»Er war nicht verheiratet, aber es könnte natürlich sein, dass seine Lebensgefährtin gestorben ist oder sie sich getrennt haben.«

»Wie alt war er vor achtzehn Jahren?«, fragte Alina.

»Sechzig«, sagte Hella. »Durchaus ein Alter, wo sich der eine oder andere aus dem Berufsleben zurückzieht, wenn er oder sie selbst finanziell fürs Alter vorgesorgt hat.«

»Wir brauchen die Kontodaten«, stellte Lars fest. »Da muss sich was finden lassen.«

Hella nickte. »Kannst du dich da gleich drum kümmern? Wenn wir erst mal einen Ansatzpunkt haben, werden wir auch mehr finden.«

»Alles klar, mach ich.«

»Zunächst ist aber das Umfeld der letzten achtzehn Jahre wichtig. Die Wahrscheinlichkeit, dass wir hier den Täter oder die Täterin finden, ist mindestens genauso groß. Deshalb sollten wir den Tag nutzen, um Rüdiger Scharffs Freunde zu befragen. Ich würde mich um Hindrik Kruskopp kümmern. Geht ihr beide zu Britta Joken und Gerhard Meyer?«

4

Dr. Hindrik Kruskopps Haus lag wie das von Rüdiger Scharff am Rande der weit gestreckten Braundünen. Das Alter des roten Klinkerbaus schätzte Hella auf zwanzig bis dreißig Jahre. Wie Gerrit Eilers ihr erzählt hatte, war das Gebäude für Kruskopp erbaut worden.

Auf ihr Klingeln öffnete ihr ein älterer Herr, der sich als Hindrik Kruskopp vorstellte und Hella ins Haus bat. Er trug schwarze Jeans und ein weißes Hemd und wirkte jünger als seine gut neunzig Jahre. Gerrit Eilers hatte Hella angekündigt, worauf sich Kruskopp gleich bereit erklärt hatte, mit ihr zu sprechen.

Der ehemalige Arzt führte Hella in den Garten und bot ihr einen Platz an einem massiven Holztisch an. »Möchten Sie etwas trinken? Kaffee, Tee, Wasser?«

»Wasser wäre gut. Machen Sie sich aber bitte keine Umstände wegen mir.«

»Ach, die alten Knochen müssen bewegt werden, sonst rosten sie ein. Ich bin gleich wieder da.«

Kurz darauf kam er mit einem Tablett zurück, auf dem eine Karaffe und zwei Gläser standen. Er setzte sich zu Hella und schenkte das Wasser ein.

»Ich habe gestern bereits von dem Tod meines Freundes gehört. Da Sie von der Kriminalpolizei sind, nehme ich an, dass die Umstände von Rüdigers Tod nicht unbedingt erfreulich sind.«

»Ja, das ist richtig. Herr Scharff ist einem Gewaltverbrechen zum Opfer gefallen. Wir sprechen gerade mit allen Menschen, zu denen er engeren Kontakt auf Spiekeroog hatte. Wie war Ihr Verhältnis zu Herrn Scharff, Professor Kruskopp?«

»Lassen Sie doch bitte meine Titel weg. Das mit dem Professor und Doktor ist aus einem anderen Leben«, sagte Kruskopp. »Hier bin ich einfach nur Hindrik Kruskopp.«

Hella nickte. Der alte Herr war ihr vom ersten Augenblick an sympathisch gewesen. Er strahlte eine Ruhe und Gelassenheit aus, die Hella nur von wenigen Menschen kannte.

»Rüdiger habe ich auf einer meiner geführten Wattwanderungen kennengelernt. Es war in der Frühsaison an einem Tag mit nicht ganz so optimalen Wetterbedingungen. Ich hätte die Wanderung eigentlich absagen sollen, bin dann aber doch zum Treffpunkt. Wahrscheinlich habe ich angenommen, dass ohnehin niemand kommen würde. Rüdiger stand als Einziger dort und wartete auf mich. Wir sind dann zu zweit ins Watt, er hat viel gefragt, war wirklich interessiert und schien sich auch bereits vorher informiert zu haben. Das hat mich beeindruckt. Am Ende der Führung hat Rüdiger mich ins Restaurant zum Essen eingeladen. Er lebte damals noch nicht auf der Insel, hatte aber wohl da schon die Absicht, sich auf Spiekeroog ein Haus zu kaufen.« Hindrik Kruskopp lächelte in sich hinein. »Später, als er auf die Insel gezogen war, haben wir uns gegenseitig eingeladen. Kochen konnte er. Ich habe ihn mehrfach gefragt, ob er in dem Beruf gearbeitet hatte. Er hat es aber immer verneint.«

»Wir haben bisher keine Angehörigen von Herrn Scharff ausfindig machen können. Wissen Sie vielleicht mehr?«

Der alte Herr seufzte. »Da haben Rüdiger und ich das gleiche Schicksal geteilt. Wir haben beide im Leben keine Zeit gefunden, eine Familie zu gründen und Nachkommen zu zeugen. Er hatte keine Kinder, und soweit ich weiß, war er nicht einmal verheiratet. Vom frühen Tod seiner Eltern hat er mir einmal erzählt. Geschwister hatte er wohl auch keine. Das hat uns in gewisser Weise verbunden. Zwei alte Männer ohne Vergangenheit.« Er zuckte mit den Schultern. »Ganz so stimmt es nicht. Ich habe noch lange Jahre Kontakte zu meinen alten Kollegen und Kolleginnen gepflegt. Das war meine Vergangenheit. Inzwischen bin ich der Übriggebliebene.«

»Und die Zeit vor Herrn Scharffs Ruhestand?«, fragte Hella.

»Die gab es nicht. Jedenfalls hat Rüdiger sie nie zum Thema gemacht. Mehr noch, er ist mir ausgewichen, wenn ich Fragen gestellt habe. Als höflicher Mensch habe ich das natürlich respektiert. Ich nahm wohl an, dass er mir irgendwann, wenn das Vertrauen groß genug gewesen wäre, erzählt hätte, wo der Schuh gedrückt hat.«

»Schuh gedrückt? Sie hatten also den Eindruck, dass ihn seine Vergangenheit belastet hat?«

»Ich denke, ich begehe da keine Indiskretion, wenn ich offen darüber rede. Immerhin ist mein Freund ermordet worden, wenn ich Ihre Worte richtig interpretiert habe.«

»Ob es Mord war, kann nur ein Gericht feststellen. Für uns ist es zunächst ein Tötungsdelikt.«

Hindrik Kruskopp nickte. »Natürlich, den Unterschied sollte ich eigentlich kennen. Nun gut, Sie fragten danach, ob Rüdiger etwas aus früheren Zeiten mit sich herumgetragen hat. Eindeutig ja. Auch wenn ich kein Psychologe bin, habe ich doch im Laufe meines Lebens einige Erfahrungen mit Menschen gesammelt. Und bei Rüdiger hatte ich das Gefühl, als wenn er sich auf Spiekeroog«, der alte Herr malte Anführungszeichen in die Luft, »verstecken würde. Das hat sich mit der Zeit etwas geändert, er ist entspannter geworden, um es einmal so salopp auszudrücken. Wovor er weggelaufen ist, kann ich Ihnen beim besten Willen nicht sagen.«

»Herr Scharff hat also nie etwas von seiner Vergangenheit preisgegeben?«, fragte Hella nach.

»So würde ich es nicht formulieren. Es gab hier und da eine Bemerkung, die in einem größeren Zusammenhang sicherlich etwas über meinen Freund verraten hätte. Aber ich war noch nie so gut im Puzzeln. Und eigentlich bin ich auch kein neugieriger Mensch. Um nicht lange herumzureden: Ich habe es irgendwann aufgegeben, mir aus den vielen Teilchen ein Ganzes zu basteln, und die alten Zeiten ruhen lassen.«

»Hatte Herr Scharff nach Ihrer Kenntnis Kontakte aufs Festland?«

»Wenn ich mich richtig entsinne, war Rüdiger häufiger mal in Hamburg. Er hat auch davon erzählt. Musical, Theater, Ausstellungen. Ob er da auch freundschaftliche Kontakte pflegte, weiß ich leider nicht, Frau Brandt.«

»Was war Herr Scharff für ein Mensch?«

Hindrik Kruskopp zögerte lange, bevor er nachdenklich nickte. »Die Frage ist nicht so einfach zu beantworten. Er war natürlich ein angenehmer und aufmerksamer Gesprächspartner, war höflich und zuvorkommend. Im Grunde genommen stammen wir ja aus der gleichen Generation. Die etwas mehr als zehn Jährchen machen keinen großen Unterschied. Gut, ich habe die Kriegsjahre als Kind miterlebt, aber wir beide waren keine Soldaten.« Er trank einen Schluck Wasser. »Aber ich schweife ab. Entschuldigen Sie bitte. Was für ein Mensch war Rüdiger? Kultiviert, respektvoll, großherzig. Alles Eigenschaften, die ich sehr mag. Sie ahnen es wahrscheinlich, da kommt jetzt noch ein großes Aber. Rüdiger war auch verschlossen und, ja, fast ängstlich. Er schien nur wenige Freunde zu haben und gerne alleine zu sein. Als er auf die Insel kam, war er ja erst sechzig. Von einer Beziehung zu einer Frau hat er mir aber nie etwas erzählt. Und bevor Sie fragen: ebenso wenig zu einem Mann. Wobei ich mir fast sicher bin, dass er in dieser Hinsicht Frauen zugeneigt war und nicht Männern.«

»Hat Herr Scharff von Konflikten erzählt? Hier auf der Insel oder auf dem Festland?«

Hindrik Kruskopp schüttelte den Kopf. »Nein, nie. Ich hätte sicher davon gehört, wenn er auf Spiekeroog Auseinandersetzungen mit jemandem gehabt hätte. Er war auch nicht der Typ dafür. Hätte es Schwierigkeiten gegeben – welcher Art auch immer –, hätte er eine Lösung gesucht. Rüdiger war absolut kompromissbereit. Es wäre ihm sicher peinlich gewesen, Gesprächsthema auf der Insel zu sein.« Er hielt inne und sah Hella direkt an. »Gehe ich recht in der Annahme, dass Sie kaum was über Rüdiger in Erfahrung gebracht haben?«

»Ich darf leider nicht über die Ermittlungen reden«, sagte Hella. »Widersprechen werde ich Ihnen aber auch nicht.«

»Und ich war Ihnen bisher keine große Hilfe, vermute ich

einmal. Das tut mir leid.« Der alte Herr strich sich nachdenklich über die Stirn. »Um es noch einmal deutlich zu sagen: Ich kann mir absolut nicht vorstellen, dass der Konflikt, der zu Rüdigers Tod führte, seine Ursache auf Spiekeroog haben soll. Rüdiger ist weder angeeckt, noch habe ich ihn jemals streitsüchtig erlebt. Im Gegenteil, er war sehr auf Ausgleich bedacht. In der Konsequenz müsste es also jemand von außen gewesen sein. Ich denke, Sie sind durchaus auf der richtigen Spur, wenn Sie nach der Zeit fragen, bevor Rüdiger auf die Insel gekommen ist.«

Auf dem Weg zurück zur Polizeistation ging Hella noch einmal das Gespräch mit Hindrik Kruskopp durch. Der ehemalige Chirurg schien Rüdiger Scharff nähergestanden zu haben als Dörte Dirksen. Gab es zwei Leben des Rüdiger Scharff? Was hatte er gemacht, bevor er sich auf Spiekeroog niedergelassen hatte? Konnte es tatsächlich sein, dass über achtzehn Jahre alte Ereignisse etwas mit seinem Tod zu tun hatten? War eine kleine Ostfriesische Insel ein guter Ort, um sich zu verstecken? Wäre da das Ausland, in dem Scharff sich große Teile seines Lebens aufgehalten hatte, nicht die bessere Wahl gewesen?

Konnte es wirklich sein, dass Rüdiger Scharff einen so radikalen Schnitt gemacht hatte, als er nach Spiekeroog zog? Keine Fotos, keine Unterlagen oder Dokumente, keine Erinnerungen, über die er sprach. Wären sie sich nicht vollkommen sicher, dass Rüdiger Scharff die Person war, die auch in den deutschen Behördendatenbanken registriert war, hätte Hella auf eine falsche Identität getippt. Lars hatte bereits am Vortag Fotos von alten Ausweisdokumenten mit dem Toten verglichen. Es bestand kein Zweifel, dass Rüdiger Scharff 1945 in einem Dorf in der Nähe von Köln geboren wurde, dass er mit seinen Eltern fünf Jahre später nach Münster gezogen war, wo er ein Jahr später eingeschult wurde und bis zum Abitur blieb. Anschließend leistete er seinen Wehrdienst ab und ging nach dem Tod seiner Eltern ins Ausland. Erst knapp siebenunddreißig Jahre später kam er zurück, verbrachte kurze Zeit in Münster und kaufte dann das Haus auf Spiekeroog. Weder hatte er in die deutsche Rentenkasse eingezahlt, noch gab es andere Hinweise, dass er abhängig beschäftigt in Deutschland gearbeitet hatte.

Lars und Alina warteten bereits vor der Polizeistation auf Hella. Britta Joken hatten sie nicht angetroffen und von ihrer Nachbarin erfahren, dass sie erst am Abend mit der letzten Fähre zurück vom Festland kommen würde.

»Gerhard Meyer hatte zum Glück Zeit für uns«, sagte Alina. »Er hat seinerzeit Rüdiger Scharff das Haus verkauft, kennt ihn also schon, seitdem er auf die Insel gekommen ist.«

»Sie waren befreundet?«

Lars nickte. »Ja, aber es handelte sich eher um eine Art Vater-Sohn-Beziehung. Meyer selbst ist in Heimen aufgewachsen und bei Pflegefamilien. In Scharff hat er wohl so etwas wie einen Ersatzvater gefunden. Sprich: Sie haben sich durchaus häufig gesehen und einiges miteinander gemacht.«

Alina übernahm wieder den Bericht. Gerhard Meyer hatte in den höchsten Tönen von seinem väterlichen Freund gesprochen. Er sei offen und warmherzig gewesen und habe Meyer sogar finanziell unterstützt, als dieser sich selbstständig gemacht hatte. Die Männer trafen sich fast wöchentlich, fuhren auch gemeinsam aufs Festland. Dabei war es in erster Linie um Einkäufe gegangen.

»Meyer hat viel erzählt, aber wenig gesagt«, fuhr Lars fort. »Er ist zutiefst betroffen von dem Tod seines Freundes und kann sich nicht vorstellen, wer Scharff getötet haben könnte. Einen Täter von der Insel schließt er aus, auch ist ihm nichts bekannt über irgendwelche Konflikte oder Probleme.«

»Auf den Punkt gebracht weiß er nicht viel über seinen Freund«, fügte Alina hinzu. »Er hat sich selten bis nie mit Scharff über dessen Vergangenheit unterhalten, weiß nicht, was er vor seinem Ruhestand auf Spiekeroog gemacht hat oder wo er in der Welt gelebt und gearbeitet hat. Ich glaube nicht, dass wir von ihm noch mehr erfahren.«

»Verrückt!«, sagte Hella und berichtete von ihrem langen Gespräch mit Hindrik Kruskopp. »Der ehemalige Chirurg wusste zwar mehr über seinen Freund als Meyer, aber im Grunde genommen läuft es ja bisher bei allen bisherigen Zeugen darauf hinaus, dass Rüdiger Scharff ein angenehmer Zeitgenosse war, der mit niemandem einen Konflikt hatte und …«

»… über keine Vergangenheit verfügt oder jedenfalls mit keinem darüber gesprochen hat«, beendete Alina Hellas Satz.

Hella nickte. »Mehr noch: Selbst im Haus von Scharff ist alles ausradiert, was an früher erinnern könnte – er scheint quasi nicht existiert zu haben.«

»Hat er aber«, warf Lars ein. »Oder es hat jemand die Datenbanken manipuliert, was ich für höchst unwahrscheinlich bis unmöglich halte.«

»Es kann natürlich Situationen geben, in denen ein Mensch einen radikalen Schlussstrich unter einen Teil seines Lebens zieht«, sagte Hella. »Auch wenn es hier mehr als ein Teil ist. Das kann viele Gründe haben, die absolut nichts mit dem Tötungsdelikt zu tun haben müssen. Sprich: Wir müssen zweigleisig fahren. Einerseits müssen wir herausfinden, was war, bevor Scharff nach Spiekeroog kam. Andererseits nehmen wir sein Umfeld hier auf der Insel und die letzten achtzehn Jahre unter die Lupe. Als Erstes brauchen wir die Bankdaten und die Liste der Telefonate übers Festnetz und Handy. Im Moment sieht alles danach aus, als wäre die Tat geplant gewesen und weder ein spontaner Angriff noch eine Verdeckungstat für, zum Beispiel, einen Einbruch.«

»Was machen wir mit Britta Joken?«, fragte Lars.

»Das übernehme ich. Ihr fahrt zurück. Sprecht bitte eure nächsten Schritte mit Torsten ab. Ich möchte nicht, dass er den Eindruck bekommt, ich manage alles aus dem Urlaub an ihm vorbei.«

5

Hella ging auf den Fährhafen zu. Die letzte Schnellfähre würde gegen neunzehn Uhr eintreffen. Die kleinen Boote schafften die Strecke zwischen Neuharlingersiel und Spiekeroog nicht nur in der Hälfte der Zeit, sondern konnten auch, anders als die Fährschiffe, bei relativ niedrigem Wasserstand fahren.

Hella war am Nachmittag direkt von der Polizeistation zum Strand gegangen und hatte noch zwei Stunden mit ihren Liebsten verbringen können. Nun lag Jella bereits im Bett, nachdem sie wie jeden Abend etwas vorgelesen bekommen hatte, und hörte zum Einschlafen eine Musik-CD mit Kinderliedern.

Am Fährhafen setzte sich Hella auf eine Bank. Sie haderte mit den zwei noch kommenden Urlaubstagen und dem anschließenden Wochenende. Wenn sie am Montag wieder ins Büro kommen würde, war Rüdiger Scharff bereits eine Woche tot. Hätte sie die Ermittlungen gleich in die Hände ihres Stellvertreters legen oder den Urlaub abbrechen sollen? Konnte sie die letzten zwei Tage noch genießen, oder würde sie ununterbrochen an die Ermittlungen denken?

Ein leises Brummen kündigte die Schnellfähre an. Kurz darauf legte das Boot an, fünfzehn Gäste stiegen aus. Hella hatte sich Britta Joken von Gerrit Eilers beschreiben lassen und ging jetzt auf die Frau zu.

»Frau Joken?«

Die Frau blieb stehen und nickte.

»Hella Brandt von der Kriminalpolizei Wittmund. Ich habe ein paar Fragen an Sie. Darf ich Sie auf dem Nachhauseweg begleiten?«

»Polizei? Ist etwas passiert?«, fragte Britta Joken.

Hella schaute sich um. Die anderen Fahrgäste waren inzwischen außer Hörweite. »Herr Scharff ist tot. Wir gehen von Fremdverschulden aus.«

Die Frau sah sie mit aufgerissenen Augen an. »Rüdiger? Ermordet? Das kann nicht sein. Sie müssen sich irren.« Sie schwankte leicht, sämtliche Farbe war aus ihrem Gesicht gewichen.

»Wollen wir uns kurz setzen?«

Britta Joken nickte, Hella griff nach ihrem kleinen Koffer und führte sie zur Bank, auf der sie zuvor gesessen hatte.

»Was ist passiert?«, fragte Britta Joken, nachdem sich ihr Atem beruhigt hatte und ihre Hand nicht mehr so stark zitterte.

»Herr Scharffs Haushaltshilfe hat ihn gestern tot aufgefunden. Die Obduktion hat inzwischen ergeben, dass er getötet wurde.«

»Wie …?«

»Das darf ich Ihnen leider nicht sagen.« Hella hielt kurz inne. »Sie sind sehr gut mit Herrn Scharff befreundet gewesen?«

»Ja, seit vielen Jahren.«

»Mehr als befreundet?«, fragte Hella.

»Ja und nein«, antwortete Britta Joken stockend. »Wir sind …« Sie brach ab und schluchzte leise.

Hella reichte ihr ein Taschentuch und wartete.

»Können wir gehen?«, fragte Britta Joken nach einer Weile. Sie hatte so leise gesprochen, dass Hella sie im ersten Augenblick nicht verstanden hatte.

»Sie möchten nach Hause?«

Als die Frau nickte, half Hella ihr auf, bot ihr an, den Koffer für sie zu schieben, und ging neben ihr her. Kurz bevor sie die ersten Häuser des Dorfes erreichten, blieb Britta Joken stehen.

»Wir waren kein normales Paar – so im klassischen Sinne. Hin und wieder waren wir intim, aber keiner von uns beiden wollte mehr.« Britta Joken legte den Kopf in den Nacken und zog tief die Luft ein. »Ich kann es noch nicht glauben. Wer sollte Rüdiger denn etwas angetan haben? Das ist doch vollkommen abwegig. Sind Sie sicher, dass …?«

»Ja, wir sind uns sicher. Herr Scharff ist keines natürlichen Todes gestorben.«

»Ein Einbruch?«

»Dafür gibt es keine Hinweise«, sagte Hella und zeigte nach vorne. »Wollen wir vielleicht weitergehen und uns in Ihrer Wohnung unterhalten?«

Eine Viertelstunde später saß Hella in einem geräumigen Wohnzimmer auf einem bequemen Sofa. Britta Joken hatte in der Küche Tee aufgesetzt und kam gerade mit einem Tablett zurück. Sie schenkte ein und reichte Hella eine der Tassen. Hella trank einen Schluck und stellte die Tasse auf den kleinen Beistelltisch.

»Wie lange kannten Sie Herrn Scharff schon?«

»Auf Spiekeroog wohne ich seit etwa zehn Jahren. Ich glaube, wir sind uns ziemlich schnell über den Weg gelaufen.« Sie lächelte. »Eigentlich sind wir mehr zusammengestoßen. Ich kam aus dem Edeka-Markt und habe nicht aufgepasst. Bei dem Zusammenstoß ist mir eine Tüte heruntergefallen, die Äpfel sind in alle Richtungen gerollt. Rüdiger hat mir geholfen, sie wieder aufzusammeln.«

»Wie ging es weiter?«

»Rüdiger hat eine neue Tüte aus dem Laden geholt und mich bis nach Hause begleitet. Ich habe ihn dann zu einer Tasse Kaffee eingeladen. Wir haben geredet und …«, sie schluckte schwer, »… und uns wiedergetroffen. Das ging eine Weile so. Irgendwann sind wir halt im Bett gelandet. Das war nach einem Essen bei Rüdiger zu Hause. Ich hatte zu viel Wein getrunken, Rüdiger auch. Der Klassiker.« Sie seufzte. »Und anschließend war erst mal für ein paar Tage Funkstille. Keiner von uns beiden wusste mit der Situation umzugehen.«

Hella nickte, schwieg aber in der Hoffnung, dass Britta Joken weitersprechen würde.

»Gut, wir beide waren erwachsen. Ich habe zwar den ersten Schritt gemacht, aber Rüdiger sagte, dass er auch kurz davor gewesen sei. Wir beide wollten den anderen nicht als Freund verlieren. Eine Beziehung, in der wir zusammengezogen wären und ständig aufeinandergehockt hätten, wäre wohl das Ende unserer Freundschaft gewesen. Wir haben dann erst so getan, als wäre nichts passiert. Das konnte natürlich nicht funktionieren. Nach zwei, vielleicht auch drei Monaten sind wir wieder im Bett gelandet. Ab dem Zeitpunkt haben wir akzeptiert, dass wir beide hin und wieder das Bedürfnis nach körperlicher Nähe hatten. Wir haben es nicht an die große Glocke gehängt …«, sie lächelte matt, »… nicht einmal an die kleine. Es war sozusagen unser Geheimnis. Auf der Insel wird gerne getratscht. Wir wollten das nicht. Es war einzig und allein unsere Privatsache.«

»Das kann ich gut verstehen. Bisher konnten wir keine Angehörigen von Herrn Scharff finden. Seine Eltern sind tot, er ist Einzelkind. Hat Herr Scharff Ihnen von weiteren Verwandten erzählt?«

»Es gibt keine. Ich habe Rüdiger mehrfach darauf angesprochen. Ist das denn so wichtig?«

»Nein, wir müssen uns nur danach erkundigen. Meine zweite Frage wäre, ob Sie wissen, was vor Herrn Scharffs Leben auf Spiekeroog passiert ist. Wir haben weder Dokumente und Papiere noch Fotos oder Briefe gefunden.«

»Rüdiger war im Ausland. Er hat als Berater von großen Firmen gearbeitet und für sie Aufträge erledigt. Wenn ich das richtig verstanden habe, kam Rüdiger häufig dann ins Spiel, wenn es Probleme gab. Im geschäftlichen Bereich ist es wohl nicht selten, dass Firmen in Schieflage geraten und von alleine nicht mehr aus der Misere herauskommen. Rüdiger nannte es ›ein Leben auf Abruf und aus dem Koffer‹. Er habe nie lange einen festen Wohnsitz gehabt, hat er einmal erzählt.«

»Herr Scharff hatte also zu der Zeit keinen ständigen Wohnsitz?«, fragte Hella weiter.

»Nein, ich glaube nicht. Obwohl, er sprach von einer Eigentumswohnung, die er später verkauft hat. Ich vermute jetzt mal, dass dort niemand zur Miete gewohnt hat.«

»Wissen Sie, in welchem Land das war?«

Britta Joken schüttelte den Kopf. »Nein. Vielleicht hat er es mal erwähnt und ich erinnere mich nicht. Viel haben wir allerdings nicht über seine und meine Vergangenheit gesprochen. Wir beide sind Menschen, die gut mit etwas abschließen können. Ich habe in meinem Leben auch den einen oder anderen Schlussstrich ziehen müssen.«

Hella war nicht entgangen, dass ihre Gesprächspartnerin zunehmend müde und erschöpft wirkte. Lange würde sie Britta Joken nicht mehr befragen können.

»Wir haben uns bei Freunden und Bekannten von Herrn Scharff nach Problemen und Konflikten auf Spiekeroog und auf dem Festland erkundigt. Sie standen Herrn Scharff ja sehr nahe. Gab es in letzter Zeit Ereignisse, die Herrn Scharff beunruhigt haben?«

»Ereignisse, beunruhigt? Was meinen Sie? Fragen Sie jetzt, ob Rüdiger sich mit jemandem gestritten hat, der ihn dann …?« Sie wandte ihr Gesicht ab. Hella wartete, bis sie sich ihr wieder zukehrte. »Rüdiger hat sich nie gestritten. Er war der friedlichste Mensch, den ich kenne. Er hatte auch keinen Grund dafür. Keine unmittelbaren Nachbarn, keine Verwandten, die es auf sein Geld abgesehen haben. Und wenn es etwas gegeben hätte, wüsste ich davon. Ganz bestimmt.«

»Ich muss Ihnen leider noch eine Frage stellen. Wo waren Sie vorgestern Abend von zwanzig bis vierundzwanzig Uhr?«

Britta Jokens Miene verfinsterte sich. »Ist das Ihr Ernst? Sie denken, ich habe Rüdiger das angetan?« Sie starrte Hella wütend an.

»Wir sind verpflichtet, alle Personen, die Herrn Scharff näher kannten, nach ihrem Alibi zu fragen. Darum komme ich nicht herum.«

Britta Joken schwieg. Kurz dachte Hella, dass sie sie bitten würde, ihre Wohnung zu verlassen, aber dann besann sich Scharffs Freundin eines Besseren.

»Ich war hier«, sagte sie.

»War jemand bei Ihnen, oder haben Sie mit jemandem während der Zeit telefoniert?«

»Nein.«

»Frau Joken, ich kann verstehen, dass Sie irritiert über meine Frage sind, versichere Ihnen aber, dass Sie ganz bestimmt nicht die Einzige sind, der wir diese Frage stellen.«

»Und Sie meinen, dass Sie so den Mörder finden? Das ist doch lächerlich. Suchen Sie auf dem Festland, da werden Sie vielleicht fündig, aber doch nicht hier auf der Insel.«

Hella versuchte es ein letztes Mal. »Unsere Ermittlungen würden mit Recht als schlampig eingestuft werden, wenn wir nicht nach Alibis fragen würden. Ich kann Sie nur um Verständnis bitten.«

Britta Joken atmete tief durch. »Sorry, ich habe wohl etwas überreagiert. Mir geht Rüdigers Tod sehr nahe. Natürlich müssen Sie danach fragen.«

Hella reichte ihr eine Visitenkarte. »Sollte Ihnen noch etwas einfallen – egal, was –, rufen Sie mich einfach an. Ich bin auch noch zwei Tage auf der Insel und kann jederzeit kurz bei Ihnen vorbeikommen.«

Britta Joken nickte.

»Soll ich jemanden informieren, der bei Ihnen bleibt?«

Sie schüttelte den Kopf. »Das wird nicht nötig sein. Machen Sie sich keine Sorgen um mich. Ich komme schon zurecht.«

»Alles gut?«, fragte Leon, als sie in der Wohnküche des Ferienhauses saßen. Er hatte Tee gemacht und reichte Hella eine Schale mit Keksen.

»Einen solchen Fall habe ich noch nie gehabt. Der Mann ist achtundsiebzig und seit seinem sechzigsten Lebensjahr auf Spiekeroog. Er hat eine Handvoll Freunde, fährt ganz selten aufs Festland und ist nach Aussage der Zeugen der friedlichste Mensch auf Erden. Das Einzige, was auffällt: Es gibt keinerlei Hinweise, was er vor seinem Ruhestand auf Spiekeroog gemacht hat. Er war nicht in Deutschland gemeldet und hat hier auch keine Steuern bezahlt. Keine Dokumente, keine Papiere, keine Briefe, nicht ein einziges Foto aus dieser Zeit. So, als hätte er gar nicht gelebt.«

»Merkwürdig.«

»Du bist doch auch viel in der Weltgeschichte herumgereist. Könntest du dir vorstellen, alles aus der Zeit zu vernichten? Und deinen Freunden über diese Zeit letztlich nichts zu erzählen?«

»Nein, das könnte ich mir nicht vorstellen. Um was für einen Zeitraum handelt es sich?«

»Fast vierzig Jahre.«

»Also quasi sein ganzes Berufsleben.«

Hella nickte.

»Ist er denn der, der er vorgegeben hat zu sein?«

»Definitiv. Zumindest das wissen wir. Die Passfotos der vergangenen Jahrzehnte sprechen da eine deutliche Sprache.«

»Fotos können lügen«, warf Leon ein. »Vielleicht hat er eine Identität geklaut und sich operieren lassen.«

»Und dann setzt er sich auf Spiekeroog zur Ruhe?«, sagte Hella.

»Ist er vermögend?«

Hella zuckte mit den Schultern. »Die Bankauskunft haben wir noch nicht. Allerdings hat er zumindest in Deutschland keine Rente bezogen. Das Haus hier auf der Insel ist sehr aufwendig restauriert worden. Die Möbel sind auch nicht vom Discounter.«

»Klingt das für dich denn nicht danach, dass sich jemand verstecken musste? Kann es sein, dass er von den deutschen Behörden eine neue Identität bekommen hat und zum Beispiel im Zeugenschutz war?«

»Daran habe ich auch schon gedacht. Wenn, werden es Lars und Alina morgen herausfinden.« Hella schloss für einen Moment die Augen. »Außerdem haben wir Urlaub. Ab sofort kein Wort mehr über diesen Mann. Am Montag gehe ich zur Arbeit, und dann werden wir sehen.«

6

»Schmeckt dein Eis?«

Hella sah auf und musste einen Augenblick überlegen, was Leon gefragt hatte. »Ja, wie immer.«

Sie saßen zu dritt auf einer Bank gegenüber der Spiekerooger Eisdiele. Jella hatte eine Waffel mit zwei Kugeln und mühte sich redlich, schneller als die Sonnenwärme zu sein. Hin und wieder half Leon ihr, wenn das Schokoladeneis ihren Fingern zu nahe kam.

»Der Fall?«, fragte Leon.

»Ein wenig«, gab Hella zu. »Ich muss noch mal in das Haus. Es kann nicht sein, dass dort nichts zu finden ist.«

»Deine Kollegen sind doch sonst so gründlich«, gab Leon zu bedenken.

»Natürlich, aber zu dem Zeitpunkt wussten wir noch nicht, wie geheimnisvoll die Vergangenheit des Mannes ist. Sollte er etwas aufbewahrt haben, dann wird es wirklich gut versteckt sein.«

»Jetzt gleich?«

»Nein, das mache ich heute Abend, nachdem ich Jella ins Bett gebracht habe.« Hella sah Leon fragend an. »Ist das für dich in Ordnung?«

Gerrit Eilers wartete auf Hella vor Rüdiger Scharffs Haus.

»Danke, dass Sie sich die Zeit genommen haben«, sagte Hella.

»Kein Problem. Ich hatte ohnehin nichts vor.« Er reichte ihr Latexhandschuhe und Schuhüberzieher. »Vielleicht besser. Wer weiß, ob die Kriminaltechniker noch einmal kommen müssen.« Der Inselpolizist schloss das Haus auf. »Wo fangen wir an?«

»Einen Keller hat das Haus nicht?«

»Nein, aber einen Anbau, der als Abstellraum benutzt wird. Soll ich da anfangen?«

»Besser, wenn wir es zu zweit machen. Vier Augen sehen mehr als zwei.«

Der kleine Anbau bestand aus zwei Räumen, die beide mit Regalen ausgestattet waren. Hier lagerten gut sichtbar Gartengeräte, Werkzeug, ausrangierte Haushaltsgeräte und vier Stühle. Hella und Gerrit Eilers nahmen jeden der Gegenstände von den Regalen, rückten das Eisengestell vor und klopften die Wand ab.

Nach einer halben Stunde hatten sie alles wieder auf den ursprünglichen Stand gebracht.

Zurück im Haus nahmen sie sich die Gästetoilette vor, anschließend den Flur und die Küche.

»Wo würden Sie etwas verstecken, was nicht entdeckt werden soll?«, fragte Hella, als sie sich eine kurze Pause am Küchentisch gönnten.

»Schwierig. Im Wäscheschrank wohl eher nicht. Das hätten die Kollegen ja gleich entdeckt. Klassisch wäre unter den Dielen. Die gibt es hier aber nicht.« Er fuhr sich mit der Hand durch die Haare. »Ich würde mir einen Tresor anschaffen.«

Hella schüttelte den Kopf. »Nicht da.«

»Und wo würden Sie es verstecken?«

»Kommt drauf an, ob ich die versteckten Sachen häufiger brauche oder nicht.«

»Davon ist in unserem Falle wohl eher nicht auszugehen.«

»Also ein Versteck, das ich allenfalls alle paar Jahre aufmache. Ich würde eine Wand aufmeißeln, bis ich ein ausreichend großes Fach habe. Anschließend würde ich es mit Rigips abdecken und die Wand neu streichen.«

»Würde man das nicht schnell entdecken? Deshalb klopfen wir hier doch überall die Wände ab.«

Hella nickte verzagt. »Der Aufwand wäre auch sehr groß und würde handwerkliches Geschick verlangen. Machen wir erst mal weiter.«

Für das Wohnzimmer benötigten sie weitere zwanzig Minuten, ohne etwas zu finden.

»Und wenn er es im Garten vergraben hat?«, fragte der Inselpolizist, als sie die Treppe zum ersten Stock hinaufgingen.

»Den ganzen Garten können wir unmöglich umgraben.«

»Wie wäre es mit Metalldetektoren?«

»Gute Idee! Aber noch sind wir hier nicht fertig.«

Das Schlafzimmer des Hauses hatten sie in wenigen Minuten durch. Es bot keinerlei Möglichkeiten, um etwas zu verstecken. Auch hier fanden sie keine hohl klingenden Stellen an den Wänden.

Eine halbe Stunde später standen sie in der Tür des großen Badezimmers. »Der letzte Raum«, sagte Gerrit Eilers. »Der dürfte schnell gehen.«

Systematisch klopften sie die Wände ab, die überwiegend mit Kacheln bedeckt waren.

»Nichts«, sagte Gerrit Eilers.

»Ja, das war's wohl.« Hella drehte sich noch einmal langsam um sich selbst, um sicherzugehen, dass sie nichts vergessen hatten. An der Badewanne blieb ihr Blick hängen. Sie war mit den gleichen großformatigen Fliesen verkleidet wie die Wände. Aus dieser Perspektive wirkten die Fugen einen Tick heller als die übrigen. Hella trat auf die Badewanne zu, ging in die Knie und verglich die Fugenfarben an der Stelle, wo die Wanne an die Wand anschloss.

»Haben Sie was gefunden?«, fragte der Inselpolizist, der Hellas Suche aufmerksam verfolgt hatte.

Hella trat wieder zwei Schritte zurück. »Aus der Nähe betrachtet fällt es gar nicht auf, aber von hier. Vergleichen Sie mal die Fugen im Badewannenbereich mit denen an der Wand. Die Farbe unterscheidet sich um eine Nuance. Oder sehe ich schon Gespenster?«

Gerrit Eilers stellte sich neben Hella und ließ seinen Blick über die Wanne und die angrenzende Fliesenwand gleiten. »Schwierig. Ja, die an der Wanne könnte tatsächlich einen Tick heller sein.«

Hella kniete wieder nieder und klopfte an die Fliesen. »Sie

müssen natürlich hohl klingen, da die Wanne nicht den ganzen Raum ausfüllt. Trotzdem ...«

Gerrit Eilers zog ein Messer aus der Tasche, klappte es auf und ritzte mit einem schnellen Schnitt die Fugenmasse an einer Seite der Fliese an. An den drei anderen Seiten wiederholte er den Vorgang und schaffte es nach und nach, die Fuge freizulegen. Schließlich hebelte er vorsichtig die Fliese heraus, Hella hielt sie fest, zog sie mit einem Ruck nach oben und stellte die große Platte an die Wand.

Währenddessen hatte Gerrit Eilers bereits eine Taschenlampe hervorgeholt und leuchtete jetzt in den dunklen Hohlraum in der Badewannenwand.

»Hier ist etwas.« Er streckte seinen Arm, holte einen Metallbehälter hinter der Fliesenwand hervor und stellte ihn auf den Boden. »Aufmachen?«

Hella zögerte kurz, nickte aber schließlich. Vorsichtig öffnete der Inselpolizist den Kasten. Als Hella sich vorbeugte, um besser sehen zu können, war ihr schnell klar, was in dem nach Öl riechenden Tuch eingewickelt war. Gerrit Eilers schlug das Tuch zur Seite und starrte auf die Waffe. Neben der SIG Sauer lag ein Schalldämpfer.

Hella fand als Erste die Sprache wieder. »Wickeln Sie die Waffe vorsichtig wieder ein und machen Sie den Deckel wieder drauf.«

Gerrit Eilers nickte, legte das Tuch sorgfältig über die Waffe und schloss den Behälter. »Was ist das jetzt?«

»Sie muss Rüdiger Scharff gehört haben«, sagte Hella. »Können Sie die Waffe in der Polizeistation einschließen? Ich sage der Kriminaltechnik Bescheid. Die schicken morgen jemand auf die Insel, um sie abzuholen.«

»Kein Problem«, sagte Gerrit Eilers und beugte sich wieder zur Fliesenöffnung. Einen Moment später reichte er Hella eine Schachtel, die, wie sich schnell herausstellte, Munition für die Pistole enthielt. Mit einem weiteren Griff holte der Inselpolizist ein kleines Paket aus dem Versteck und reichte es Hella. »Mehr sehe ich nicht.«

»Wir lassen das Paket verschlossen. Geben Sie bitte morgen alles den Kollegen mit. Wir öffnen das jetzt nicht.«

Gerrit Eilers nickte. »Was denken Sie?« Er wies mit dem Kopf auf den Waffenbehälter. »Wer hat eine Waffe mit Schalldämpfer im Haus? Die auch noch versteckt ist.«

»Ehrlich gesagt habe ich noch keine Ahnung, was das bedeutet. Wenn Scharff Angst hatte – vor wem auch immer –, hätte er die Waffe doch so aufbewahrt, dass er sie schnell erreichen kann. Das ist hier definitiv nicht der Fall. Also hat er sie aus anderen Gründen versteckt. Unabhängig davon ist ja nicht einmal gesagt, dass es seine war.«

Sie verließen das Haus, und Hella begleitete ihren Inselkollegen bis zur Polizeistation, wo er die Waffe und das Paket in einem Tresor einschloss, bevor sich ihre Wege trennten.

7

Hella winkte ihrer Tochter zu, die am Tor des Kindergartens neben ihrer Freundin stand und zurückwinkte. Trotz des langen Urlaubs schien Jella keine Trennungsprobleme zu haben. Hella nahm das als gutes Zeichen für ihren ersten Tag im Kommissariat.

»Guten Morgen«, begrüßte sie Alina und Lars, als sie an deren geöffneter Bürotür vorbeikam. »In einer Stunde setzen wir uns zusammen.«

Nachdem sie in ihrem Büro gelüftet hatte, ging sie zu ihrem Stellvertreter Torsten Peters und ließ sich über die letzten drei Wochen in Kenntnis setzen. Anschließend drehte sie eine kurze Runde durchs Kommissariat und begrüßte alle anwesenden Kollegen, bevor sie zurück in ihr Büro zur Besprechung mit Lars und Alina eilte.

»Okay, der Start war wegen meines Urlaubs etwas holprig, deshalb würde ich vorschlagen, wir legen nochmals alles auf den Tisch und reden anschließend darüber, wie es weitergeht.«

Alina nickte, Lars hob den Daumen.

»Was haben wir? Rüdiger Scharff, achtundsiebzig, wird in seinem Wohnzimmer tot aufgefunden. Die Rechtsmedizin stellt fest, dass er erstickt wurde.«

Lars räusperte sich. »Vor zehn Minuten hat Dr. Wolters angerufen. Es wurden Reste von Gamma-Butyrolacton festgestellt, sprich: Scharff ist mit K.-o.-Tropfen betäubt worden.«

»Das erklärt die fehlenden Abwehrspuren.«

Alina beugte sich leicht vor. »Roland Radmeier hat am Samstag eine Zusatzschicht eingeschoben. Der Wein ist mit Wasser verdünnt worden, was darauf hinweist, dass Rüdiger Scharff mit dem Täter oder der Täterin etwas getrunken hat. Dabei sind ihm wahrscheinlich die K.-o.-Tropfen verabreicht worden.«

Hella nickte. »Ein weiterer Punkt wäre damit geklärt. Scharff hat also mutmaßlich die Person, die ihn getötet hat, ins Haus gelassen. Ist der Wein ein Zeichen, dass sich beide gut kannten?«

»Ich denke schon«, meinte Lars.

Hella wiegte den Kopf hin und her. »Nicht unbedingt. Wenn Scharff bereits die Flasche aufgemacht hatte, als die Person zu ihm kam, hat er ihr vielleicht etwas angeboten.«

»Biete ich fremden Menschen Wein an? Wasser, Kaffee oder Tee, ja, aber doch keinen Wein.«

»Die Person kann darum gebeten haben«, warf Alina ein.

»Gut, lassen wir das noch einmal offen«, sagte Hella. »Auf jeden Fall war es keine beliebige Person, die zum Beispiel nach dem Weg gefragt hat. Da sind wir uns sicher einig.«

»Es wäre ja auch möglich, dass der fehlende Wein in der Flasche eine andere Bedeutung hat«, überlegte Lars. »Angenommen, Rüdiger Scharff sitzt im Wohnzimmer, hat bereits ein Glas Wein getrunken und schenkt sich gerade ein weiteres ein, als der«, Lars malte Anführungszeichen in die Luft, »Besuch klingelt. Er lässt ihn oder sie herein und führt die Person ins Wohnzimmer. Irgendwie schafft sie es, die Tropfen in den Wein zu träufeln, Scharff trinkt noch einen Schluck und wird dann müde und verwirrt. Der Täter oder die Täterin hat nach der Tat das Glas gründlich gesäubert, damit dort keine Rückstände zu finden sind. Der Wein wurde aufgefüllt, weil es sonst schnell so ausgesehen hätte, als wäre noch jemand da gewesen.«

»Okay, ein eindeutiges Indiz dafür, dass Scharff die Person kannte, ist der fehlende Wein also nicht. Zumindest dürfte es aber jemand gewesen sein, der mit einem Anliegen zu Scharff gekommen ist. Ansonsten hätte er ihn wohl kaum ins Wohnzimmer gelassen.«

Alina nickte. »Sehe ich auch so.«

»Kommen wir zu meinem Fund im Badezimmer«, übernahm wieder Hella. »Eine SIG Sauer mit Schalldämpfer, die, wie mir Roland am Wochenende noch mitgeteilt hat, seit längerer Zeit nicht benutzt worden ist.«

»Was war in dem Päckchen?«, fragte Lars.

Hella schmunzelte. Lars zögerte bei seinen Berichten gerne das interessanteste Detail lange hinaus und genoss es, die anderen warten zu lassen. Umgekehrt hatte er weit weniger Geduld.

»Achtzigtausend Dollar. Und ein Pass auf den Namen Jules Bernard.«

»Ein fremder Pass?«, fragte Lars.

»Wie man sieht. Das Foto zeigt allerdings Rüdiger Scharff.«

»Jetzt mach es nicht so spannend«, sagte Alina. »Ist er gefälscht?«

»Das konnte Roland mir nicht sagen. Er meinte aber, dass er echt aussieht. Der Pass ist beim französischen Konsulat in Hamburg vor sechs Jahren verlängert worden. Das Foto zeigt Rüdiger Scharff, als er«, Hella griff nach ihrem Handy, öffnete den Mailaccount und drehte das Handy um, »ich würde sagen, Mitte fünfzig war.«

Alina und Lars nickten.

»Er wird sich ja wohl kaum einen gefälschten Pass im französischen Konsulat verlängern lassen«, mutmaßte Lars.

»Eine Fälschung in der Fälschung?«, fragte Alina.

»Roland fragt heute beim Konsulat in Hamburg schriftlich an. Mit etwas Glück bekommen wir über den kurzen Dienstweg zumindest heraus, ob der Pass echt ist und Scharff neben der deutschen auch die französische Staatsbürgerschaft hat.«

Lars stöhnte theatralisch. »Das wird ja immer verworrener. Warum sollte er in Frankreich einen anderen Namen haben und unter dem auch einen echten Pass besitzen?«

»Das werden wir dann sehen. Bleiben wir erst mal auf Spiekeroog. Gerhard Meyer. Wie hat er reagiert, als ihr ihn nach seinem Alibi gefragt habt?«

»Er hat gegrinst, ist aber dann gleich wieder ernst geworden«, sagte Alina. »Er war auf dem Festland und hat in Oldenburg übernachtet.«

»Habt ihr es schon überprüfen können?«

Lars nickte. »Das Zimmer wurde auf seinen Namen bestellt, er hat nachmittags eingecheckt und auch gleich bezahlt, da er angeblich am nächsten Tag früh einen Termin hatte. Die Oldenburger Kollegen waren so nett und haben dem Personal das Foto gezeigt. Sie haben bestätigt, dass er die Person war, die das Zimmer belegt hat.«

»Aber?«

»So früh war sein Termin in Oldenburg gar nicht«, sagte Lars. »Der war um zwölf Uhr. Die erste Fähre von Spiekeroog legte um halb elf in Neuharlingersiel an. Er hätte also theoretisch noch am Abend zurück auf die Insel fahren können und am nächsten Morgen zurück nach Oldenburg. Er hat am Hafen ein Auto in den Garagen stehen und hätte problemlos um zwölf wieder in Oldenburg sein können.«

»Dann hätte er aber zweimal mit der Fähre fahren müssen und wäre Gefahr gelaufen, gesehen zu werden«, gab Alina zu bedenken. »Wir sollten Kollege Eilers bitten, bei dem Fährpersonal nachzufragen.«

»Wohnt Meyer alleine?«, fragte Hella.

Lars nickte. »Er hat eine Eigentumswohnung mit drei Zimmern.«

»Motiv?«, fragte Hella an Lars gewandt.

»Es gibt keins«, preschte Alina vor.

»Nicht unbedingt«, sagte Lars. »Wir kennen es vielleicht nur noch nicht.«

»Wer ruft bei Gerrit Eilers an?«, fragte Hella.

Lars hob die Hand. »Schon notiert.«

»Dörte Dirksen. Sie hat kein Alibi, da sie an dem Abend weder außer Haus war noch jemand zu Besuch hatte. Sie war mehr als erstaunt, als ich ihr am Ende des Gesprächs die Frage gestellt habe. Ihre Reaktion wirkte ehrlich und nicht einstudiert. Auch bei ihr ist kein Motiv in Sicht.« Hella blätterte ihre Notizen um. »Kommen wir zu Hindrik Kruskopp. Er hat die Frage sehr gelassen aufgenommen. Auch er war alleine zu Hause und ist gegen dreiundzwanzig Uhr vor dem Fernseher eingeschlafen.«

»Bleibt Britta Joken, die Teilzeitgeliebte«, sagte Lars und fing sich dafür einen bitterbösen Blick von Alina ein.

»Frau Joken hat ebenfalls kein Alibi, da sie zu Hause war. Meine Frage hat sie nicht besonders gut aufgenommen. Sie war – so schien es mir – kurz davor, mich rauszuwerfen. Später hat sie sich beruhigt.«

»War es gespielt?«, fragte Alina.

»Genau das habe ich mich auch gefragt. Wir werden alle vier Bekannten beziehungsweise Freunde von Rüdiger Scharff unter die Lupe nehmen müssen. Hat er ihnen Geld geliehen, das sie vielleicht nicht zurückzahlen konnten? Gibt es über die aktuelle Freundschaft hinaus andere, vielleicht auch lange zurückliegende Verbindungen? Haben die vier Kontakt untereinander, gab es Konflikte, die uns verschwiegen wurden?«

»Scharff muss weitere Kontakte auf der Insel gehabt haben«, nahm Alina den Faden auf. »Er hat immerhin achtzehn Jahre dort gelebt und hatte den ganzen Tag Zeit. Was hat er gemacht? Wer außer seiner Putzfrau und den vier Freunden hatte Umgang mit ihm?«

Hella nickte. »Wir sollten mehrgleisig fahren. Insel, nahes Festland, Scharffs Leben vor Spiekeroog.«

»Wozu gehören die Waffe, das Geld und der französische Pass?«, fragte Lars. »Zu seinem alten Leben? Warum hat er dann die Waffe aufbewahrt?«

»Da Waffe, Geld und Pass nicht zu seinem Inselleben passen, muss es etwas mit seinem alten Leben zu tun haben«, schloss Hella. »Ihr beide fahrt morgen nach Spiekeroog. Ich frage Gerrit Eilers, ob er für euch eine Unterkunft hat. Ihr befragt dort jeden, der etwas zu Rüdiger Scharff sagen kann. Jede Kleinigkeit kann wichtig sein.«

»Und heute?«, fragte Lars.

»Nutzt ihr die Zeit, um seine vier Freunde zu durchleuchten. Vergesst nicht die Haushaltshilfe. Sie könnte eine größere Rolle spielen, als wir bisher angenommen haben.« Hella hielt kurz inne. »Sind die Bankdaten schon da? Haben sich die Telefongesellschaft und der Handy-Provider gemeldet?«

»Die Daten sind alle angefragt«, sagte Lars. »Ich habe heute

Morgen noch einmal nachgehakt. Bankdaten sind auf dem Weg, Festnetz wahrscheinlich schon in meinem Büro, der Handy-Provider lässt wieder mal auf sich warten.«

»Bitte alles gleich auf meinen Tisch«, sagte Hella.

»Werden wir allein mit den Ermittlungen fertig?«, fragte Alina zweifelnd.

Hella zuckte mit den Schultern. »Ich spreche später noch einmal mit Kriminaldirektor Onken. Ihr wisst selbst, wie dünn die Personaldecke im Moment ist. Urlaubszeit. Gehen wir erst mal an die Arbeit.«

Lars und Alina verließen das Büro, Hella stand auf, trat ans geöffnete Fenster und atmete tief die noch frische Morgenluft ein. Dieser Fall würde sich entweder schnell aufklären oder ausgesprochen kompliziert werden. Alles hing damit zusammen, ob der Täter oder die Täterin auf der Insel zu finden war oder ob das Motiv der Tat in Scharffs Vergangenheit lag.

Sie ging zu ihrem Schreibtisch und rief Roland Radmeier an.

»Wieder im Dienst?«

»Ja, deine faulen Tage sind vorbei.«

Radmeier lachte. »Na, das hast du ja schon aus dem Urlaub geschafft. Du rufst wegen der SIG Sauer an?«

»Ja, auch deshalb. Habt ihr eine Schussprobe gemacht?«

»Aber ja doch. Die Patrone ist auf dem Weg zum LKA nach Hannover. Du warst doch mal eine von ihnen. Kannst du vielleicht ein paar Strippen ziehen, damit wir das Ergebnis schneller bekommen? Viel Hoffnung hat mir der Kollege nicht gemacht. Er sprach von Wochen.«

»Das dachte ich mir schon. Ich telefoniere gleich mit Hannover. Wir brauchen das Ergebnis noch diese Woche.«

»Sehr gut. Damit wäre schon mal der erste Punkt geklärt. Dass die Seriennummer der Waffe entfernt war, habe ich dir ja schon am Samstag geschrieben. Ansonsten sieht die Waffe wie neu aus. Wenn du mich fragst – und das wirst du ja gleich tun –, ist sie kaum bis gar nicht benutzt worden, sehr gut in Schuss und einsatzbereit.«

»Heißt das, Rüdiger Scharff hat die Waffe regelmäßig aus seinem Versteck geholt, geölt und kontrolliert?«

»So verrückt das bei diesem Versteck klingt, aber genau das heißt es.« Er räusperte sich. »Übrigens, meinen Respekt, dass du die Waffe gefunden hast. Und sorry, dass wir nicht gründlicher waren.«

»Roland, zu dem Zeitpunkt wussten wir noch zu wenig. Du hättest die Waffe auch gefunden, wenn du noch einmal im Haus gewesen wärst.«

»Da bin ich mir nicht so ganz sicher«, murmelte Radmeier.

Hella hatte schon geahnt, dass ihr Waffenfund an ihm nagen würde. »Die Waffe ist also regelmäßig gepflegt worden. Was schätzt du, wie häufig er sie rausgeholt hat?«

»Schwer zu sagen. Ich schätze, alle zwei bis drei Jahre. Vorausgesetzt, sie liegt dort schon so lange. Einer meiner Mitarbeiter ist übrigens unterwegs nach Spiekeroog und wird das Bad noch einmal gründlich durchgehen. Vielleicht kann ich dir dann mehr dazu sagen, wie häufig die Fliese schon aufgemacht und wieder verfugt wurde.«

»Okay. Warten wir ab. Darf ich dich fragen, was du gedacht hast, als du von der Waffe gehört hast?«

»Du darfst. Die Seriennummer ist entfernt, die Waffe voll einsatzfähig, Munition vorhanden. Was soll ich da schon groß denken? Entweder hat der gute Mann panische Angst gehabt, dass er die Waffe vielleicht brauchen könnte.«

»Oder?«

»Es ist ein Andenken an frühere Tage. Was ich allerdings weniger glaube, da sie dafür zu gut gepflegt war. Es wird also immer wahrscheinlicher, dass die Waffe für Rüdiger Scharff ein Arbeitsinstrument war.«

Hella schluckte. Zu dem gleichen Ergebnis war sie auch gekommen. »Arbeitsinstrument?«

»Ich weiß, es klingt abenteuerlich, aber wenn die Waffe nicht zur Verteidigung gebraucht wurde – diese These steht ja durchaus auch im Raum –, dann haben wir es, gerade auch in Hinblick

auf den weiteren Fund unter der Badewanne, hier mit einem …
nun gut, sprechen wir es offen aus: einem Auftragskiller zu tun.«

»Auf Spiekeroog?«

»Auch diese Menschen gehen in Ruhestand.«

»Auf Spiekeroog?«, fragte Hella ein weiteres Mal.

»Ja, genau da. Wo ihn niemand vermuten würde.«

8

Hella wählte die Nummer der LKA-Zentrale und ließ sich mit Eva Kirsch verbinden. Zusammen mit Eva hatte sie an zwei komplizierten Fällen zu ihrer LKA-Zeit gearbeitet, aber später keinen Kontakt zu ihr gehalten.

»Hella Brandt? Habe ich das gerade richtig verstanden?«, meldete sich Eva Kirsch.

»Kennst du mehrere mit diesem verrückten Namen?«, fragte Hella lachend.

»Nein. Sag, wie lange ist das jetzt her? Zehn Jahre doch mindestens, oder?«

»Elf.«

»Hattest du dich nicht nach Oldenburg aufgemacht?«

Hella hatte das LKA wegen ihres damaligen Lebensgefährten verlassen, der in Oldenburg eine gut dotierte Stelle innehatte.

»Ja, aber das Kapitel ist lange vorbei und vergessen.«

»Manchmal ist es besser so«, erwiderte Eva Kirsch.

»Bei der Frau, deren Bauch täglich wuchs, konnte ich nicht mithalten.«

Eva Kirsch lachte. »So sind die Kerle. Sei froh, dass du den los bist. Und jetzt sitzt du im tiefsten Ostfriesland? Du warst hier auf den Fluren das eine oder andere Mal Thema bei den Kollegen. Ehrlich gesagt bin ich hin und wieder auch etwas neidisch geworden.«

»Ach, du weißt doch, dass die Presse gerne mal übertreibt.«

»Wieso glaube ich das in deinem Fall nicht und denke, dass die Journalisten eher weniger als mehr von dir erfahren haben? Oder bist du inzwischen zur Rampensau geworden?«

Hella schmunzelte. Eva hatte nie ein Blatt vor den Mund genommen. Sie mochte ihre gerade und ungekünstelte Art. »Ganz sicher nicht. Das überlasse ich lieber anderen, die das besser können.«

»Dachte ich mir doch. Aber wegen einem kleinen Plausch hast du mich sicher nicht angerufen?«

»Leider nicht nur. Du arbeitest immer noch im Bereich Organisierte Kriminalität?«

»Wo sollte ich sonst hin? Du weißt doch, wie gerne ich im schlimmsten Dreck wühle.«

Hella erzählte ihr von dem Waffenfund, dem gebunkerten Geld, dem französischen Pass sowie ihrem Verdacht. »Ich brauche so schnell wie möglich einen Abgleich der Kugel, die die Auricher KT zu euch nach Hannover geschickt hat.«

Eva stieß einen Pfiff aus. »Das ist ja ein Ding. Auf Spiekeroog, hast du gesagt? Wie alt ist der Mann geworden?«

»Achtundsiebzig. Er lebte seit achtzehn Jahren auf der Insel. Vermutlich im Ruhestand.«

»Oder auch nicht. Professionelle Auftragsmörder kommen in unseren Breiten nicht ganz so häufig vor. Ich durfte mich vor zwei Monaten zu einem Onlinevortrag der FBI-Kollegen zuschalten. Die haben ja etwas mehr Erfahrung mit diesem netten Berufsstand. Worauf ich hinauswill: Dort wurde zwar auch gesagt, dass diese Menschen ab einem bestimmten Alter weniger aktiv sind, aber selten ganz aufhören.«

»Ich höre schon, ich bin genau richtig bei dir. Was meinst du, kannst du die Analyse der Kugel beschleunigen?«

»Ich versuche zumindest mein Glück. Versprechen kann ich dir nichts. Du weißt selbst, dass alle Kollegen meinen, ihr Fall sei der Jahrhundertfall und müsse Vorrang haben.«

»Schon klar. Danke schon mal.«

»Und sonst? Alles klar bei dir?«

Hella erzählte Eva von Leon und Jella. Nur ihren wiedergefundenen Sohn Benjamin übersprang sie.

»Wow! Ein Kind. Wie bitte schön machst du das? Ich habe mir selbst den Gedanken daran verkniffen.« Sie lachte auf. »Mal ganz davon abgesehen, dass mir bis jetzt noch kein Mann über den Weg gelaufen ist, der es lange mit mir ausgehalten hätte.«

»Ist es nicht eher umgekehrt? Du hast die Männer in die Wüste geschickt.«

»Mag sein. Es gibt aber auch ... Ach, lassen wir das Thema. Wenn du mal in Hannover bist, können wir uns doch treffen und mal so richtig ablästern über all die Typen, die es nicht mit uns aufnehmen konnten und können.«

»Gerne. Allerdings habe ich das Glück gehabt, einen zu finden, über den ich nie lästern würde. Ganz im Gegenteil.«

Eva Kirsch seufzte theatralisch. »Ich leider nicht. Aber dir gönne ich es von ganzem Herzen.«

Die Staatsanwältin Christina von Kampen begrüßte Hella und fragte, ob sie einen erholsamen Urlaub gehabt habe.

»Danke, sehr erholsam.«

»Bis auf eine kleine Unterbrechung, wie ich gehört habe.«

»Das war in Ordnung.«

»Sie haben Neuigkeiten für mich. Ihr Kollege Peters hat mich über den Fall auf dem Laufenden gehalten.«

Hella berichtete ihr von dem Fund im Badezimmer.

»Das wirft ja ein ganz neues Licht auf den Fall. Und Sie haben sich bereits mit dem LKA kurzgeschlossen?«

»Das läuft alles. Ich hoffe, dass wir über die Kugel bald Klarheit haben.«

»Ich sehe, Sie haben alles im Griff. Informieren Sie mich bitte sofort, wenn der Fall in die Richtung geht, die Sie vorhin angedeutet haben.«

Sie verabschiedeten sich. Hella wählte als Nächstes die Nummer des Kriminaldirektors Onken, der in Aurich seinen Sitz hatte. Auch er war über die bisherigen Ermittlungen im Bild und bekam von Hella ein kurzes Update. Auf die Frage, ob ihr weitere Kollegen für den Scharff-Fall zugeordnet werden könnten, blieb der Kriminaldirektor zurückhaltend und meinte, sie sollten zunächst den Abgleich der Kugel aus der gefundenen Waffe abwarten.

»Darf ich?«, fragte Lars an Hellas halb geöffneter Tür.

»Komm schon rein.«

Er trat an ihren Schreibtisch und legte einen Stapel Papiere darauf. »Das sind Rüdiger Scharffs Kontoauszüge der letzten zehn Jahre. Ich habe sie dir gleich mal ausgedruckt.«

»Danke, Lars.« Sie blätterte den Stapel durch. »Wie viele Seiten?«

»Zweihundertdreiunddreißig. Über die Jahre kommt schon was zusammen. Festnetz sollte auch gleich kommen.«

Hella zog den Stapel zu sich. »Auf in den Kampf.«

Eine halbe Stunde später blätterte sie die letzte Seite um. Viele der Buchungen tauchten regelmäßig auf. Nur wenige waren interessant.

Als Erstes fiel Hella auf, dass Rüdiger Scharff häufig Bareinzahlungen getätigt hatte. Sie lagen zwischen fünftausend und achttausend Euro, über die zehn Jahre verteilt mindestens einmal im Monat. Neben dem Girokonto bestand ein Tagesgeldkonto. Der Kontostand des ersten belief sich auf einundzwanzigtausend, des zweiten auf knapp vierhunderttausend Euro.

Hella fragte sich, wie Rüdiger Scharff an das Bargeld gekommen war. Hatte er einen größeren Betrag im Haus, den er nach und nach auf seine Konten eingezahlt hatte, oder bekam er die Beträge laufend zugeschickt? Bei der ersten Durchsuchung hatten Roland Radmeiers Mitarbeiter fünfundzwanzigtausend Euro in bar gefunden, die vermutlich noch darauf warteten, eingezahlt zu werden.

Hatte Rüdiger Scharff ein Konto im Ausland – zum Beispiel ein Nummernkonto in der Schweiz –, von dem er jedes Jahr einen Betrag in bar abhob? Oder hatte es jemand für ihn erledigt? Hella hatte in einer Fachzeitschrift von Kurieren gelesen, die diese Arbeit gegen Bezahlung übernahmen. Woher stammte das Geld? Wenn es offiziell versteuert gewesen wäre, hätte Scharff den Betrag auch in einer Summe überweisen können. Der Aufwand mit den monatlichen Einzahlungen war immens. Vermutlich war Scharff dafür auch aufs Festland gefahren und hatte die Beträge nicht immer in der gleichen Bank eingezahlt.

Barauszahlungen gab es nur geringe. Hella vermutete, dass Scharff sich hin und wieder am Bankautomaten Geld gezogen hatte, um den Anschein von Normalität zu wahren. Nach ihrer Theorie hatte er immer ausreichend Bargeld im Haus und eine Barabhebung nicht nötig gehabt.

Einige Überweisungen und Abbuchungen über die Kreditkarte deuteten auf häufigere Festlandaufenthalte hin, als die Zeugen, vor allem Dörte Dirksen, mitbekommen hatten. Hamburg schien gerade in der ersten Zeit der letzten zehn Jahre sein Lieblingsziel gewesen zu sein. Dort hatte Scharff im Laufe der Jahre zwanzig Mal in Hotels eingecheckt, häufig für ein oder zwei Tage, hin und wieder auch für drei oder vier. Zwar fand Hella auch Abbuchungen von Musical- und Theaterbesuchen, aber bei Weitem nicht so viele, wie die Zeugen vermutet hatten. Alle anderen Ausgaben wie Restaurantbesuche oder Einkäufe musste Scharff in bar bezahlt haben, da es keine Abbuchungen über die Kreditkarte gab.

In den letzten drei Jahren hatte Scharff nur eine Übernachtung in Hamburg per Kreditkarte bezahlt. Dafür war sein Ziel häufiger Oldenburg gewesen. Hella fand fünf Übernachtungen in jeweils unterschiedlichen Hotels, die über die Kreditkarte abgerechnet worden waren.

Nur zweimal hatte Scharff seine Kreditkarte genutzt, um ein Auto zu mieten. Einmal vor sechs Jahren für zwei Tage, ein weiteres Mal vor knapp einem Monat. Beide Buchungen liefen über die Esenser Filiale eines großen Vermieters. Hella suchte die Telefonnummer heraus und rief bei der Niederlassung an. Ihr erster Gesprächspartner weigerte sich, Informationen weiterzugeben. Sie ließ sich mit dem Geschäftsführer verbinden und erklärte ihm ihr Anliegen.

»Sie sind die Hauptkommissarin aus Wittmund, die in den letzten Jahren häufiger in der Zeitung genannt wurde?«

»Ja, hin und wieder lässt es sich nicht vermeiden, dass ich auf Pressekonferenzen Rede und Antwort stehe.«

»Sie müssen wissen, ich bin passionierter Krimileser und lese natürlich jeden Artikel in der örtlichen Presse, wenn über Verbrechen gerade hier in der Region berichtet wird. Arbeiten Sie wieder an einem großen Fall, Frau Brandt?«

»Tut mir leid, Herr Sörensen, Sie wissen sicher, dass wir über laufende Ermittlungen keine Informationen herausgeben dürfen.«

»Natürlich, entschuldigen Sie meine Frage. War dumm von mir. Über wen brauchen Sie eine Auskunft?«

»Rüdiger Scharff, Spiekeroog. Er hat in Ihrer Filiale zweimal einen Pkw gemietet. Vor sechs Jahren und vor einem Monat.«

»Einen Augenblick bitte.« Hella hörte, wie er eine Tastatur bediente. »Ja, hier habe ich den Herrn. Vor sechs Jahren war ich noch nicht hier, aber an seine letzte Buchung erinnere ich mich. Ich habe sie selbst aufgenommen. Herr Scharff hatte den Wunsch, den Wagen in Neuharlingersiel zu übernehmen. Wir haben das natürlich möglich gemacht. Gegen einen geringen Aufpreis, versteht sich.«

»Wann hat Herr Scharff das Fahrzeug zurückgebracht?«

Der Filialleiter räusperte sich. »Sie wissen schon, dass ich eigentlich keine personenbezogenen Daten herausgeben darf. Wenn Sie die also offiziell brauchen, benötige ich einen richterlichen Beschluss.«

»Den bekommen Sie, Herr Sörensen.«

»Nun gut, ich weiß ja, dass es bei der Arbeit manchmal schnell gehen muss, wenn man Spuren verfolgt. Also, Herr Scharff hat das Fahrzeug am folgenden Tag nachmittags auf dem Parkplatz des Fährhauses wieder abgestellt und uns informiert. Wir haben es daraufhin noch am gleichen Tag dort abgeholt.«

»Sie wussten also vorher nicht, wie lange Herr Scharff den Wagen benötigen würde?«

»Nein, das hat er bei der Buchung offengelassen. Ich habe

den Herrn allerdings nicht persönlich kennengelernt, sondern nur mit ihm telefoniert.«

Hella bedankte sich bei dem Filialleiter und verabschiedete sich.

Kaum hatte sie den Telefonhörer aufgelegt, meldete sich Roland Radmeier.

»Schlechte Nachrichten. Das Hamburger Konsulat gibt keine Informationen über französische Bürger heraus. Wir sollen den offiziellen Weg über ein Auskunftsersuchen in Frankreich stellen.«

»Hast du die Telefonnummer in Hamburg?«

»Schicke ich dir sofort.«

Nach zehn Minuten und mehrfachem Wiederholen ihres Anliegens war Hella im Vorzimmer des Generalkonsuls Maxime Durand gelandet. Dieses Mal verzichtete sie auf große Erklärungen, gab sich als Leiterin eines deutschen Kommissariats zu erkennen und sprach davon, dass sie den Generalkonsul in wichtigen und dringenden Angelegenheiten sprechen müsse. Schließlich wurde sie zu Durand durchgestellt.

»Frau Hauptkommissarin Brandt«, begrüßte er sie mit deutlichem französischen Akzent. »Sie haben meiner Assistentin aber ziemlich Angst eingejagt.« An seiner Stimme konnte sie hören, dass er eher belustigt als verärgert war.

»Entschuldigen Sie vielmals. Es hat zwanzig Minuten und viel Überredungskunst gebraucht, um zu Ihnen vorzustoßen.«

»Leider ist meine Zeit begrenzt, wie Sie sich sicher vorstellen können. Aber da wir nun schon mal so nett sprechen, teilen Sie mir doch Ihr Anliegen mit.«

»Vielleicht kennen Sie die Ostfriesische Insel Spiekeroog?«

»Durchaus. Meine Mutter war Deutsche und ist tatsächlich einmal mit mir auf dieser Insel gewesen, als ich etwa zehn Jahre alt war. Auch wenn es schon lange her ist, habe ich gute Erinnerungen daran.«

»Vor ein paar Tagen ist dort ein achtundsiebzigjähriger Mann getötet worden. Rüdiger Scharff, deutscher Bürger. Bei der Hausdurchsuchung haben wir einen französischen Pass auf den Namen Jules Bernard gefunden. Der Pass scheint auf den ersten Blick echt zu sein. Er ist auch bei Ihnen im Konsulat verlängert worden. Können Sie mir bestätigen, dass Jules Bernard neben der deutschen auch die französische Staatsangehörigkeit hatte?«

Der Generalkonsul schwieg, Hella meinte allerdings zu hören, dass er etwas auf einer Tastatur eintippte.

»Im Prinzip ist eine doppelte Staatsangehörigkeit ja keine Seltenheit«, fuhr Hella fort. »Allerdings handelt es sich hier um zwei vollkommen verschiedene Namen. Sie verstehen sicher, warum wir bei Ihnen nachfragen.«

»Durchaus, Frau Hauptkommissarin Brandt. Aber ich muss auch um Verständnis bitten, wenn wir keine Daten ohne offizielle Anfrage herausgeben.«

»Die ersten Tage bei Ermittlungen in einem Tötungsdelikt sind die wichtigsten. Meine Vermutung ist die, dass wir, wenn überhaupt, erst mit sehr langer Verzögerung Informationen aus Ihrem Heimatland bekommen würden.«

Der Generalkonsul seufzte. »Habe ich richtig verstanden, dass Monsieur Bernard Opfer eines Verbrechens ist?«

»Das ist richtig.«

»Sie ermitteln also in diesem Fall nicht gegen einen französischen Staatsbürger?«

»Nein, Herr Scharff beziehungsweise Bernard ist Opfer. Im Übrigen wird in Deutschland nicht gegen Verstorbene ermittelt.« Hella schöpfte Hoffnung, dass sie zumindest an minimale Informationen gelangen könnte.

»Ich kann bestätigen, dass Monsieur Bernard die französische Staatsangehörigkeit besitzt und viele Jahre in Frankreich gelebt hat.«

»Warum der andere Name?«

»Dazu kann ich Ihnen nichts sagen.«

»Der Pass, der auch bei Ihnen verlängert wurde, ist also definitiv keine Fälschung?«

»Nein.«

Im gleichen Moment wurde Hella klar, womit sie es zu tun haben könnte. »Herr Bernard hat über geraume Zeit in oder für Frankreich gearbeitet?«

Der Generalkonsul zögerte die Antwort hinaus, bevor er sich schließlich äußerte. »Ich kann Ihnen dazu keine offizielle Auskunft geben.«

»Eine inoffizielle würde mir reichen«, sagte Hella. »Und sehr helfen bei der Aufklärung des Verbrechens. Immerhin ist ein französischer Staatsbürger getötet worden, da …«

»Inoffiziell kann ich Ihre Frage mit Ja beantworten«, unterbrach sie Durand.

»Die Zeit seiner Tätigkeit umfasste fünf oder mehr Jahre?«

»Auch das kann ich bestätigen.« Er räusperte sich. »Ich würde mich gerne weiter mit Ihnen unterhalten, aber leider habe ich dringende Termine. Ich wünsche Ihnen alles Gute bei Ihren Ermittlungen. Es wäre sehr freundlich, wenn Sie eine offizielle Meldung über den Tod unseres Staatsbürgers an mein Konsulat schicken könnten.«

»Vielen Dank für Ihr Entgegenkommen. Das werde ich machen.«

Sie verabschiedete sich von dem Generalkonsul und sagte zu, dass sie ihn über den Ausgang der Ermittlungen informieren würde.

9

»Hast du noch kurz Zeit?«, fragte Alina über Telefon an. »Dann können wir dir von unseren Recherchen berichten.«

»Zwei Stunden habe ich noch. Kommt ihr in einer Viertelstunde? Ich muss noch kurz telefonieren.«

Kurz darauf saßen Alina und Lars bei ihr am Besprechungstisch und hörten sich Hellas Bericht an.

»Und was vermutest du jetzt?«, fragte Lars.

»Ich könnte mir vorstellen, dass Rüdiger Scharff in der französischen Fremdenlegion war und dort zum Beispiel verwundet wurde und mit entsprechenden Auszeichnungen ausgeschieden ist.«

»Verwundet? Ist das nicht sehr weit hergeholt?«

»Ich habe gerade mit Dr. Wolters gesprochen. Sie hat bestätigt, dass Rüdiger Scharff eine lange Narbe am Oberkörper hat, die durchaus mit einer Schussverletzung in Zusammenhang stehen könnte. Dr. Wolters ist zunächst von einer Operationsnarbe ausgegangen, hat aber während unseres Telefongesprächs noch einmal die Fotos hervorgeholt. Die Ursache der Narbe liegt viele Jahrzehnte zurück. Dr. Wolters geht noch einmal die Fotos und Ergebnisse der Obduktion durch und meldet sich morgen dazu.«

»Also Soldat«, sagte Lars. »Und kein gewöhnlicher. Was heißt das jetzt für uns? Scharff war achtundsiebzig Jahre, seine Zeit bei der Fremdenlegion müsste fünfzig Jahre und länger zurückliegen. Ein halbes Jahrhundert.«

»Immerhin schon mal ein mögliches Puzzleteil seines alten Lebens«, warf Alina ein.

»Und es würde bedeuten, dass er sich mit Waffen ausgekannt hat«, sagte Hella. »Die Frage ist, was nach der Legion kam. Wen oder was hat er beraten? Hatte es etwas mit seiner Erfahrung beim Militär zu tun? Die Fremdenlegion wurde in den französischen Kolonien und später überall in der Welt eingesetzt. Vor

allem, wenn es um kriegerische Auseinandersetzungen ging.
Wenn Scharff nicht nur einfacher Soldat war, wird er dort überall Kontakte gehabt haben.«

»Sprich: Er war eine Art Militärberater?«, fragte Lars.

Hella nickte. »Das wäre eine Möglichkeit und würde auch
zu seinen unklaren Wohnorten passen.«

»Also haben wir als Mordmotiv späte Rache wegen seiner
Einsätze als Fremdenlegionär oder der späteren Tätigkeit«, sagte
Lars. »Wenn dem so ist, können wir gleich einpacken. Der Täter
ist in dem Fall mit hoher Wahrscheinlichkeit aus dem Ausland
gekommen und längst wieder dorthin verschwunden.«

»Scharff war achtundsiebzig, hatte schon achtzehn Jahre
nicht mehr gearbeitet«, erwiderte Alina. »Was sagt das über
den Täter aus? Ist er auch bereits im Rentenalter? Oder handelt
es sich um einen Angehörigen eines Opfers? Lars hat recht.
Das ist nicht mal die Nadel im Heuhaufen, sondern eher ein
Sandkorn am Strand.«

»Konzentrieren wir uns erst mal auf das Nächstliegende.
Das sind die Freunde und Bekannten auf Spiekeroog und die
Waffe. Ich habe mich mit dem LKA in Hannover in Verbindung
gesetzt und darum gebeten, dass die Kugel aus der Schussprobe
schnellstmöglich mit der Datenbank abgeglichen wird.«

»Was anderes bleibt uns wohl nicht übrig«, murmelte Lars
und fügte laut hinzu: »Alina und ich haben die vier Freunde
überprüft. Soll ich anfangen?« Als beide Frauen nickten, fuhr
er fort. »Hindrik Kruskopp. Einundneunzig, Kind der Insel,
Abitur an der Internatsschule, Studium in Hamburg, Berlin
und Oxford. Anschließend die übliche Laufbahn, die alle Ärzte
durchlaufen müssen. Facharzt für Chirurgie, Oberarzt, Chefarzt und Professur. Alles in Berlin. Er war als junger Mann mit
Luise Kruskopp, geborene Weißhaupt, verheiratet. Die Ehe
wurde Ende der Sechzigerjahre geschieden. Soweit ich herausfinden konnte, lief das sehr zivilisiert ab. Man hat sich geeinigt,
Luise hat wenig später einen von Hindrik Kruskopps Kollegen
geheiratet und vier Kinder bekommen.«

»Sind diese Details wichtig für unseren Fall?«, fragte Alina.

Lars zuckte mit den Schultern. »Kann man das vorher wissen? Ich bin auch gleich durch.« Er blätterte die Seite in seinem Notizbuch um. »Nach der Scheidung ging es mit Kruskopps Karriere steil nach oben. Er wurde ein international anerkannter Herzchirurg, der neben seiner Tätigkeit an der Berliner Charité überall auf der Welt Vorträge gehalten hat. Mit siebzig hat er sich von heute auf morgen auf Spiekeroog komplett zurückgezogen. Ich habe mit einem Chefarzt der Auricher Klinik gesprochen, den ich privat einmal kennengelernt habe. Sein Doktorvater hat ihm einmal erzählt, dass damals niemand diesen plötzlichen und radikalen Schnitt verstanden hat.«

»Private Gründe?«, warf Alina ein.

»Wie gesagt, der Grund für sein Ausscheiden scheint ein großes Geheimnis zu sein. Vom Starchirurgen zum Wattführer. Ob sich sein Lebensweg schon vor Spiekeroog in irgendeiner Weise mit dem von Rüdiger Scharff gekreuzt hat, wäre hier, wie auch bei den anderen Freunden, die große Frage.«

»Dann mache ich mal mit Dörte Dirksen weiter«, übernahm Alina. »Sie ist zweiundsiebzig, keine Kinder. Ihr Mann Walter starb vor dreizehn Jahren an einer Krebserkrankung. Frau Dirksen hat dann bis zu ihrer Pensionierung mit dreiundsechzig an der Spiekerooger Grundschule gearbeitet. Sie engagiert sich für die Insel im Naturschutz und macht Führungen durch das Inseldorf. Anders als manche Insulaner hat sie kein eigenes Auto in Neuharlingersiel stehen. Alles zusammen eine ganz normale Biografie.« Sie sah auf ihre Notizen. »Weiter geht es mit Britta Joken. Sie ist zweiundsechzig, hat nach ihrem Realschulabschluss eine Ausbildung als Kosmetikerin absolviert und mit sechsundzwanzig ihren ersten Mann geheiratet. Er war dreiundzwanzig Jahre älter, also neunundvierzig. Zehn Jahre später starb er an einem Schlaganfall, Frau Joken erbte sein nicht sehr kleines Vermögen und heiratete mit einundvierzig ihren zweiten Mann. Auch der war knapp zwanzig Jahre älter und vermögend. Alter Geldadel. Die Ehe wurde nach zehn Jahren geschieden. Über die Vereinbarung der Eheleute konnte ich nichts finden, aber ich gehe davon aus, dass Frau Joken auch hier finanziell profitiert hat. Die Eigentumswohnung auf Spiekeroog hat sie allerdings schon aus erster Ehe, das Haus auf Mallorca ebenfalls. Seit der Scheidung lebt sie in den Sommermonaten hier in der Wohnung auf Spiekeroog. Wir können also davon ausgehen, dass sie finanziell mehr als unabhängig ist. Vorstrafen hat sie keine, in Neuharlingersiel hat sie ein Mercedes-Cabrio stehen, das sie aber selten benutzt, wie mir der Betreiber der Garage am Telefon gesagt hat.«

Hella machte sich eine Notiz. »Merkwürdig, dass Rüdiger Scharff sich einen Mietwagen aus Esens hat kommen lassen, wenn seine Freundin dort ein Fahrzeug stehen hat. Sie hätte es ihm doch sicher ausgeliehen.«

»Vielleicht hat er sie doch nicht immer in Kenntnis gesetzt, wenn er auf dem Festland war«, sagte Alina. »Hat sie nicht davon gesprochen, dass er nur selten dort war und sie immer vorher informiert hat?«

Hella nickte. »Klingt danach, als wenn Scharff ihr nicht alles anvertraut hat.«

Lars räusperte sich. »Ich habe dann noch Gerhard Meyer. Dreiundfünfzig, fünfundzwanzig Jahre auf der Insel. Den Werdegang vom Immobilienmakler zum Verwalter von Ferienwohnungen und -häusern kennen wir. Vor Spiekeroog hat er in Oldenburg bei einem Immobilienmakler gearbeitet, bei dem er auch seine Ausbildung gemacht hat. So weit, so normal. Interessant ist eher seine Kindheit beziehungsweise seine Familie. Seine Eltern sind 1973 bei einem Unfall ums Leben gekommen. Zu dem Zeitpunkt war Meyer noch nicht einmal drei Jahre alt.«

»Er war nicht mit im Auto?«, fragte Hella.

»Nein, zu Hause mit dem Kindermädchen. Das Ganze hat sich aber in Togo abgespielt, wo die Eltern Entwicklungshelfer waren. Togo ist – das musste ich auch erst nachschauen – eine ehemalige deutsche Kolonie, die zwischen Ghana und Benin liegt. Nach dem Ersten Weltkrieg kam das Gebiet unter britischen und französischen Schutz und wurde 1960 unabhängig. Wenige Jahre nach der Unabhängigkeit hat das Militär geputscht, Étienne Gnassingbé Eyadéma kam an die Macht und hat bis 2005 regiert, anschließend ist sein Sohn zum Präsidenten gemacht worden. Die Meyers waren sehr kritisch gegenüber dem ersten Präsidenten und der Regierung, und es wurde vermutet, dass ihr Unfall kein Unfall war, sondern ein Anschlag. Wirklich untersucht wurde der Tod der Meyers nie, ihr Sohn wurde von der Großmutter väterlicherseits aus Togo nach Deutschland geholt und lebte zuerst bei ihr. Sie starb aber, als Gerhard Meyer fünf Jahre alt war. Da es keine weiteren Verwandten gab, ist der kleine Gerhard ins Kinderheim nach Oldenburg gekommen, war später bei einer Pflegefamilie, ist aber nach zwei Jahren zurück ins Heim. Das ging zweimal so hin und her, bis er mit fünfzehn in eine Wohngruppe gezogen ist. Nach dem Realschulabschluss hat er die Ausbildung begonnen – der Rest ist bekannt.«

Hella hatte sich Notizen gemacht und sah jetzt auf. »Hier könnte tatsächlich eine Verbindung zu Rüdiger Scharffs Tätigkeit vor Spiekeroog bestehen. Wenn er als Berater oder«, sie malte Anführungszeichen in die Luft, »Problemlöser der besonderen Art in den ehemaligen französischen Kolonien oder wie hier Schutzgebieten tätig war, könnte er auch in Togo gewesen sein.«

Lars meldete sich wieder zu Wort. »Es gab auch nach der Unabhängigkeit viele Kontakte zwischen der BRD und Togo. Franz Josef Strauß ist jedes Jahr dort zu Gast gewesen.«

»Bei dem Diktator?«, fragte Alina erstaunt.

»Ja. Andere deutsche Politiker auch. Dass es sich hier um eine knallharte Diktatur gehandelt hat, scheint damals niemanden interessiert zu haben.«

»Auch das könnte ein Hinweis sein, dass Scharff als Deutscher dort beliebt war und eingesetzt wurde.«

»Du meinst, Scharff könnte etwas mit dem Tod von Meyers Eltern zu tun haben?«, fragte Alina.

Hella nickte. »Oder Meyer hat ihn, als er von Scharffs Vergangenheit erfahren hat, stellvertretend dafür verantwortlich gemacht«, sagte Hella. »Wo waren die Meyers angestellt?«

»Angestellt im eigentlichen Sinne werden Entwicklungshelfer nicht, sie erhalten ein Unterhaltsgeld«, antwortete Lars. »Die Meyers waren über den Deutschen Entwicklungsdienst in Togo tätig. Der Träger hat sich allerdings 2011 mit anderen Trägern zusammengeschlossen zur Deutschen Gesellschaft für Internationale Zusammenarbeit. Die Adresse ist in Bonn. Soll ich dir die Telefonnummer schicken?«

»Ja, ich versuche, da morgen jemand zu erreichen.«

»Wird schwierig werden«, warf Lars ein. »Nach so vielen Jahren wird da kaum noch jemand arbeiten, der mit der Angelegenheit seinerzeit zu tun hatte.«

Hella nickte. »Wenn ihr morgen noch einmal mit den vier Freunden von Rüdiger Scharff sprecht, seid vorsichtig, gerade bei Gerhard Meyer. Aber nicht nur Meyer könnte ein Motiv haben, sondern auch die drei anderen.«

Alina wiegte den Kopf hin und her. »Nicht so einfach, wenn man nicht weiß, wo die Minen versteckt sind. Aber wir passen auf.«

»Wichtig ist, Informationen über die vier von anderen Zeugen zu bekommen. Fragt so beiläufig, wie es geht. Ich will nicht, dass sie zu früh merken, dass wir sie nicht nur als Zeugen ansehen.«

10

Alina stand neben Lars an der Reling. Die Spiekeroog-Fähre hatte in Neuharlingersiel abgelegt und fuhr aus dem Hafenbereich heraus.

Sie schmiegte sich an Lars und legte den Kopf auf seine Schulter. »Noch müde?«

Lars zuckte mit den Schultern. »Geht so.«

Sie schmunzelte. »Hätte ich dich gestern Abend doch in Ruhe lassen sollen?«

Er fuhr ihr mit der Hand zärtlich übers Haar. »Auf gar keinen Fall. Ich liebe Überraschungen.«

Alina hatte nicht schlafen können, war irgendwann nach Mitternacht auf Lars' Seite gekrochen und hatte ihn mit Küssen geweckt. »Gut, das werde ich mir merken.«

Lars lachte. »Du bist eine Nudel.«

Alina warf ihm einen strengen Blick zu. »Wie bitte! Nudel?«

»Ach, was auch immer. Auf jeden Fall liebe ich dich. Ob Nudel oder Wildfang.«

»Das will ich auch hoffen.« Sie stieß ihn spielerisch in die Seite, wurde aber gleich darauf ernst. »Hast du noch einmal darüber nachgedacht?«

Lars schwieg eine Weile und sah aufs Wasser. »Ist das nicht viel zu früh? Du siehst doch bei Hella, wie schwierig das alles plötzlich wird. Seit sie Jella hat, wirkt sie häufig doppelt gestresst. Und wir haben denselben Job. Leon und sie können sich das noch halbwegs einteilen und so über die Runden kommen.«

»Und was siehst du noch an Hella?«

Er zog die Augenbrauen zusammen. »Keine Ahnung, was du meinst.«

Alina seufzte. »Sie und Leon sind über zehn Jahre älter als wir. Und ist es in dem Alter einfacher? Gibt es weniger Stress? Nein. Und bis wir pensioniert sind, können wir wohl kaum mit dem Kinderkriegen warten.« Sie sah ihm in die Augen. »Oder ist das deine Strategie, Lars Mattes?«

»Nein, natürlich nicht.«

»Aber?«

»Ich habe da vor Hellas Urlaub etwas mitbekommen, was nicht für meine Ohren bestimmt war.«

Alina schmunzelte. »Hast du wieder einmal gelauscht?«

»Quatsch. Ich wollte zu Hella ins Büro, ihre Tür stand wie so häufig halb auf, und sie war am Telefonieren. Mit Leon, wie ich vermute, weil es um ein Sabbatjahr ging.«

»Ich dachte, mit dem Thema sind die beiden durch.«

Lars schüttelte den Kopf. »Wohl nicht ganz. Ich stand da nicht lange und bin dann auch zurück ins Büro. Es klang eher so, als wenn Hella sich das gut vorstellen könnte, aber zurückhaltend ist wegen Gesa. Du weißt doch, die alte Dame in der Nachbarschaft, mit der Hella und Leon eng befreundet sind. Sie will sie nicht alleine lassen.«

»Das war doch schon vorher ein Grund«, sagte Alina.

»Aber jetzt kam noch hinzu, dass sie sich Gedanken darüber macht, ob sie nach so einem Jahr im Ausland überhaupt wieder zurückkommen will. Das Thema scheint jedenfalls nicht abgehakt zu sein.«

»Und deshalb willst du jetzt mit dem Kinderkriegen warten?«

»Na ja, wenn Hella nicht wiederkommt, wird sich im Kommissariat so einiges ändern. Weißt du, ob wir dann noch hierbleiben wollen? Nein. Wittmund war dir doch immer schon zu klein.«

Alina rollte mit den Augen. »Ach, und deshalb haben wir uns um den Bauplatz beworben? Oder hast du das schon vergessen?«

Lars hatte nur zögerlich zugestimmt, sich bei der Stadt Wittmund für einen Bauplatz in einem Neubaugebiet zu bewerben.

»Natürlich nicht.« Er schloss kurz die Augen. »Sollten wir nicht lieber über die Ermittlungen reden?«

»Nein, sollten wir nicht«, beharrte Alina.

»Okay.« Lars legte den Kopf in den Nacken und atmete einmal tief durch. »Du weißt, dass ich mir ein oder zwei Kinder vorstellen kann. Ob es jetzt gleich sein muss, bin ich mir nicht so sicher.«

»Warum?«, fragte Alina.

»Es könnte sich so viel zwischen uns ändern. Ich habe davor einfach etwas Angst. Wie viele Paare vertragen den Stress mit Kind nicht und lassen sich irgendwann scheiden?«

»Wir sind noch gar nicht verheiratet«, merkte Alina an.

»Dann sollten wir das vielleicht erst mal in Angriff nehmen?«

Alina warf ihm einen überraschten Blick zu. »War das etwa ein Heiratsantrag?«

»Keine Ahnung. Klang zumindest danach, oder?« Lars griff nach ihrer Hand. »Auf die Knie gehe ich aber ganz sicher nicht. Und einen Verlobungsring habe ich auch nicht.« Er räusperte sich und sah ihr direkt in die Augen. »Alina Becker, würdest du mich trotzdem heiraten?«

Sie sah ihn skeptisch an. »Das muss ich mir gründlich überlegen. Immerhin könnte es sein, dass Hella bald …«

»Ist das dein Ernst?«, fiel Lars ihr mit entsetzter Miene ins Wort.

Alina lachte. »Natürlich nicht.« Sie schaute ihm tief in die Augen. »Lars Mattes, das war deine beste Idee seit Langem. Und ja, ich will dich heiraten.« Sie zog ihn an sich und küsste ihn zärtlich auf den Mund.

Lars strahlte übers ganze Gesicht. »Wow! Das ist …« Ihm verschlug es die Sprache.

»Im nächsten Frühjahr?«, fragte Alina. »Mai wäre ein Traum.« Sie hielt inne. »Dir ist schon klar, dass ich in Weiß heiraten will?«

»Solange ich mit einem Anzug davonkomme, ist mir alles egal.«

»Dann wäre das ja geklärt. Brauchen wir …«

»Stopp! Das besprechen wir ganz in Ruhe zu Hause. Okay? Oder bei einem romantischen Abendessen zu zweit. Auf jeden Fall nicht jetzt.«

Alina seufzte theatralisch. »Wenn es sein muss.« Sie schmiegte sich an ihn, Lars nahm sie fest in den Arm.

Als Lars und Alina die breite Straße vom Fährhafen zum Dorf gingen, fanden sich immer wieder ihre Hände. Alina hatte seit Monaten darüber nachgedacht, Lars zu fragen, ob sie heiraten wollten. Es hatte sich nie der richtige Zeitpunkt ergeben, und ein wenig hatte sie auch gehofft, dass Lars die Initiative ergreifen würde.

»Hat Kollege Eilers eigentlich ein Zimmer für uns gefunden?«, fragte Lars.

»Ja, in einer Pension, wo jemand kurzfristig abgesagt hat. Die wissen Bescheid, dass wir am späteren Nachmittag vorbeikommen.«

»Und heute Abend gehen wir schick essen?«

»Lass uns abwarten, wie sich der Tag entwickelt«, sagte Alina. »Unterhalten wir uns erst mal mit dem Inselkollegen, und dann fangen wir mit dem ehemaligen Chirurgen an.«

Lars nickte und schenkte ihr ein verliebtes Lächeln.

»Kommen Sie rein«, sagte Hindrik Kruskopp. »Ich habe gerade Tee aufgesetzt. Sie trinken doch eine Tasse?«

Alina und Lars nickten. »Gerne.«

Kruskopp führte sie in die Küche, in der bereits die Teekanne auf dem Tisch stand. Der alte Herr schenkte ihnen ein und setzte sich zu ihnen. »Frau Brandt war ja bereits bei mir. Sie haben noch Fragen?«

»Wir kommen gerne noch ein zweites Mal zu wichtigen Zeugen«, sagte Alina. »Es kommt häufig vor, dass einem noch etwas eingefallen ist, was im ersten Schrecken nicht so wichtig erschien.«

»Verstehe! Was interessiert Sie am meisten?«

»Wir suchen auf der einen Seite nach Herrn Scharffs aktuellen Kontakten auf Spiekeroog und dem Festland, auf der anderen Seite ermitteln wir zu der Vor-Spiekeroog-Zeit.«

Hindrik Kruskopp nickte. »Rüdiger war – das ist mir erst in den Tagen nach seinem Tod so richtig klar geworden – jemand, der sich nicht gerne in größeren Gemeinschaften aufhielt. So eins zu eins schien in Ordnung zu sein, aber jedes Mal, wenn ich ihn nicht alleine eingeladen habe, zum Beispiel bei einer Geburtstagsfeier, hat er abgesagt. Immer sehr freundlich und auch mit einem bestimmten Grund, aber ich habe Rüdiger tatsächlich immer nur alleine getroffen.« Er hob entschuldigend die Arme. »Fragen Sie mich jetzt bitte nicht, warum das so war. Ich weiß es nicht.«

»Aber Sie haben eine Vermutung?«, fragte Alina.

Hindrik Kruskopp lächelte. »Sie sind eine genauso gute Zuhörerin wie Ihre Chefin, Frau Becker. Ja, tatsächlich habe ich darüber nachgedacht. Es muss etwas mit Rüdigers Vergangenheit zu tun haben. Eventuell sogar mit seiner Kindheit. Ich weiß, das ist ein weites Feld. Wer trägt nicht sein kleines oder großes Päckchen mit sich herum.«

»Das ist richtig«, sagte Alina. »Nur wissen wir sehr wenig über Herrn Scharff. Ist Ihnen noch etwas eingefallen, was er erzählt hat?«

»Ich weiß nicht so genau, was ich Frau Brandt alles erzählt habe, aber so nach und nach erinnere ich mich an den einen oder anderen Satz, den Rüdiger zu seiner beruflichen Vergangenheit gesagt hat.« Der alte Herr hielt kurz inne. »Er habe gut verdient, hat er gemeint. Und dass er hoch spezialisiert gewesen sei. Das Wort ›Problemlöser‹ fiel einmal. Ich habe damals an Unternehmensberatung gedacht. Man hört ja immer wieder, dass Firmen in die Krise schlittern.«

Alina gab Lars ein Zeichen, sich zurückzuhalten. Er hatte sich nach vorne gebeugt und schien etwas fragen zu wollen. Sie wollte Kruskopp nicht in seinen Gedankengängen unterbrechen und wartete lieber ab.

»Aber inzwischen«, fuhr Kruskopp fort, »denke ich, er hat doch etwas Handfesteres gemacht.«

»An was haben Sie dabei gedacht?«, stellte Lars seine erste Frage.

»So weit bin ich mit meinen Überlegungen nicht gekommen. Rüdiger war schon ein kluger Kopf, nicht dass Sie mich falsch verstehen. Vielleicht hat er Firmen beraten beim Kauf von Spezialmaschinen. Zum Beispiel im Bergbau gibt es speziell auf die Kundenwünsche zugeschnittene Technik, die hohe Investitionen nach sich zieht. Da sind Menschen gefragt, die nicht nur theoretisches Wissen haben. Aber wie gesagt, Rüdiger wollte oder mochte nicht darüber reden. Ich konnte das durchaus nachvollziehen. Ich selbst habe auch einen radikalen Schnitt gemacht, als ich zurück nach Spiekeroog gezogen bin.«

»Das stelle ich mir schwer vor«, sagte Lars. »Ich habe einen Onkel, der als Investmentbanker gearbeitet und sich mit fünfzig von einem Tag auf den anderen aus dem Berufsleben verabschiedet hat. So früh in Rente zu gehen, war sein großer Traum. Aber als es so weit war, hat er die Arbeit vermisst.«

Hindrik Kruskopp lächelte mild. »Junger Mann, das ist bei Ihnen ja zum Glück noch weit entfernt. Aber Sie haben recht, mir fiel es auch nicht so leicht.«

»Das glaube ich gerne«, sagte Lars. »Wenn man ein international anerkannter Wissenschaftler war wie Sie, ist es sicher schwer, sich von jetzt auf gleich zurückzuziehen.«

»Das kommt ganz auf die Umstände an, junger Mann.«

»Darf ich fragen, wie diese Umstände bei Ihnen waren?«, fragte Alina.

»Das war eine sehr persönliche Entscheidung, über die ich nie rede. Sie haben bestimmt Verständnis dafür, Frau Becker.«

Alina nickte. »Selbstverständlich. Es war auch mehr eine persönliche Frage.« Sie tat so, als überprüfe sie ihre Notizen, und sah wieder auf. »Haben Sie mit Herrn Scharff jemals über Waffen gesprochen?«

»Waffen? Sie meinen, für die Jagd?«

»Zum Beispiel. Ich dachte da aber mehr an Militär. Nach unseren Recherchen hatte Herr Scharff da durchaus persönliche Erfahrung.«

»Jetzt, wo Sie es sagen. Ich hatte tatsächlich hin und wieder den Eindruck, als sei er beim Militär gewesen. Sein Gang, seine Art zu reden, wie er seinen Blick über das Gelände schweifen ließ, wenn wir zusammen einen unserer langen Spaziergänge machten.« Er schaute Alina fragend an. »War Rüdiger denn beim Militär?«

»Das können wir noch nicht mit Gewissheit sagen«, wich Alina ihm aus. »Sie haben Wehrdienst abgeleistet?«

»Nein, für die Wehrmacht war ich zu jung, für die Bundeswehr zu alt. Der Kelch ist an mir vorübergegangen.«

Zwanzig Minuten später verließen sie das Haus von Hindrik Kruskopp und liefen aufs Dorf zu, um mit Gerhard Meyer ein weiteres Mal zu sprechen.

»Warum macht er so ein Geheimnis aus seinem Rückzug aus dem Beruf?«, fragte Lars.

»Zu schmerzlich, um mit Fremden darüber zu reden?«

»Das muss mindestens zwanzig Jahre her sein. Ist er nicht als Siebzigjähriger zurück auf die Insel gekommen?«

»Ja.«

»Und dir kommt das nicht komisch vor? Zwanzig Jahre.«

»Wir überprüfen das natürlich, auch wenn ich noch keine Ahnung habe, wie wir an so private Informationen kommen sollen.«

»Kollegen von ihm?«

»Die wenigsten Männer werden neunzig Jahre.« Alina blieb stehen. »Aber er wird Doktoranden gehabt haben. Da sollten wir ansetzen. Auch wenn ich es für unwahrscheinlich halte, dass das etwas mit dem Tod von Rüdiger Scharff zu tun hat.«

»Vermutlich nicht.« Sie setzten den Weg fort. »Gerhard Meyer«, sagte Lars. »Werden wir da nicht auf das gleiche Problem stoßen? Er wird wohl kaum über den Tod seiner Eltern sprechen wollen.«

»Das Thema sollten wir tunlichst aussparen. Da haben wir doch schon gestern drüber gesprochen.«

»Und wenn er von selbst damit anfängt?«, fragte Lars.

»Wird er nicht. Dafür ist er nicht der Typ. Und wenn doch, reagieren wir ganz normal. Wir wissen noch viel zu wenig, um effektiv nachhaken zu können. Wir konzentrieren uns auf sein Verhältnis zu Rüdiger Scharff.«

Lars nickte. »Ich schlage vor, ich frage und du beobachtest ihn. Du bist besser im Interpretieren von Gesten und Gesichtsausdrücken.«

11

Hella hatte um kurz vor neun Uhr das Kommissariat betreten. Sie machte eine kurze Runde durch die Büros, sprach mit Torsten Peters über einen neuen Fall von häuslicher Gewalt, schrieb die Protokolle und Berichte, zu denen sie am Vortag noch nicht gekommen war, und ging anschließend Scharffs Festnetzgespräche der letzten drei Monate durch. Die achtundneunzig Telefonate waren zum größten Teil Gespräche innerhalb von Spiekeroog gewesen, der Rest ging aufs Festland. Keins der Telefonate schien etwas mit ihrem Fall zu tun zu haben.

Am späten Vormittag trafen die Handydaten ein. Auch hier konnte Hella nur auf die letzten drei Monate zurückgreifen. Rüdiger Scharff hatte selten über das Handy telefoniert. Nur fünf der einundzwanzig Anrufe konnte Hella nicht zuordnen. Es handelte sich um drei Anrufe aus dem französischen und zwei aus dem spanischen Netz. Sie rief Roland Radmeier an und bat darum, die Namen zu den Nummern zu ermitteln. Anschließend schrieb sie Alina eine Nachricht und schickte ihr die Listen per Mail.

Hellas Telefon klingelte. Eva Kirsch meldete sich.

»Hier bin ich wieder«, begrüßte sie Hella. »Schneller als erwartet.«

Hella hörte an der Stimme, dass ihre LKA-Kollegin aufgeregt war.

»Du hast etwas gefunden?«

»So ganz sicher ist es nicht, aber wir haben eine Zuordnung der Kugel. Wäre leider nicht ausreichend für einen gerichtsfesten Beweis, aber als Anfangsverdacht eignet es sich allemal.«

»So ganz verstehe ich dich noch nicht.«

»Kannst du auch nicht. Ich sollte etwas strukturierter reden. Also: Beim Abgleich der Kugel aus der Waffe von Rüdiger Scharff mit unserer Datenbank gab es einen Treffer. Die Waffe wurde bei einem Tötungsdelikt vor acht Jahren in Hamburg benutzt. Leider ist die Kugel etwas deformiert, was Auswirkungen auf die Vergleichbarkeit nach sich zieht, aber wir gehen davon aus, dass der Abgleich selbst vor Gericht Bestand hätte. Du kannst also davon ausgehen, dass die Spiekerooger Waffe für den Anschlag benutzt wurde.«

»Das Opfer ist tot, vermute ich?«, fragte Hella.

»Definitiv. Ein tödlicher Kopfschuss, der den Verdacht einer Hinrichtung nahelegt. Opfer war ein Hamburger Reeder, der sich auf das Afrika-Geschäft spezialisiert hatte. Johannes Wagner. Nach seinem Tod hat der Sohn Alexander übrigens die Geschäftsführung übernommen. Der Fall hat seinerzeit hohe Wellen geschlagen – vermutlich hast du auch die Berichte in den Medien verfolgt –, die SoKo hat aber trotz großen personellen Einsatzes nichts, aber auch gar nichts gefunden, was zum Täter hätte führen können. Nach den ersten drei Monaten wurde die SoKo verkleinert und nach einem Dreivierteljahr die Ermittlung vorläufig eingestellt. Jetzt sieht es ganz danach aus, als wenn wir zumindest die Waffe gefunden haben, eventuell sogar den Täter.«

»Afrika? Hat die Hamburger Spedition auch nach Togo Kontakte?«

»Wie kommst du darauf? Augenblick, ich schaue mal in meine Unterlagen.« Hella hörte Papierrascheln, und kurz darauf meldete sich Eva Kirsch zurück. »Tatsächlich. Jetzt bin ich aber gespannt.«

Hella berichtete, was nach ihrem gestrigen Gespräch passiert war und welchen Verdacht sie bezüglich eines der Zeugen hatten.

»Himmel, in was für ein Wespennest hast du denn da reingestochen? Internationale Verschwörungen, afrikanische Diktaturen, Auftragsmorde von Profis.«

»Ich würde es dir sagen, wenn ich durchblicken würde«, sagte Hella.

»Wie alt war dieser Rüdiger …?«

»Scharff«, half Hella aus. »Er war achtundsiebzig und zum Zeitpunkt seines Todes schon achtzehn Jahre auf Spiekeroog. Mutmaßlich in Rente. Er hat nur ganz selten die Insel verlassen.«

»Ein letzter Auftrag. Vielleicht brauchte er Geld.«

»Eher weniger. Ich habe die Kontoauszüge der letzten zehn Jahre.« Hella erzählte, was sie gefunden hatte. »Ich gehe davon aus, dass er zum Beispiel in der Schweiz ein Konto hat, von dem er sich in größeren Abständen höhere Beträge in bar geholt hat, um die anschließend nach und nach auf sein Tagesgeld- und Girokonto einzuzahlen.«

»Klar. Ab zehntausend wäre es registriert worden. Alles unter dem Betrag fällt kaum auf. Schon gar nicht, wenn er die Banken, bei denen er es eingezahlt hat, gewechselt hat.« Eva Kirsch hielt kurz inne. »Wenn du mich fragst, ist dein Opfer ein Profikiller gewesen. Klar, eine steile These, aber durchaus logisch.«

Hella stöhnte. »Ich habe natürlich schon vor deinen Informationen darauf getippt, hoffte aber, dass der Kelch an mir vorübergehen würde.«

»Ist er nicht! Was hältst du von einem kleinen Hamburg-Trip? Kannst du über Nacht bleiben, oder ist das schwierig?«

»Ich muss erst mit meinem Mann sprechen. Ich rufe dich in zehn Minuten wieder an.«

Gegen drei Uhr erreichte Hella den Gebäudekomplex des Polizeipräsidiums in Hamburg, parkte auf dem dazugehörigen Parkplatz und lief auf den beeindruckenden Bau zu. Von dem sechsstöckigen Rondell gingen zehn sternförmig angeordnete Anbauten ab.

»Da bist du ja«, hörte Hella jemanden hinter sich rufen. Sie wandte sich zu Eva Kirsch um und begrüßte sie mit einer Umarmung.

»Bist du gut durchgekommen?«

Hella nickte. »Ich bin nicht durch den Elbtunnel, sondern über die A 1. Das ging erstaunlich gut.«

»Dann lass uns reingehen. Der Kollege wartet schon. Am

Telefon war er etwas brummig, aber das kriegen wir zwei Hübschen schon hin, oder?«

Hella schmunzelte. Eva Kirsch war schon zu ihrer gemeinsamen Zeit beim LKA nie um einen flotten Spruch verlegen gewesen. »Wie ist sein Name?«

»Hubert Henke, Kriminalrat.«

»Nie gehört.«

Henke holte sie am Empfang ab, nachdem sie sich angemeldet hatten, und ging mit ihnen in sein Büro. Hella schätzte den großen, kräftigen Mann auf Anfang sechzig. Sein kurzes graues Haar trug er nach hinten gekämmt, mit strengem Blick musterte er seine Kolleginnen aus stechenden Augen.

»Sie kommen wegen des Wagner-Falls?«, fragte der Kriminalrat, nachdem er ihnen Kaffee eingeschenkt hatte.

»Auf Spiekeroog wurde ein achtundsiebzigjähriger Mann tot aufgefunden«, sagte Hella. »In einem Versteck haben wir eine SIG Sauer mit Schalldämpfer gefunden. Sie ist mit hoher Wahrscheinlichkeit die Waffe, mit der Johannes Wagner erschossen wurde.«

Hubert Henke richtete sich im Stuhl auf. »Wie sicher ist das?«

»Sie wissen ja, dass die Kugel deformiert war«, übernahm Eva. »Wir gehen aber trotzdem davon aus, dass der Abgleich mit der Vergleichskugel vor Gericht Bestand hätte und es sich bei der auf Spiekeroog gefundenen Pistole somit um die Tatwaffe handelt.«

»Bei wem ist sie gefunden worden?«

»Rüdiger Scharff. Er lebte seit achtzehn Jahren zurückgezogen auf Spiekeroog«, sagte Hella. »Er hatte in seinem Versteck einen Pass auf den Namen Jules Bernard. Der Pass ist echt, wie das Konsulat hier in Hamburg bestätigt hat.«

»Ein internationaler Profi. Das war auch eine unserer Thesen.« Er zog die Augenbrauen zusammen. »Er war schon im Ruhestand, sagen Sie?«

»Das ist unsere Vermutung, da Zeugen ausgesagt haben, dass

er nur selten auf dem Festland war und noch seltener für mehrere Tage.«

»Das wirft wirklich ein neues Licht auf den Fall. Lassen Sie uns doch bitte die Waffe zukommen. Ich werde dann alles Weitere in die Wege leiten.«

»Machen wir«, sagte Eva Kirsch. »Haben Sie noch kurz Zeit für ein paar Fragen?«

Hubert Henke hatte sich bereits leicht erhoben, ließ sich jetzt aber auf den Stuhl zurückfallen. »Selbstverständlich.«

»Gab es seinerzeit Hinweise darauf, dass der Anschlag mit den Geschäften der Reederei zu tun hatte?«

»Das war natürlich ein entscheidender Ermittlungsstrang. Die Wagner-Reederei war und ist sehr aktiv im Geschäft mit afrikanischen Staaten. Dass es sich dort nicht überall um astreine Demokratien handelt, muss ich Ihnen nicht erklären.«

»Spielte Togo eine Rolle?«

Der Kriminalrat warf Hella einen erstaunten Blick zu. »Wie kommen Sie darauf? Tatsächlich hatte die Reederei ein halbes Jahr zuvor ihre Kontakte zu der dortigen autokratischen Regierung reduziert und am Schluss quasi eingestellt. Sie können sich vorstellen, wie schwierig die Ermittlungen waren. Informationsanfragen unsererseits wurden entweder gar nicht oder mit großer zeitlicher Verzögerung beantwortet. Interpol konnte uns nicht helfen. Die Amerikaner auch nicht. Wir haben sämtliche Reisenden, männlich wie weiblich, überprüft, die aus den entsprechenden afrikanischen Ländern in den zwei Wochen vor dem Anschlag in Deutschland gelandet sind. Es hat zu nichts geführt. Des Rätsels Lösung war ganz einfach. Spiekeroog. Himmel, wer kommt denn auf so etwas!«

»Es steht noch nicht endgültig fest, ob Rüdiger Scharff der Täter in Ihrem Fall war«, sagte Hella. »Er könnte die Waffe auch nach dem Anschlag erworben haben.«

»Für wie wahrscheinlich halten Sie das wirklich?«, fragte Hubert Henke und sah dabei im Wechsel Hella und Eva Kirsch an.

»Es weist alles auf Scharff hin, das ist richtig«, sagte Hella. »Ich würde vorschlagen, dass Sie Fingerabdrücke und DNA-Profil aus Aurich bekommen und sie mit Spuren in Ihrem Fall vergleichen.«

»Gut, machen wir das«, stimmte Henke ihr zu. »Wann kann ich damit rechnen?«

»Ich telefoniere, sobald wir hier fertig sind. Beides sollte noch heute bei Ihnen eintreffen.«

Der Kriminalrat reichte ihr eine Visitenkarte. »Bitte direkt auf meine Mail. Ich werde dafür sorgen, dass wir schnellstmöglich die Ergebnisse haben.« Er schaute zwischen Hella und Eva hin und her. »Wären wir so weit durch?«

»Togo«, sagte Hella. »Was genau ist da passiert?«

»Kokain aus Südamerika. Nachdem die direkte Passage per Schiff immer gefährlicher wurde, haben sich die Kartelle etwas einfallen lassen. Ab mit der Ware in ein afrikanisches Land, das vollkommen unverdächtig in Bezug auf Drogenanbau ist, dort wird das Teufelszeug umgeladen und mit anderen Gütern aus dem jeweiligen afrikanischen Land nach Europa gebracht. Nachdem ein Schiff der Wagner-Reederei in Rotterdam durchsucht – mutmaßlich gab es einen Hinweis von Konkurrenten – und eine Tonne Kokain gefunden wurde, stellte Wagner die Linie ein. Die Verantwortlichen in der Reederei beteuerten, dass ihnen die Ware untergeschoben wurde und sie von nichts gewusst haben.«

»Kam es zu einer Anklage?«

»Gegen die Reederei? Nein. Fragen Sie mich nicht, wie die das gedreht haben. Der Kapitän und drei weitere Crewmitglieder wurden verhaftet, nur einem von ihnen konnte etwas nachgewiesen werden. Ein Bauernopfer, wenn Sie mich fragen.«

»Hat der Sohn …?«

»Nein«, unterbrach Henke Hella. »Es läuft alles wieder. Zwar ist der Zoll aufmerksamer geworden, aber die Syndikate werden auch immer einfallsreicher. Das ist allerdings nicht meine Baustelle.«

»Es gab also keine weiteren Funde auf einem Schiff der Wagner-Reederei?«

»Meines Wissens nicht. Aber wie gesagt ...«

Hella nickte. »Ich vermute einmal, dass der Sohn des Opfers auch unter den Verdächtigen war? Zumindest als Auftraggeber?«

»Da vermuten Sie richtig, Frau Hauptkommissarin. Wir konnten ihm nichts nachweisen. Er hatte ein wasserdichtes Alibi. Ein Motiv – außer der Erbschaft – war nicht zu finden.«

»Die Erbschaft war ...?«

»Johannes Wagner hatte bereits seinen Rückzug angekündigt. Er hätte noch zwei Jahre gehabt, anschließend hätte sein Sohn alles übernommen. Wir haben da kein Motiv gesehen.«

»Könnten Sie uns bei Alexander Wagner ankündigen?«, fragte Eva Kirsch. »Wir würden gerne mit ihm sprechen.«

Hubert Henke stand auf, ging zu seinem Schreibtisch und wählte, nachdem er im Internet die Telefonnummer herausgesucht hatte. Wie erwartet wurde er direkt zu Alexander Wagner durchgestellt. Henke erklärte ihm, dass neue Beweise aufgetaucht seien und zwei Ermittlerinnen aus Niedersachsen ihn gerne sprechen würden.

»Morgen früh um neun Uhr«, verkündete Henke, als er wieder an den Besprechungstisch trat. »Haben Sie noch weitere Fragen?«

12

Lars und Alina klingelten an der Bürotür zu Gerhard Meyers Firma.

Wie beim letzten Mal öffnete ihnen eine blonde Frau Anfang zwanzig. Sie lächelte Lars an und bat sie herein.

Gerhard Meyer saß an seinem Schreibtisch, zeigte schweigend zum Besprechungstisch, tippte etwas in die Tastatur und stand auf. »Eigentlich habe ich keine Zeit. Gibt es noch etwas Wichtiges?«

»Sonst wären wir nicht hier«, sagte Lars. »Wollen Sie sich nicht zu uns setzen?«

Gerhard Meyer seufzte, zog aber einen Stuhl vor und setzte sich mit an den Tisch. »Was ist denn noch?«

»Die Obduktion im rechtsmedizinischen Institut in Oldenburg und unsere Ermittlungen haben jetzt eindeutig bestätigt, dass Ihr Freund Rüdiger Scharff vorsätzlich getötet wurde.«

Er schluckte schwer, atmete tief durch und nickte schließlich. »Sie sind absolut sicher, dass Rüdiger nicht selbst … ich meine, Hand an sich gelegt hat?«

»Es gibt keinen Zweifel, Herr Meyer. Tut mir leid.« Lars hielt kurz inne. »Sie hatten den Verdacht, dass Ihr Freund Suizid begangen hat?«

Gerhard Meyer zuckte mit den Schultern. »Das war meine einzige Erklärung. Ein Mord, hier auf Spiekeroog. Undenkbar. Rüdiger hatte mit niemandem Streit. Aber das habe ich ja schon alles gesagt.«

»Hat Herr Scharff Ihnen gegenüber einmal geäußert, dass er seinem Leben ein Ende setzen wollte?«, fragte Lars weiter.

»Nein, nicht wirklich. Er sagte nur einmal, er wolle einen schnellen Tod und kein jahrelanges Dahinsiechen. Da ich nicht glaube, dass er jemanden mit einer schweren Krankheit belastet hätte, dachte ich …« Meyer ließ den Satz unvollendet. »Aber das war wohl ein Irrtum.« Er sah Lars an. »War Rüdiger gesund? Das ist doch sicher auch überprüft worden.«

»Ja, Herr Scharff war für sein Alter ausgesprochen gut dabei«, sagte Lars.

Alina war erstaunt, wie gut Lars die Akzente setzte und Gerhard Meyer damit in ein sehr persönliches Gespräch hineinzog.

»Umso tragischer«, sagte Meyer. »Er hätte also noch viele Jahre leben können.«

»Ja, durchaus.« Lars legte eine kurze Pause ein. »Wir befragen wichtige Zeugen immer ein weiteres Mal. Nach dem ersten Schock fällt vielen noch etwas ein, was für unsere Ermittlungen wichtig sein könnte.«

Meyer nickte nachdenklich. »Ich wüsste zwar nicht, was, aber fragen Sie ruhig.«

»Hat Herr Scharff mit Ihnen über seine anderen Spiekerooger Freunde geredet? Hindrik Kruskopp, Dörte Dirksen und Britta Joken?«

»Geredet? Nicht richtig viel. Ich kenne die drei – wie das hier auf der Insel so ist. Man begegnet sich ja hier und da. Vor allem von Hindrik Kruskopp hat er schon das eine oder andere erzählt. Der alte Herr hat ihn wohl sehr beeindruckt. Die beiden haben lange Gespräche geführt, daran kann ich mich erinnern. Also, ich meine, dass Rüdiger mir davon erzählt hat.«

»Die zwei waren also sehr gute Freunde. Kann man das so sagen?«

Meyer nickte. »Ganz sicher. Rüdiger hat nie auch nur ein schlechtes Wort über ihn fallen lassen. Er war wohl so eine Art Vaterersatz für ihn.« Er stutzte und schien an sein eigenes Verhältnis zu Rüdiger Scharff zu denken. »Nun gut, so etwas kennen wir ja alle. Ein älterer Freund hat immer etwas von einem Vaterersatz. Warum auch nicht?«

»Das kenne ich auch«, sagte Lars. »Einer meiner Freunde hat seinen Vater sehr früh verloren, und dem ist es ähnlich ergangen. Im Studium hat er sich mit seinem Professor angefreundet. Beiden hat es wohl gutgetan.«

»Wie gesagt, warum auch nicht? Wir sind alle nur Menschen und brauchen einander.«

»Hat Herr Scharff auch über Frau Dirksen gesprochen?«

»Dörte. Ja, natürlich.« Meyer schmunzelte. »Er hat einmal so eine Bemerkung gemacht, dass sie mehr von ihm wolle. Ich glaube aber nicht, dass da etwas gelaufen ist. Befreundet ja, auch intensiv, aber mehr nicht.«

»Ansonsten lief alles sehr harmonisch zwischen den beiden?«, fragte Lars beiläufig.

Meyer warf ihm einen irritierten Blick zu. »Sie suchen jetzt aber nicht unter Rüdigers Freunden nach dem Mörder, oder?«

Lars reagierte gelassen und lächelte. »Dass der Täter im Freundeskreis zu finden ist, halten wir im Moment nicht für wahrscheinlich. Wir müssen uns aber vergewissern, dass die Angaben der jeweiligen Zeugen glaubhaft sind. Das ist halt unser Job – alles und jedes überprüfen.«

Lars' Worte schienen Gerhard Meyer zu beruhigen, auch wenn er auf Alina etwas zurückhaltender wirkte als zuvor.

»Sonst war wohl alles in Ordnung zwischen Dörte und Rüdiger«, sagte Meyer. »Diese eine Sache scheint ihrer Freundschaft nicht geschadet zu haben. Wie auch anders zwischen zwei Menschen in dem Alter? Da hat man doch schon alles durch und freut sich auf seinen Lebensabend. Liebesstress ist da doch ganz sicher nicht angesagt.«

»Und bei Britta Joken und Herrn Scharff? Unseres Wissens war die Beziehung doch etwas intensiver.«

Gerhard Meyer stieß einen verächtlichen Laut aus. »Hat sie das so gesagt? Die Dame hält es mit der Wahrheit nicht so genau. Ich würde an Ihrer Stelle aufpassen, was sie so von sich gibt.«

»Frau Joken kam sehr glaubwürdig rüber«, legte Lars nach.

»Ja, das kann ich mir denken. Sie weiß immer, was sie will und wie sie es bekommt.«

»Sie haben Ihre eigenen Erfahrungen mit Frau Joken?«

Gerhard Meyer nickte. »Kann man so sagen. Sie hatte bis vor ein paar Jahren ein Ferienhaus auf Spiekeroog. Geldanlage sozusagen. Selbst hat sie nie darin gewohnt. Ich habe es bis zum Verkauf als Verwalter betreut. Wie gesagt, so ganz genau hat sie es mit der Wahrheit nie genommen.«

»Aber es gibt doch sicher Verträge zwischen Hauseigentümer und Verwalter«, warf Lars ein. »Oder habe ich Sie gerade falsch verstanden?«

»Natürlich gibt es die. Trotzdem laufen doch immer mündliche Absprachen nebenher. Das lässt sich im Einzelfall doch nicht alles schriftlich festhalten. Manchmal muss auch schnell gehandelt werden. Stellen Sie sich vor, eine Heizung ist im Herbst defekt und Sie haben Gäste im Ferienhaus. Da kann ich nicht lange fackeln. Entweder löse ich das Problem selbst oder mit einem Handwerker von der Insel, oder ich besorge mir so schnell wie möglich jemanden vom Festland. Das kann dann schon teuer werden. Eventuell muss auch die Entscheidung getroffen werden, dass schnell etwas ausgetauscht wird. Dafür bin ich nun mal verantwortlich. Wenn der Hauseigentümer dann sagt, das bezahle ich nicht, das hätte man so oder so machen müssen, kann es schnell mal zum Streit kommen. Ich sage Ihnen: Wenn Rüdiger nicht gewesen wäre, der zwischen dieser Dame und mir vermittelt hätte, wäre es nicht so friedlich ausgegangen. Die ist mit allen Wassern gewaschen und achtet auf jeden Cent. Und das, obwohl sie im Geld schwimmt.«

Gerhard Meyer hatte sich regelrecht in Rage geredet.

»Verstehe«, sagte Lars. »Das klingt tatsächlich nicht nach einer angenehmen Geschäftspartnerin. Aber gut, im Privaten sind diese Menschen ja nicht unbedingt genauso durchtrieben.«

»Meinen Sie? Da wäre ich mir nicht so sicher. Das hat doch etwas mit dem Charakter des Menschen zu tun. Der kommt doch immer und überall durch.«

»Kann ich das so interpretieren, dass Frau Joken Ihrer Meinung nach auch nicht ehrlich mit Ihrem Freund war?«

Gerhard Meyer hob beide Hände hoch. »Ich habe ja kein Mäuschen gespielt, wenn die beiden zusammen waren, und kann mir nur meinen Reim auf das eine oder andere machen, was Rüdiger mir erzählt hat. Ach, was sage ich, nicht einmal erzählt. Ich musste ziemlich viel zwischen den Zeilen lesen. Rüdiger war in Frauensachen ein Gentleman. Wenn Sie verstehen, was ich meine.«

»Durchaus. Können Sie noch etwas konkreter werden?«

»Wenn es unbedingt sein muss.« Er fuhr sich mit der Hand durch die Haare und zögerte kurz, bevor er fortfuhr. »Sie wollte wohl, dass Rüdiger sie heiratet. Wie Sie wissen, ist daraus ja nichts geworden. Sie haben ja nicht einmal zusammengewohnt.«

»Und das hat Herr Scharff Ihnen erzählt?«, fragte Lars weiter.

»Nicht so im Wortlaut. Aber wir beide kannten uns gut genug, um den anderen einschätzen zu können. Rüdiger hat davon gesprochen, dass Frauen immer gleich mehr wollen und dass er der Ehe allgemein ablehnend gegenüberstehe.«

»Aber Streit gab es zwischen den beiden nicht?«

»Rüdiger war niemand, der Streit suchte. Im Gegenteil, er ging ihm regelrecht aus dem Weg. Wenn ich mit ihm zusammen auf dem Festland war und es irgendwo nach Stress roch – in der Hotelbar oder so –, hat er gleich abgewinkt, und wir sind weitergezogen.«

»Das haben wir jetzt schon häufiger gehört«, sagte Lars. »Wir rätseln noch etwas an Herrn Scharffs Vergangenheit herum. So richtig viel haben wir nicht gefunden. Er scheint aber eine ganze Weile in Frankreich gelebt zu haben.«

»Mag sein. Rüdiger hat fließend Französisch gesprochen. Allerdings auch Spanisch und Italienisch. Von Englisch einmal ganz abgesehen.«

»Interessant. Das wussten wir noch nicht. Nach unseren Informationen hat Herr Scharff neben der deutschen auch die französische Staatsbürgerschaft gehabt.«

Gerhard Meyer warf Lars einen erstaunten Blick zu. »Tatsächlich? Das wiederum wusste ich nicht. Er hat nie etwas davon erwähnt. Verrückt! Da kennt man einen Menschen so lange und weiß doch nur wenig über ihn.«

»Ist Ihnen noch etwas zu Herrn Scharffs früherem Leben eingefallen? Hat er vielleicht hin und wieder eine Bemerkung gemacht? Sie sagten ja vorhin, dass Sie viel zwischen den Zeilen lesen mussten.«

Gerhard Meyer nickte. »Tatsächlich habe ich in den letzten Tagen darüber nachgedacht. Vorher ist es mir nie so aufgefallen, dass Rüdiger so zurückhaltend mit seiner Vergangenheit war, ich habe es irgendwann einfach als normal akzeptiert. Ich selbst lebe auch in der Gegenwart, und die Vergangenheit ist für mich vergangen.« Meyer legte eine kurze Pause ein. »Es muss irgendwas passiert sein. In Rüdigers Vergangenheit, meine ich. Ansonsten kann ich mir nicht erklären, warum er so wenig erzählt hat. Es gibt ja nicht mal Fotos in seinem Haus oder irgendetwas, was an früher erinnert.«

Lars nickte. »Sie haben also keinen weiteren Hinweis für uns?«

Gerhard Meyer schüttelte den Kopf. »Tut mir leid.« Er sah auf die Uhr. »Wenn Sie keine weiteren Fragen mehr haben …«

13

»Und?«, fragte Eva Kirsch, als sie auf dem Weg ins Dezernat Organisierte Kriminalität des LKA Hamburg waren. Hubert Henke hatte ihnen nach kurzem Zögern den Kontakt zu Florian Wulff hergestellt.

»Der Kollege würde uns am liebsten komplett raushalten. Hat er Angst, dass wir die Lorbeeren kassieren?«

Eva lachte. »Du weißt doch, wie Männer manchmal sind. Zwei Frauen, die bei ihm reinschneien und mal eben den Fall lösen, an dem seine SoKo monatelang gearbeitet hat. Aber der legt uns schon keine Steine in den Weg.«

»Da bin ich mir nicht so sicher.«

Fünf Minuten später standen sie vor der Tür des Hauptkommissars, klopften und traten ein, nachdem ein Mann Mitte dreißig ihnen die Tür geöffnet hatte.

Florian Wulff bot ihnen einen Platz an. »Was kann ich für euch tun?« Er schaute zwischen Hella und Eva hin und her. »Ist doch okay, wenn wir uns duzen?«

»Kein Problem«, sagte Hella und zog einen Stuhl vor.

Der Hauptkommissar bot ihnen Wasser an, Hella und Eva nahmen nach dem starken Kaffee bei dem Kriminalrat gerne das Angebot an.

Eva Kirsch erklärte ihr Anliegen und bat um Informationen zur Wagner-Reederei.

»Vielleicht ein paar Infos vorweg. Der Hamburger Hafen ist nach wie vor ein Umschlagplatz für Drogen aus Übersee. Wir sind sogar gerade dabei, Rotterdam und Antwerpen als die Nummer eins abzulösen. In Belgien und den Niederlanden hat man das Problem früher erkannt als bei uns, und die sind dort schon ein ganzes Stückchen weiter. Aber das ist nur mit einem Etat zu schaffen, von dem wir hier nur träumen können. Die haben dort neueste Technik am Start, Hunderte Kameras scannen dort im Sekundentakt den gesamten Bereich, KI analysiert Gesichter und checkt automatisch, ob die Personen berechtigt sind, dort rumzulaufen. Jede Bewegung der Container wird registriert und automatisch überprüft. So weit sind wir noch lange nicht. Natürlich gibt es in Hamburg auch Kontrollen, aber sie reichen hinten und vorne nicht. Klar, dass unser Hafen da als Umschlagplatz attraktiv ist.«

»Wie läuft so ein Schmuggel genau ab?«, fragte Eva Kirsch.

»Da gibt es verschiedene Wege, die alle nach Rom führen. Manche Container, die Südamerika auf dem Weg nach Europa verlassen, werden ohne Wissen des Absenders geöffnet und mit einer Zusatzladung bestückt. Das sind dann keine Tonnen, sondern kleine, schnell zu transportierende Päckchen in Reisetaschen. Im Zielhafen wird in aller Regel Hafenpersonal bestochen, der Container geöffnet, Taschen raus – sie liegen meistens gleich hinter der Tür –, und ab geht's aus dem Hafenbereich wieder raus.«

»Es gibt aber auch größere Schmuggeltransporte?«, fragte Hella.

»Die laufen mit Wissen des Absenders, aber nicht des Empfängers ab. Zum Beispiel werden bei Kühlcontainern, die über dicke isolierte Wände verfügen, die Zwischenräume mit Kokain befüllt. Es wird dann abgewartet, bis der Container entleert ist und er in einem Depot steht. Hier sind sie gewöhnlich einfach zugängig für die Abholer. So lassen sich dann schon größere Mengen transportieren. Es handelt sich so um die fünfhundert Kilo.«

»Und das ist schwer zu entdecken, vermute ich mal«, warf Eva ein.

»Definitiv. Wir sprechen ja nicht von tausend Containern im Jahr, sondern von … Schätzt doch mal!«

»Zwei Millionen«, sagte Hella.

Florian Wulff schüttelte den Kopf. »Über acht Millionen jährlich. Jetzt könnt ihr euch vielleicht vorstellen, wie schwierig die Suche nach der Nadel im Heuhaufen ist.«

»Und wie wird tonnenweise Kokain geschmuggelt?«, fragte Eva.

»Indem es direkt mit der eigentlichen Ware zusammen transportiert wird. Hierbei braucht es Hilfe der Reederei. Entweder durch einzelne Personen wie Disponenten, Staplerfahrer oder andere Mitarbeiter am Hafen, die an zentralen Stellen sitzen. Die offiziellen Empfänger wissen entweder gar nicht, dass eine Ware zu ihnen unterwegs ist – der Container erreicht also nie diese Firmen –, oder sie bekommen die bestellte Ware geliefert, sobald die Drogen entnommen wurden.«

»Wie kommen da afrikanische Staaten ins Spiel?«, fragte Hella.

»Ganz einfach. Südamerikanische Container sind natürlich per se in unserem Fokus. Andere Staaten, die im Drogenhandel bisher keine Rolle gespielt haben, sind unverdächtiger. Die Ware kommt aus Südamerika und wird in Afrika entweder in einen neuen Container umgeladen, oder der Container wird mit neuen Papieren ausgestattet. Da muss die Reederei allerdings auf die eine oder andere Art mit im Boot sein.«

»Sehr informativ! Danke!«, sagte Hella. »Das klingt zumindest bei der dritten Art Transport nach dem ganz großen Geschäft.«

Florian Wulff nickte. »Auf jeden Fall! Da kommen die großen Kartelle mit ins Spiel. Häufig sogar im Verbund. Das Risiko des Verlustes ist natürlich hoch. Fünfhundert Kilo zu verlieren, ist das eine – zwanzig Tonnen etwas ganz anderes. Im zweiten Fall sprechen wir von einem Straßenverkaufswert von etwa einer Milliarde Euro.«

»So viel?«, entfuhr es Eva. »Ein solcher Verlust wäre mehr als bitter.«

»Ganz genau. Da wird der eine oder andere Beteiligte um sein Leben fürchten müssen.«

»Uns interessiert Togo«, sagte Hella. »Vielleicht auch im Verbund mit anderen afrikanischen Staaten. Und die Reederei Wagner.«

»Mir ist der Fall natürlich bekannt, auch wenn er fast neun Jahre zurückliegt und ich zu dem Zeitpunkt noch nicht auf meinem jetzigen Posten saß. Die Ermittlungen haben seinerzeit ergeben, dass die Reederei nicht in den Drogenschmuggel verwickelt war, aber ihre Kontrollen in Togo viel zu lasch ausgefallen waren. Ein Schiedsgericht hat eine Strafe festgelegt, die auch von der Reederei akzeptiert wurde. Ihr könnt davon ausgehen, dass die Container der Reederei dann stärker im Fokus der Kollegen waren, aber in den Folgejahren gab es keine weiteren Funde.«

»Wie seid ihr auf die Drogen gestoßen? Zufall?«

»Nein, ein anonymer Tipp. Da er sehr konkret formuliert war, sind die Kollegen dem nachgegangen. Und bevor ihr fragt: Ja, es ist nicht selten, dass wir aufgrund eines Tipps ausrücken und auch fündig werden. Entweder kommt er von befreundeten Nationen wie den USA, die über weit interessantere Quellen verfügen als wir, oder von Insidern. Die Motive sind sehr unterschiedlich. Das können Konkurrenten sein, Aussteiger oder Hinweise aus abgehörten Telefonaten. Hin und wieder erhofft sich auch jemand, dem Haft droht, durch einen Tipp Straffreiheit und eine neue Identität im Zeugenschutzprogramm. Es kommt seltener vor, dass wir durch eigene Ermittlungen auf eine Lieferung aufmerksam werden. Aber das Thema hatten wir ja schon.«

»Darf ich noch einmal auf die Reederei Wagner zurückkommen?«, fragte Hella und fuhr fort, als Florian Wulff nickte. »Wie Eva ja schon erklärt hat, haben wir mit hoher Wahrscheinlichkeit die Waffe gefunden, mit der Johannes Wagner erschossen wurde. Nach unseren Informationen hatte er nach dem Kokainfund die Geschäftsbeziehungen zu Togo reduziert oder gar eingestellt. Ist es so schwierig, eine neue Reederei zu finden?«

»Eine mit Namen schon. Bei Wagner handelt es sich um eine alteingesessene Hamburger Reederei, die natürlich ein anderes Vertrauen in Europa genießt als irgendeine No-Name-Gesellschaft aus einem Steuerparadies. Ob das Regime in Togo tatsächlich so weit gegangen wäre, einen deutschen Reeder zu liquidieren, kann ich nicht beurteilen. Soweit ich weiß, ist der Ermittlungsspur ja damals nachgegangen worden, und sie verlief im Sande. Mächtige südamerikanische Kartelle sind auf jeden Fall in der Lage, hier Menschen ermorden zu lassen. Allerdings erregen Auftragsmorde großes Aufsehen, und genau das mögen die Kartelle überhaupt nicht. Wenn, würde ich eher auf eine Überreaktion des Regimes in Togo tippen.« Er hielt inne. »Hatte euer Mann denn Beziehungen in das Land? War er erpressbar? Musste er vielleicht eine alte Schuld abzahlen?«

»Durchaus möglich«, sagte Hella.

»Hunger?«, fragte Eva, nachdem sie im Hotel eingecheckt hatten. »Es gibt ein kleines spanisches Restaurant ganz in der Nähe.«

Hella schaute auf die Uhr. »Können wir vorher bei der Reederei vorbeischauen? Ich würde gerne sehen, wie Alexander Wagner auf die Ankündigung unseres Kollegen reagiert.«

»Du willst ihn observieren?«

»Das war mein Plan.«

»Nehmen wir dein Auto oder meins?«

Nach einem kurzen Halt an einer Pizzeria, aus der Eva zwei Pizzen zum Mitnehmen holte, fuhren sie nach Altona zur Reederei und fanden einen Platz, von dem sie das Bürogebäude und den dazugehörigen Parkplatz beobachten konnten.

Eva reichte Hella die Pizzaschachtel. »Guten Appetit.« Sie nahm ein Stück Pizza und biss hinein. »Nicht mehr ganz so heiß, aber essbar.«

»Sorry, das spanische Restaurant wäre sicher die bessere Wahl gewesen.«

Eva winkte ab. »Schon gut. Können wir irgendwann nachholen. Welche der Limousinen ist denn das Objekt unserer Begierde?«

»Die schwarze ganz außen«, sagte Hella, die zuvor mit dem Fernglas die Nummernschilder kontrolliert hatte.

»Und das weißt du weshalb?«

»Ich habe es mir aus Wittmund durchgeben lassen.«

»Deine unbändige Energie hast du in der Provinz auf jeden Fall nicht verloren. Erzähl, wie ist das so mit Mann und Kind und Haus und … habt ihr auch einen Hund?«

Hella lachte. »Nein.«

»Ehrlich gesagt hätte ich nie darauf gewettet, dass du einmal heiratest, ein Kind bekommst und auf Kleinfamilie machst.«

»Wenn man den Richtigen trifft, sollte die Entscheidung eigentlich einfach sein«, sagte Hella. »Ich habe aber lange gezögert, auch weil ich schon mit sechzehn einen Sohn bekommen habe.«

»Wie bitte? Davon hast du nie etwas erzählt.«

»Auf Drängen meiner Eltern habe ich ihn direkt nach der Geburt zur Adoption freigegeben. Ich bin ihm erst vor ein paar Jahren begegnet. Inzwischen haben wir regelmäßig Kontakt.«

»Und da hattest du schon deine Tochter? Ich meine, als du deinen Sohn zum ersten Mal getroffen hast?«

»Nein.«

»Heftig! Das mit sich rumzuschleppen, stelle ich mir ziemlich traumatisch vor. Gut, dass du jetzt Kontakt zu ihm hast.«

»Benjamin – so heißt mein Sohn – lebt mit seinem Lebensgefährten in Berlin. Wir sehen uns, sooft es geht.« Sie hielt inne. »Ja, es war mehr als traumatisch und hat mich viele Jahre geprägt.« Hella griff das Fernglas und ließ den Blick über die Autoreihe wandern. Inzwischen standen nur noch drei Fahrzeuge auf dem Platz. Alles Limousinen der Luxusklasse.

»Du sprichst nicht gerne darüber, oder?«, fragte Eva.

Hella schüttelte den Kopf. »Nein. Behalte es bitte auch für dich. Es muss nicht jeder wissen.«

»Du kennst mich doch. Ich bin keine Tratschtante.« Eva biss nachdenklich ein Stück Pizza ab. »Wow! Zwei Kinder. Und eins davon schon erwachsen. Ich lerne ja gerade eine ganz neue Hella kennen.« Sie stieß ihr freundschaftlich in die Seite. »Ich finde es toll. Ehrlich. Ich selbst hatte nie den Mut, aufs Ganze zu gehen.

Du kennst das ja. Der Job ist wichtig, der Mann nicht richtig und die Zeit gerade mehr als ungünstig. Es gibt Tausende von Ausreden, und irgendwann ist es zu spät.«

Hellas Handy machte sich bemerkbar. Torsten Peters rief an. »Das ist aus Wittmund. Ich muss da kurz ran … Hallo, Torsten.«

»Hella, soeben hat sich ein Notar aus Wittmund gemeldet. Bei ihm hat Rüdiger Scharff ein Testament hinterlegt. Den Inhalt hat er mir natürlich nicht verraten. Setzt du dich mit der Staatsanwältin wegen eines Beschlusses in Verbindung?«

»Mache ich. Kannst du mir die Daten vom Notar schicken?«

»Schon unterwegs.«

Hella verabschiedete sich von ihm und wandte sich an Eva. »Ein Notar – er hat das Testament des Opfers.« Sie rief die E-Mail auf, wählte die Nummer des Notars und wurde durchgestellt zu Wolfgang Bargstädt.

»Guten Tag, Frau Brandt. Sind Sie von Ihrem Kommissariat informiert worden?«

»Ja. Mir wurde gesagt, dass bei Ihnen ein Testament von Rüdiger Scharff, wohnhaft auf Spiekeroog, hinterlegt wurde.«

»Das ist richtig. Leider habe ich erst heute erfahren, dass Herr Scharff nicht nur verstorben ist, sondern dass die Polizei in einem Tötungsdelikt ermittelt.«

»Wann werden Sie das Testament eröffnen?«

»Das habe ich für übernächste Woche terminiert. Die Erbnehmer werden morgen schriftlich benachrichtigt.«

»Es sind also mehrere Personen durch das Testament begünstigt?«

»Sie wissen, dass ich zum Inhalt keine Auskunft geben darf.«

»Dann frage ich mal so: Sie würden mir nicht widersprechen, wenn ich von einem Haupterben ausgehe?«

Der Notar räusperte sich. »Herr Scharff hat keine Angehörigen, die Anrecht auf einen Pflichtteil haben. Nach seinen Informationen gibt es auch keine ihm bekannten Verwandten. In einem solchen Fall ist es durchaus nicht unüblich, dass ein Haupterbe benannt wird.«

»Bei Ihnen sind sämtliche Bankkonten hinterlegt? Die im Inland und die im Ausland?«

»Ich gehe davon aus, dass Herr Scharff alle notwendigen Daten zur Verfügung gestellt hat, die wir benötigen, um sein Vermögen zu bestimmen.«

»Vielen Dank, Herr Bargstädt. Ich werde mich gleich um einen richterlichen Beschluss kümmern. Sie hören dann von mir.«

14

»Respekt, dass du das so hinbekommen hast«, lobte Alina Lars, als sie das Büro von Gerhard Meyer verlassen hatten. »Ich weiß nicht, ob ich das so elegant geschafft hätte.«

»Meinst du? Ich hatte hier und da das Gefühl, Meyer riecht den Braten. Denkst du, er verheimlicht uns etwas?«

»Wenn, ist er ein geschickter Lügner. Du hast ihn ja in das Gespräch über Scharffs Freunde hineingezogen, und er hat bereitwillig mitgemacht. Das ist natürlich ein ungefährlicher Bereich. Bei Rüdiger Scharff selbst war er schon vorsichtiger. Aber du hast ja nicht lockergelassen, und da konnte er auch nicht einfach so drüber hinweggehen.«

»Dir ist was aufgefallen?«, fragte Lars, der ihr aufmerksam zugehört hatte.

Alina nickte. »Er hat gesagt, dass es keine Fotos im Haus gibt. Nicht an den Wänden oder im Rahmen auf einem Regal oder einem Schrank. Dann sagte er, dass es auch sonst nichts geben würde, was an seine Vergangenheit erinnert.«

»Woher will er das wissen?«

»Genau! Wenn man zu Besuch bei einem Freund ist, durchsucht man ja wohl kaum die Schränke und Schubladen. Ich würde nicht einmal nach einem Fotobuch suchen. Und es schon gar nicht ungefragt herausnehmen. Du?«

»Nein«, sagte Lars. »Du vermutest, dass er das Haus durchsucht hat? Aus welchem Grund?«

»Gehen wir einmal davon aus, dass er zum Tod seiner Eltern recherchiert hat. Das wäre nichts Außergewöhnliches. Kinder, die ihre Eltern früh verlieren oder gar nicht kennen, forschen häufig nach. Ich habe mal in einer Zeitung einen Fachbeitrag über adoptierte Kinder gelesen. Es ist enorm wichtig für ihr späteres Leben, dass sie als Jugendliche die Chance haben, etwas über ihre leiblichen Eltern zu erfahren und sie, wenn möglich, zu treffen.«

»Aber wie sollte er darauf gekommen sein, dass Rüdiger Scharff etwas mit Togo oder gar mit dem Tod seiner Eltern zu tun haben könnte?«

»Das weiß ich nicht. Vielleicht hat Scharff ihm doch mehr aus seiner Vergangenheit anvertraut. Natürlich nicht die ganze Wahrheit, und vermutlich wusste Scharff ja in dem Augenblick nicht, wen er mit Gerhard Meyer tatsächlich vor sich hatte. Er könnte erzählt haben, dass er in den afrikanischen Staaten tätig war. Eventuell hat er auch etwas zu Togo gesagt. Das könnte der Anfang gewesen sein.«

Lars wiegte den Kopf unschlüssig hin und her. »Da ist ganz schön viel Spekulation dabei. Wie sollten wir ihm das nachweisen?«

»Scharffs Lebenslauf kann man nicht einfach im Internet recherchieren. Er wird bei offiziellen Stellen angefragt haben, zum Beispiel beim Auswärtigen Amt. Eventuell hat er den Botschafter aus Togo kontaktiert. Vielleicht gibt es auch Organisationen, die sich mit den Menschenrechten in Togo beschäftigen, oder Meyer hat Asylanten getroffen, die aus politischen Gründen ihr Heimatland verlassen haben.«

»Gute Idee«, sagte Lars. »Da könnten wir tatsächlich ansetzen.«

»Zumindest wäre es einen Versuch wert.«

Lars warf Alina einen fragenden Blick zu. »Und sonst? Was ist dir noch aufgefallen?«

»Meyer war sehr konzentriert. Ich musste zwar genau hinsehen, aber bevor er antwortete, hielt er immer einen Moment inne. Er hat es gut überspielt, aber ich bin mir sicher, dass es so war. Er ist es schließlich auch gewohnt, keine Unsicherheiten in geschäftlichen Gesprächen zu zeigen. Das geht einem irgendwann in Fleisch und Blut über. Er muss gegenüber Kunden und auch Gästen suggerieren, dass er alles im Griff hat und er alle Probleme lösen wird. Das hat es sehr schwierig gemacht, Meyer zu durchschauen.«

»Er hat verzögert geantwortet? Ich habe es wirklich nicht

bemerkt. Dass er mir konzentriert zugehört hat, ist mir aufgefallen. Seine linke Hand hat leicht gezittert.«

»Genau. Und das war bei unserem ersten Gespräch nicht so. Ich denke, er hat nicht damit gerechnet, dass wir noch einmal auftauchen. Schon gar nicht unangekündigt. Sprich: Er könnte sich auf unser erstes Gespräch gut vorbereitet haben. Jetzt musste er sich entscheiden: Sagt er, dass er keine Zeit hat, oder redet er mit uns, weil er sich sonst unnötig verdächtig macht? Es geht immerhin darum, den Mörder seines besten Freundes und Vaterersatzes zu finden. Da verschiebt man schon mal einen Termin.«

Lars nickte. »Wohl wahr!« Sie hatten inzwischen die Straße erreicht, in der Britta Jokens Eigentumswohnung lag. »Wir sollten uns jetzt auf die nächste Befragung konzentrieren. Werden wir deutlich, oder sind wir so zurückhaltend wie bei Meyer?«

»Wir setzen sie unter Druck. Vorsichtig, aber schon zielgerichtet.«

»Sehe ich genauso.«

»Ich habe Ihrer Chefin bereits alles gesagt, was ich weiß«, begrüßte sie Britta Joken, nachdem Alina sich und Lars vorgestellt hatte. »Eigentlich habe ich überhaupt keine Zeit für ein weiteres Gespräch.«

»Das ist schade. Wir dachten, wir kommen lieber zu Ihnen auf die Insel, als dass Sie einer Vorladung nach Aurich folgen möchten«, sagte Alina. »Dann wünsche ich Ihnen noch einen guten Tag, Frau Joken.«

»Aurich? Ist das Ihr Ernst?«

Alina und Lars hatten sich bereits abgewandt und gingen auf die Treppe zu.

»Jetzt warten Sie doch.«

Alina drehte sich zu ihr um. »Ja, bitte?«

»Eine halbe Stunde habe ich für Sie. Mehr aber nicht.«

Alina und Lars kehrten um und wurden von Britta Joken ins Wohnzimmer geführt. Sie zeigte auf ein Sofa. »Bitte!«

»Danke, dass Sie doch noch Zeit für uns finden«, begann Alina die Befragung. »Wir kommen bei wichtigen Zeugen gerne nach ein paar Tagen noch einmal vorbei. Sozusagen, wenn der erste Schock die Erinnerungen nicht mehr so trübt.«

Britta Joken schwieg. Sie schien immer noch wegen des unerwarteten Besuchs verärgert zu sein.

»Uns interessiert, wann Sie das letzte Mal Kontakt zu Herrn Scharff hatten.«

»Warum? Glauben Sie etwa, ich habe ihn«, sie schluckte, »also … ermordet? Das ist doch lächerlich.«

»Davon kann keine Rede sein, Frau Joken«, sagte Alina. »Das sind normale Routinefragen.«

»Nun gut. Das wird ein paar Tage vor Rüdigers Tod gewesen sein. Wir haben uns häufig gegenseitig besucht. Ihre Chefin wird Sie ja sicher über unser besonderes Verhältnis informiert haben.«

»Uns ist aufgefallen, dass Sie in den letzten sechs Wochen vor Herrn Scharffs Tod ihn weder auf dem Festnetz noch auf dem Handy angerufen haben.«

Britta Joken schien für einen Augenblick zu erstarren, hatte sich aber gleich wieder unter Kontrolle. »Das ist hier eine kleine Insel. Da trifft man sich auch, ohne dass man vorher telefonisch einen Termin ausmacht.«

»Vor den sechs Wochen haben Sie allerdings häufig bei Herrn Scharff angerufen. Festnetz wie übers Handy. Wir fragen uns jetzt natürlich, wie es zu dieser Diskrepanz kommt. Gab es zwischen Ihnen beiden einen Konflikt?«

»Unsinn!«, stieß Britta Joken aus. »Absoluter Unsinn. Das ist reiner Zufall. Sie interpretieren da etwas hinein, was es nicht gibt. Rüdiger und ich waren mehr als eng befreundet.«

Lars räusperte sich. »Sie hatten den Wunsch, Herrn Scharff zu ehelichen?«

Britta Joken rollte mit den Augen. »Ehelichen? Sie klingen, als wären Sie älter als ich, junger Mann.«

»Das mag sein. Verstanden haben Sie meine Frage aber schon,

oder?«, konterte Lars mit ruhiger Stimme. »Herr Scharff soll Sie abgewiesen haben. Ist das richtig?«

»Was erlauben Sie sich eigentlich?«, fuhr Britta Joken Lars scharf an. »Mäßigen Sie bitte Ihren Ton, ansonsten bin ich gezwungen …« Sie sprach nicht aus, an was sie gedacht hatte.

Lars lächelte. »Meine Frage scheint Sie ja außerordentlich zu irritieren. Ich muss noch einmal fragen: Gab es einen Konflikt zwischen Ihnen und Herrn Scharff?«

»Nein!«

Alina beugte sich leicht vor. »Bedeutet das Nein, dass Sie nicht den Wunsch hatten, Ihr Verhältnis zu Herrn Scharff zu intensivieren?«

»Es war intensiv. Sogar sehr intensiv. Vielleicht sind Sie zu jung, um zu verstehen, dass es mehr als Sex zwischen zwei Menschen geben kann. Wir waren Seelenverwandte und haben jede gemeinsame Sekunde miteinander genossen.«

»Nach unseren Informationen haben Sie Ihren Winterurlaub auf Mallorca nach wenigen Wochen abgebrochen und sind nach Spiekeroog zurückgekehrt«, sagte Lars. Die Information hatte Ihnen Gerrit Eilers am Morgen telefonisch gegeben.

»Bin ich Ihnen jetzt etwa Rechenschaft schuldig, wo und weshalb ich gerade wohne? Wohl kaum. Also lassen Sie bitte diese versteckten Anschuldigungen.«

»Der Winter war in diesem Jahr nicht gerade mild im Norden«, fuhr Alina fort. »Es wird doch sicher einen Grund gegeben haben, weshalb Sie dieses Mal nicht erst im späten Frühjahr zurück nach Spiekeroog gekommen sind.«

»Alles und jedes hat einen Grund. Aber der hat nichts, aber auch gar nichts damit zu tun, dass Rüdiger ermordet wurde.«

»Sie hatten also nicht den Wunsch, Herrn Scharff zu heiraten?«, übernahm wieder Lars.

»Und wenn? Deshalb haben Rüdiger und ich uns doch nicht gestritten. Wir waren ein wunderbares Paar, und es war gut so, wie es war. Ob mit Eheschein oder ohne, das macht doch nun wirklich keinen Unterschied.«

»Wir haben da andere Informationen, Frau Joken«, setzte Lars nach. Alina hatte ihm zugenickt als Zeichen, dass sie konkreter werden sollten. »Wir haben Zeugenaussagen, die ein ganz anderes Bild ergeben. Sie haben Herrn Scharff unter Druck gesetzt und wollten sozusagen in Ihrer Beziehung den nächsten Schritt gehen, heiraten und zusammenziehen.«

Britta Joken schwieg.

»Ist das richtig, Frau Joken?«, fragte jetzt Alina, die den mitfühlenderen Part übernommen hatte.

»Herr Scharff allerdings«, fuhr Lars fort, »hatte keinesfalls die Absicht, Sie zu ehelichen.« Lars hatte das letzte Wort genüsslich in den Raum geworfen, um Britta Joken zu einer Reaktion zu provozieren.

»Frau Joken«, übernahm wieder Alina. »Sie haben sicher Verständnis dafür, dass wir diese Fragen stellen müssen. Es steht ein schwerwiegender Verdacht im Raum, dem wir nachgehen müssen. Helfen Sie uns doch bitte dabei, ihn zu entkräften.«

Britta Joken starrte auf ihre Hände und schwieg weiter.

Lars holte aus seiner Tasche einen DNA-Test und legte ihn auf den Tisch. »Wir würden gerne bei Ihnen einen DNA-Abstrich machen, um ihn mit den gefundenen Spuren im Haus und vor allem im Wohnzimmer von Herrn Scharff abzugleichen. Stimmen Sie dem freiwillig zu?«

Britta Joken sah Lars mit weit aufgerissenen Augen an. »Was für Spuren?«

»Dazu darf ich leider nichts sagen«, entgegnete Lars. »Wenn Sie sich nichts zuschulden haben kommen lassen, wäre das der beste Weg, Sie zu entlasten.«

Britta Joken schüttelte vehement den Kopf. »Nein. Ich habe nichts Unrechtes gemacht. Sie fantasieren sich da etwas zusammen.« Ihre Stimme klang schrill und atemlos. »Rüdiger und ich haben über den nächsten Schritt gesprochen, und wir wollten ihn wagen.« Sie sank in sich zusammen, als hätten die letzten Worte ihre ganze Kraft aufgebraucht.

»Es gab also keinen Streit zwischen Ihnen?«, fragte Alina. »Habe ich das richtig verstanden?«

Britta Joken schwieg eine gefühlte Ewigkeit, bevor sie den Kopf hob und Alina ansah. »In welcher Beziehung gibt es nicht mal eine kleine Meinungsverschiedenheit? Das ist doch vollkommen normal. Ich habe Rüdiger geliebt. Und das vom ersten Augenblick an. Wir gehörten zusammen. Das haben wir beide gespürt. Ich habe ihn nicht getötet. Lieber hätte ich Hand an mich gelegt, als dass ich Rüdiger etwas angetan hätte.«

15

Hella legte das Fernglas zur Seite. »Wagners Limousine steht jetzt als einziger Wagen noch auf dem Firmenparkplatz.«

»Vielleicht ist er mit dem Taxi gefahren oder war heute überhaupt nicht im Büro«, erwiderte Eva.

»Könnte sein. Aber«, Hella zeigte auf das Bürogebäude, »in dem Raum mit den drei Fenstern ist noch Licht. Ich vermute, dass es Alexander Wagners Büro ist.«

Eva stöhnte theatralisch. »Ich habe ganz vergessen, welchen Biss du hast.« Sie hob den Zeigefinger. »Aber die ganze Nacht bleibe ich hier nicht sitzen.«

»Ich doch auch nicht. Aber eine halbe Stunde können wir doch wohl noch opfern, oder?«

Eva grinste. »Ich glaube, das halte ich gerade noch so durch.« Sie griff nach dem Fernglas und suchte das Firmengelände ab. »Das Licht ist ausgegangen. Könnte sein, dass du recht hast.«

Hella zwang sich, Eva nicht das Fernglas aus der Hand zu reißen, und starrte auf den Eingangsbereich des Bürogebäudes.

»Da. Weißt du, wie er aussieht?«

»Ja. Gibst du mir das Fernglas?« Wenige Sekunden später bestätigte Hella, dass es sich bei dem Mann, der gerade über den Parkplatz zum letzten Fahrzeug lief, um Alexander Wagner handelte.

Hella drückte Eva das Fernglas in die Hand und startete den Motor. »Anschnallen.«

Mit gebührendem Abstand folgte Hella der Limousine, sie fuhren Richtung Norden auf der B 431, von der sie auf Höhe der Ortschaft Schenefeld rechts abbogen.

»Wohnt er in Schleswig-Holstein?«, fragte Eva mit Blick auf ihr Tablet, auf dem sie eine Karte aufgerufen hatte.

»Nein, in Blankenese, wie es sich gehört. Keine Ahnung, wohin er unterwegs ist.«

Die Bebauung wurde spärlicher. Sie passierten kurz nach der Landesgrenze ein großes Gartencenter, links der Straße lag ein kleines Wäldchen und auf der anderen Seite ein im Bau befindliches Gebäude. Hella hatte aufgeholt und fuhr jetzt etwa hundertfünfzig Meter hinter der Limousine, als ein schwarzer SUV mit hoher Geschwindigkeit an ihr vorbeischoss, die Wagner-Limousine überholte, sie ausbremste und zum Stehen brachte. Die Aktion verlief so schnell, dass Hella nur eine Vollbremsung übrig blieb. Zwanzig Meter hinter den beiden Fahrzeugen kam sie schlitternd zum Halten. Aus dem SUV sprang ein schwarz gekleideter maskierter Mann, schlug Wagners Seitenscheibe ein und öffnete die Fahrertür. Währenddessen hatte Hella den Sicherheitsgurt abgeschnallt und auf den Rücksitz nach ihrer Schutzweste gegriffen. Aus dem Augenwinkel sah sie, wie Eva ihre Waffe zog und im nächsten Augenblick aus dem Wagen stürmte. Sie schrie ihren Namen, aber Eva reagierte nicht. Hella öffnete ihre Tür, warf sich im Aufstehen die Schutzweste über, zog ihre Waffe aus dem Holster und entsicherte sie. Eva war inzwischen mehrere Meter auf die beiden Fahrzeuge zugelaufen und stoppte nun abrupt, als ein weiterer maskierter Mann aus dem SUV sprang und mit seiner Waffe auf sie zielte. Sekundenbruchteile später erreichte Hella ihre Kollegin, reagierte blitzschnell und schob sich vor Eva. Im gleichen Moment schoss der zweite Mann. Die Kugel traf Hella unterhalb der Brust, schleuderte sie zurück. Beide Frauen fielen nach hinten übereinander, Hella rollte sich ab, richtete die Waffe auf die Stelle, an der der Schütze zuvor gestanden hatte. Er war verschwunden. Entweder hatte er hinter dem SUV Schutz gesucht, oder er hatte sich wieder hinters Steuer gesetzt. Der Beifahrer zog gerade Alexander Wagner aus der Limousine. Als Wagner um sich schlug und sich fallen ließ, hielt der Maskierte ihm die Waffe an den Kopf und zwang ihn damit, aufzustehen.

Hella sprang auf, riss ihre Waffe hoch und gab sich als Polizistin zu erkennen. Eva hatte sich nach dem unerwarteten Sturz aufgerappelt und stand jetzt neben Hella.

»Geh hinter mir in Deckung«, raunte Hella ihr zu, während sie gleichzeitig den Maskierten und Wagner im Blick behielt. »Waffe fallen lassen!«

Der Maskierte schaute sich kurz um, suchte vermutlich seinen Fahrer, hob die Waffe und schien auf Hella schießen zu wollen. Gleichzeitig ließ sich Wagner fallen, der Maskierte war für einen Augenblick abgelenkt, Hella zielte und schoss. Der Mann sackte leicht nach vorne weg, fasste sich mit der linken Hand an den Oberschenkel, schrie etwas, was Hella nicht verstand, drehte sich um und humpelte die wenigen Meter zum SUV. Die Tür wurde von innen aufgehalten, der Maskierte sprang hinein, der SUV startete in der nächsten Sekunde durch und schoss die Straße hinunter.

Erst jetzt spürte Hella den Schmerz, den die in die Schutzweste eingedrungene Kugel verursachte. Eva lief auf Wagner zu, sprach mit ihm und half ihm auf die Beine. Hella streifte die Schutzweste ab und sackte anschließend erschöpft auf den Asphalt.

»Willst du dich nicht vom Notarzt untersuchen lassen?«, fragte Eva mit besorgter Stimme. »Wir können ins Krankenhaus fahren, wenn du willst.«

Kurz nach dem Vorfall hatte Eva die Hamburger Kollegen gerufen. Zwei Streifenwagen aus Hamburg und einer aus Schenefeld waren vor Ort, zwei Rettungswagen und drei Zivilfahrzeuge der Hamburger Polizei rundeten das Bild ab. Überall leuchteten die Blaulichter, der Straßenverkehr wurde an der Stelle des Überfalls vorbeigeleitet, während die Kriminaltechniker sich an ihre Arbeit machten.

»Alles gut. Das ist nicht meine erste Schutzweste, die mir das Leben gerettet hat.«

Eva stöhnte auf. »Apropos Leben retten. Ich habe mich noch gar nicht bei dir bedankt. Wie auch. Ich weiß wirklich nicht, wie ich das …«

»Nicht nötig, Eva. Du hättest das Gleiche für mich gemacht.«

»Da bin ich mir nicht so ganz sicher. Ich hätte vielleicht nicht so schnell reagiert wie du.«

Hella richtete sich auf und tastete die Stelle ab, wo die Kugel sie hätte treffen sollen. Es schmerzte höllisch. Hoffentlich war keine Rippe angebrochen. Den blauen Fleck würde sie Leon auf jeden Fall nicht verheimlichen können.

»Schlimm?«, fragte Eva, die Hellas Abtasten beobachtet hatte.

»Ich hoffe nicht.«

Aus dem Augenwinkel sah sie Hubert Henke auf sie zukommen. Er war mit den Hamburger Kriminalbeamten vor Ort eingetroffen und hatte sich zuerst mit Alexander Wagner unterhalten.

»Wie geht es Ihnen?«, fragte Henke.

»Ich hoffe, dass keine Rippe angebrochen ist. Ansonsten brauche ich bald ein heißes Bad und einen doppelten Whisky.«

»Haben Sie sich vom Notarzt ...?«

»Nicht nötig«, unterbrach Hella ihn. »Was sagt Alexander Wagner?«

»Nicht viel. Die Täter waren maskiert, alles ging sehr schnell, er ist weder vorher bedroht worden, noch kann er sich vorstellen, wer es auf ihn abgesehen hat. Allenfalls tippt er auf eine Entführung, um Lösegeld zu erpressen.«

»Und was meinen Sie?«, fragte Eva.

»Es ist zu früh für eine Einschätzung. Wir haben Straßensperren eingerichtet, aber ich fürchte, es war zu spät. Haben Sie das Nummernschild lesen können?«

Hella schüttelte den Kopf.

Eva verzog das Gesicht. »Das ging alles viel zu schnell. Ich kann nicht einmal sagen, ob es ein Hamburger Kennzeichen war.«

Henke wandte sich an Hella. »Sie haben den Mann getroffen? Wo genau? Wie schwer ist er nach Ihrer Einschätzung verletzt?«

»Schwer zu sagen. Wenn ich die Hauptschlagader getroffen hätte, wäre er wohl kaum noch in den SUV gekommen. Er hat aber stark gehumpelt. Ist Blut gefunden worden?«

Henke nickte. »Nicht viel, aber es wird für einen DNA-Abgleich reichen. Die Kollegen wissen Bescheid, dass es Priorität hat.«

»Wann können wir mit Alexander Wagner sprechen?«, fragte Hella.

»Das weiß ich noch nicht genau. Herr Wagner wird gerade nach Hause gefahren und dort unter Schutz gestellt.«

Eva Kirsch zeigte auf Hellas Rippenbereich. »Ihnen ist schon klar, was vor nicht einmal einer Stunde hier passiert ist. Ohne die Schutzweste wäre meine Kollegin jetzt nicht mehr am Leben.«

Der Kriminalrat warf ihr einen ärgerlichen Blick zu. »Darf ich fragen, was zum Teufel Sie hier überhaupt gemacht haben?«

»Was vermuten Sie, Kollege? Dass wir auf der Suche nach einem Restaurant oder einem Hotel waren? Vielleicht haben wir das gemacht, was Sie oder Ihre Leute hätten tun sollen. Dieser Anschlag ist kein Zufall.« Eva Kirsch hatte ruhig, aber bestimmt geantwortet. »Wann können wir mit Wagner sprechen?«

»Wir werden sehen«, wich Henke aus. »Ich sage Ihnen Bescheid.« Er nickte Eva und Hella zu, drehte sich abrupt um und ging zurück.

»Was für ein Arsch!«, zischte Eva, als er außer Hörweite war.

Hella nickte. »Lass uns ins Hotel fahren. Mir reicht es für heute.«

16

Alina zeigte auf ein Café. »Eine kurze Pause? Ich könnte einen Latte macchiato vertragen.«

Lars nickte. »Warum nicht.«

Sie betraten das Café, suchten sich einen ruhigen Platz und bestellten.

Lars sah sich um, ob jemand ihr Gespräch mithören konnte. »Ich werde aus dieser Frau nicht schlau. Nach unseren Informationen schwimmt sie doch im Geld. Warum wollte sie Scharff heiraten?«

»Vielleicht ging es nicht um Geld, sondern um Liebe?«

»In dem Alter?«

Alina rollte mit den Augen. »Lars Mattes, Liebe kennt kein Alter. Schon einmal davon gehört?«

»Klar, aber wenn Scharff nicht wollte, warum darauf bestehen?«

»Das wissen wir nicht. Meyer kann sich da auch etwas zusammengereimt haben.«

Der Latte macchiato wurde serviert, Lars bezahlte.

»Wo waren wir stehen geblieben?«, fragte er.

»Meyer – zusammengereimt – wir können es nicht beweisen.«

»Ist schon richtig, aber du hast Britta Joken doch selbst eben erlebt. Glaubst du ihr, dass in der Beziehung alles easy war?«

Alina schüttelte den Kopf. »Nein. Zwischen den beiden ist in der letzten Zeit wenig bis gar nichts gelaufen. Diese Anrufpause ist kein Zufall. Die Frage ist aber, ob das etwas mit Scharffs Tod zu tun hat.«

»Diese Frau ist es nicht gewohnt, abgelehnt zu werden. Sie wäre nicht die Erste, die aus diesem Grund tötet.«

Alina trank einen Schluck aus ihrem Glas. »Der schmeckt gut. Probiere mal.«

Lars griff nach seinem Glas und trank. »Nicht schlecht.« Er sah aus dem Fenster. »Bleiben wir jetzt hier auf der Insel?«

»Das Pensionszimmer ist bestellt. Warum nicht? Morgen Vormittag klappern wir noch ein paar Nachbarn unserer Zeugen ab. Vielleicht können sie ja die Alibis der vier bestätigen. Außerdem hat Kollege Eilers noch zwei Personen aufgetan, die mit Scharff zu tun hatten. Anschließend nehmen wir die Mittagsfähre.«

»Bleibt für heute noch Dörte Dirksen«, sagte Lars.

Dörte Dirksen öffnete die Tür, bevor Alina klingeln konnte.

»Was kann ich für Sie tun?«

Alina wies sich aus und erklärte ihr Anliegen.

»Kommen Sie herein.« Sie führte sie in die Küche und bot ihnen einen Platz an. Anschließend holte sie drei Gläser und eine Flasche Mineralwasser. »Bedienen Sie sich!«

Lars bedankte sich. »Wir kommen gerne ein zweites Mal zu wichtigen Zeugen, um noch einmal nachzufragen.«

Dörte Dirksen nickte, schwieg aber.

»Erinnern Sie sich inzwischen, ob Ihnen in den Tagen vor Herrn Scharffs Tod etwas aufgefallen ist? Hat er sich anders verhalten als sonst?«

»Im Alter lässt das Gedächtnis nach. Aber ich habe viel gegrübelt und mir die letzten Begegnungen mit Rüdiger wieder ins Bewusstsein gerufen. Tatsächlich glaube ich jetzt, dass ihn etwas bedrückt hat. Er war noch schweigsamer als normal und schien seine sonst immer gute Laune verloren zu haben. Ich habe es wohl unter dem üblichen Inselkoller abgehakt und bin darüber hinweggegangen.«

»Wie äußerte sich diese schlechte Laune genau?«, fragte Lars nach.

»Wortkarg war er, das habe ich ja schon erwähnt. Und er war nur schwer zu einem Spaziergang zu überreden. Normalerweise war es eher umgekehrt, da hat Rüdiger mich mitgezogen.« Sie lächelte mild. »›Wir Alten müssen in Bewegung bleiben‹, hat er immer gesagt. ›Die Scharniere rosten sonst ein.‹ Rüdiger schien regelrecht betrübt. Depressiv will ich es jetzt nicht nennen. Das war ganz und gar nicht seine Art. Er hat sonst immer nach vorne geschaut und selbst Rückschlägen noch etwas Positives abgewinnen können.«

»Hat Herr Scharff angedeutet, warum es ihm nicht so gut ging?«

»Nein, und ich habe auch nicht nachgefragt. Wie gesagt, ich dachte, es handelt sich um eine Art Inselkoller.«

Alina räusperte sich. »Und zwischen den Zeilen? Wovon hat er gesprochen?«

»Mit meinem heutigen Wissen hätte ich natürlich besser aufgepasst. Das Einzige, woran ich mich erinnern kann, war eine Bemerkung. Ich habe erzählt, dass ich einem früheren Schüler begegnet bin, der zu Besuch bei seinen Eltern war. Er ist inzwischen Mitte dreißig, und ich habe ihn nicht wiedererkannt. Aber er mich. Der junge Mann hat mich dann in ein Café eingeladen, was ich auch gerne angenommen habe.« Dörte Dirksen schaute geradeaus ins Nichts und schien in Gedanken bei ihrer Arbeit als Grundschullehrerin zu sein. Schließlich lächelte sie und entschuldigte sich. »Das Gespräch war sehr nett. Vor allem da der Junge mir als Schüler einiges abverlangt hat. Er war unruhig und konnte sich häufig nicht konzentrieren. Wie sich dann aber herausstellte, hat er auf dem Festland Abitur gemacht und ist doch tatsächlich Lehrer geworden.«

»Das haben Sie also Herrn Scharff erzählt?«, lenkte Alina das Gespräch wieder auf Rüdiger Scharff.

»Ja. Rüdiger hat die kleine Geschichte noch nachdenklicher gemacht. Dabei wollte ich ihn doch aufmuntern. Es ist doch schön zu sehen, wenn die eigene Arbeit von Erfolg gekrönt ist.« Sie hielt inne. »Was ich aber eigentlich sagen wollte: Rüdiger machte eine Bemerkung. Ich weiß gar nicht, ob sie für mich gedacht war oder mehr für ihn selbst. Er sagte, dass die Vergangenheit nicht immer nur Positives hervorbringen würde und es schwer sei, davor wegzulaufen.« Dörte Dirksen sah zwischen

Lars und Alina hin und her. »Sagt Ihnen das irgendetwas? Frau Brandt hat mich ja nach Rüdigers Vergangenheit gefragt, und ich konnte nicht viel dazu sagen.«

»Auf jeden Fall hilft es«, sagte Lars. »Hat Herr Scharff an dem Tag noch mehr gesagt zu dem Thema?«

»Ich habe erstaunt auf seine Bemerkung reagiert und gemeint, dass man doch weit zurückliegende Ereignisse immer positiver beurteilt, als sie vielleicht waren. Geantwortet hat er mir nicht darauf. Es war eine sehr merkwürdige Stimmung. Ich kann es gar nicht richtig beschreiben. Es schien mir fast so, als wenn er sich für seine Vergangenheit schämen würde. Oder damit haderte. Dabei war er doch schon mindestens achtzehn Jahre im Ruhestand. Vielleicht hatte er auch so eine Begegnung wie ich mit dem ehemaligen Schüler. Auf Spiekeroog laufen ja nicht nur Insulaner rum, sondern auch Gäste. Und die sind jetzt im Sommer sehr zahlreich.«

»Wir befragen alle Bekannten und Freunde von Ihrem Freund«, sagte Alina. »Ursprünglich waren wir davon ausgegangen, dass Herr Scharff keine Lebensgefährtin hat. Inzwischen hat sich aber herausgestellt, dass er mit Frau Joken liiert war. Wussten Sie davon?«

Dörte Dirksen schwieg zunächst und antwortete erst auf Alinas erneute Nachfrage. »Rüdiger hat mir nicht davon erzählt. Ich habe es aber geahnt. Hin und wieder habe ich die beiden gesehen. Draußen am Strand oder in einem Restaurant auf der Insel. Als Frau spürt man ja, ob zwischen zwei Menschen mehr ist als nur Freundschaft.«

»Sie haben Herrn Scharff nie darauf angesprochen?«

Dörte Dirksen schüttelte gedankenversunken den Kopf. »Nein, das wollte ich nicht. Ich habe mir gesagt, dass es schon einen Grund habe, warum er mir das verschweigt.«

Alina registrierte, dass Dörte Dirksen den Namen von Britta Joken nicht in den Mund nahm. Auch ihre verkrampfte Körperhaltung wies darauf hin, dass sie die Angelegenheit nicht so locker aufgenommen hatte, wie sie es ihnen jetzt suggerierte.

»Sie waren enttäuscht, dass Herr Scharff ein Verhältnis mit Britta Joken hatte?«, provozierte Alina Dörte Dirksen.

Sie lächelte matt. »Sieht man mir das an? Um ehrlich zu sein, ja, das war ich und bin es immer noch. Allerdings mehr, weil Rüdiger es mir verheimlicht hat und vor allem, weil es diese durchtriebene Frau war, mit der er …« Die letzten Worte konnte Alina kaum verstehen. Sie beschloss, das Thema zu wechseln, und gab Lars einen Wink.

Lars beugte sich leicht vor. »Wir überprüfen immer noch, was Herr Scharff vor seinem Umzug nach Spiekeroog gemacht hat. Wie wir erfahren haben, hatte er auch die französische Staatsbürgerschaft. Wussten Sie davon?«

»Nein. Das hat mir Rüdiger nie erzählt. Aber ich weiß, dass er mehrere Sprachen fließend beherrschte.«

»Ist Ihnen noch etwas zu seiner Vergangenheit eingefallen? Vielleicht hat er einmal Bemerkungen fallen lassen, was für einer Tätigkeit er nachgegangen ist.«

»Nein.«

Alinas Handy vibrierte. Sie schaute aufs Display. Eine Nachricht von Hella. Sie berichtete von einem Notaranruf und einem hinterlegten Testament. Alina reichte ihr Handy an Lars weiter und konzentrierte sich wieder auf Dörte Dirksen.

»Hat Herr Scharff mit Ihnen jemals über sein Testament gesprochen?«

Sie zuckte mit den Schultern. »Nicht direkt. Aber er hat mich vor etwa einem Jahr gebeten, sich um seine Beerdigung zu kümmern.«

»Um was ging es genau?«

»Er wollte eine Seebestattung. Nur seine Spiekerooger Freunde sollten eingeladen werden. Finanziell wäre in der Hinsicht alles geregelt, da bräuchte ich mir keine Sorgen zu machen.«

»Das Testament hat er nicht direkt angesprochen?«

Dörte Dirksen schüttelte den Kopf. »Nein. Wieso fragen Sie?«

»Nach unseren Informationen war Herr Scharff durchaus vermögend. Wir kennen bisher nur sein deutsches Konto, vermuten aber, dass es auch noch welche im Ausland geben könnte.«

»Dieses Testament … Hat Rüdiger mich etwa berücksichtigt?«

Zwanzig Minuten später verließen Alina und Lars das Haus von Dörte Dirksen und gingen Richtung Pension.

»Als es ums Geld ging, ist sie ja ziemlich rege geworden«, bemerkte Lars. »Ich mag keine Menschen, die so nach Geld geifern.«

»Von Geld hat sie gar nicht gesprochen«, sagte Alina. »Ich glaube kaum, dass es ihr darum ging.«

»Sondern?«

»Mehr um eine letzte Verbindung zu ihrem Freund. Sie hat ihn geliebt. Man kann auch Gegenstände vererben, die einem wichtig waren, oder auch einen Brief hinterlassen. Sie trauert.«

»Du glaubst ihr? Da wäre ich mir nicht so sicher. Vielleicht ist ihr dieses Dreiecksverhältnis – und das war es doch letztlich – einfach zu viel geworden. Sie hat jahrelang auf ihn gewartet, bekommt schließlich mit, dass er mit der anderen im Bett landet und sich da mehr anbahnt. Vielleicht hat sie Britta Joken ja sogar zur Rede gestellt und die hat über ihre Heiratspläne gesprochen – und Frau Dirksen dreht durch.«

»Möglich, aber ich halte es trotzdem nicht für wahrscheinlich.« Alina blieb vor einem kleinen Haus stehen. »Wohnt hier nicht Frau Theemann?«

»Die Haushaltshilfe?«

»Ja, die Straße stimmt, die Nummer auch. Lass uns noch kurz bei ihr vorbeischauen.«

»Muss das sein? Wir waren doch schon zweimal bei ihr.«

»Sie war beide Male so aufgelöst, dass ich mir …«

»Schon gut«, gab Lars nach.

Alina ging auf die Tür zu und klingelte. Kurz darauf erschien

Fenna Theemann in der Tür. Sie begrüßte sie freundlich und bat sie herein.

»Entschuldigen Sie die späte Störung«, begann Alina das Gespräch. »Wir wollten noch einmal nachfragen, ob Ihnen noch etwas eingefallen ist, was eventuell für uns wichtig sein könnte.«

Frau Theemann lächelte verkrampft. »Ich war wohl keine so große Hilfe. Es ging mir nicht so gut, nachdem …« Sie schluckte schwer. »Es war schon ein großer Schock, Herrn Scharff …«

»Das verstehen wir natürlich. Aber ist Ihnen in den Wochen vor Herrn Scharffs Tod etwas Besonderes aufgefallen?«

Sie zögerte und nickte schließlich. »Normalerweise hat Herr Scharff das Haus verlassen, wenn ich zum Putzen kam. Er wusste wohl, dass es nicht so angenehm ist, wenn jemand beim Saubermachen hinter einem steht. In den letzten zwei Wochen war es aber nicht mehr so. Herr Scharff stand natürlich nicht hinter mir, aber er war im Haus. Dabei hatten wir gutes Wetter, und er ging doch so gerne spazieren.« Fenna Theemann sah auf. »Meinen Sie denn, dass das etwas zu bedeuten hat?«

»Das können wir nicht sagen. Vielleicht ist es tatsächlich wichtig. Haben Sie weitere Beobachtungen gemacht? Waren Personen im Haus zu Besuch, die Sie sonst noch nicht gesehen hatten?«

»Besuch war nie da, wenn ich im Haus gearbeitet habe. Da hat Herr Scharff schon drauf geachtet. Aber …«, Fenna Theemann seufzte, »… ich weiß natürlich nicht, ob das wichtig ist.«

»Sagen Sie nur. Alles kann wichtig sein.«

»Herr Scharff hat nie viel getrunken. Also ich meine damit Alkohol. Ich habe ja die Flaschen entsorgt, und deshalb weiß ich das so ungefähr. In den letzten Wochen waren es mehr Flaschen. Wein, aber auch Whisky. Den hat er vorher überhaupt nicht getrunken.«

»Hatten Sie denn den Eindruck, dass Herr Scharff in der Zeit mehr Besuch hatte?«

Fenna Theemann schüttelte den Kopf. »Nein, im Gegenteil. Ich habe die Gläser immer per Hand abgespült. In der Spülmaschine zerkratzen sie doch nach einiger Zeit. Es stand meistens nur ein Glas auf der Spüle.«

»Von wie vielen Wochen sprechen wir?«, fragte Lars.

Fenna Theemann zuckte mit den Schultern. »Genau kann ich das nicht sagen. Vielleicht drei oder vier.«

»Es war gut, dass wir noch einmal bei Frau Theemann vorbeigeschaut haben«, sagte Lars auf dem Weg zur Pension.

»Reiner Zufall. Hätte auch Zeitverschwendung sein können.«

Lars sah auf die Uhr. »Wir haben noch eine Dreiviertelstunde.«

Alina blieb stehen. »Und dann?«

»Sollten wir in dem Restaurant sein, in dem ich einen Tisch für uns reserviert habe.«

»Wow!« Alina schmunzelte. »Mit Kerzenlicht und allem Drum und Dran?«

»Lass dich überraschen.«

Alina rollte erschöpft von Lars herunter und streckte alle Glieder von sich. Nach dem romantischen Candle-Light-Dinner waren sie Arm in Arm zur Pension zurückgegangen und hatten sich, sobald die Zimmertür hinter ihnen zugefallen war, gegenseitig ausgezogen und waren ins Bett gesunken.

»Wie geht es dir?«, fragte Lars.

Alina strich ihm zärtlich über die Schulter. »Mir geht es hervorragend. Danke für den schönen Abend. Vor allem die letzte halbe Stunde.«

Er beugte sich zu ihr und küsste sie. »Vielleicht sollten wir öfter ein Wochenende auf einer Insel buchen.«

Alina schmunzelte. »Warum nicht? Wir arbeiten viel zu viel.«

»Ich habe noch einmal über den Bauplatz nachgedacht. Beworben haben wir uns ja, und irgendwann in den nächsten Wochen sollte ja eine Zu- oder Absage kommen.«

»Und?«

»Ich könnte mir schon vorstellen, auf Dauer in Wittmund

zu leben. Selbst wenn wir in Aurich arbeiten würden, wäre das kein Problem. Im Gegenteil. Etwas Abstand zum Einsatzort ist gar nicht so schlecht. Und wer weiß, vielleicht sind wir ja irgendwann nicht mehr nur zu zweit.«

Alina küsste ihn zärtlich. »Abgemacht. Wenn wir den Bauplatz bekommen, sagen wir zu. Und das andere klären wir später.«

17

»Hast du halbwegs gut geschlafen?«, fragte Eva Kirsch Hella beim Frühstück im Hotel.

»Besser als erwartet. Nur auf der rechten Seite konnte ich nicht so gut liegen.«

»Sorry, ich hätte gestern nicht so rausstürmen dürfen. Das war eine Riesendummheit. Ich habe nicht nur mich in Gefahr gebracht, sondern auch dich. Wärst du nicht da gewesen, läge ich jetzt vermutlich auf der Intensivstation oder ein paar Stockwerke tiefer im Kühlraum. Ich weiß echt nicht, wie mir das passieren konnte. Ich hätte Deckung hinter dem Auto suchen sollen und …«

»Schon gut. Es ist passiert und nicht mehr rückgängig zu machen. Bis auf den blauen Fleck wird nichts zurückbleiben.« Sie schenkte sich Kaffee nach und trank einen Schluck.

»Trotzdem. Ich stehe in deiner Schuld.«

»Ich dachte, wir hätten das gestern schon geklärt«, sagte Hella. »Sag mir lieber, ob du schon eine Nachricht von Henke hast. Können wir jetzt mit Alexander Wagner sprechen oder nicht?«

Eva griff nach ihrem Handy und öffnete den Mailaccount. »Nichts! Ich werde nach dem Frühstück bei ihm anrufen.«

»Schon ein starkes Stück. Wir retten dem Mann das Leben und dürfen nicht mal mit ihm sprechen. Mehr noch, wir werden gefragt, was wir überhaupt dort zu suchen hatten.«

Eva schmierte Butter auf ihre Brötchenhälfte und belegte sie mit einer Scheibe Käse. »Warten wir ab. Ansonsten muss ich Hannover einschalten.«

Eva hielt ihr Handy hoch. »Geht doch. Um zwölf Uhr können wir Wagner in seiner Villa treffen. Dann haben wir noch Zeit, um vorher mit Harald Hansen zu sprechen. Ich rufe ihn gleich mal an.«

Einer von Evas Mitarbeitern beim LKA Hannover hatte sie am Tag zuvor informiert, dass Harald Hansen bis zur Übernahme der Reederei durch Alexander Wagner als Prokurist im Unternehmen tätig gewesen war.

»Alles klar«, sagte Eva nach einem kurzen Gespräch mit Hansen. »Er erwartet uns in seiner Wohnung. Das sind nur zehn Minuten von hier.«

Das dreistöckige Mietshaus stand in Barmbek in einer ruhigen Nebenstraße. Auf ihr Klingeln brummte der Türöffner. Hella und Eva stiegen die Treppe in den dritten Stock hoch, wo ein etwa Siebzigjähriger auf sie wartete.

»Harald Hansen«, stellte er sich vor und fragte nach den Ausweisen, die er sorgfältig musterte, schließlich trat er zur Seite. »Kommen Sie herein. Einfach geradeaus die erste Tür rechts.«

Hansen hatte Tee aufgesetzt und bot Hella und Eva eine Tasse an.

»Was kann ich für Sie tun?«, fragte Hansen, nachdem er sich mit an den Tisch gesetzt hatte.

»Die Waffe, mit der Ihr damaliger Chef erschossen wurde, ist gefunden worden«, erklärte Hella. »Der mutmaßliche Besitzer ist allerdings ebenfalls getötet worden. Wir suchen jetzt nach Zusammenhängen zwischen dem Mord an Johannes Wagner und den neuen Ereignissen. Dürfen wir Ihnen ein paar Fragen stellen?«

»Sicher. Wenn ich der Polizei helfen kann, bin ich gerne dazu bereit.«

»Wir verfolgen eine Spur, die mit dem afrikanischen Land Togo zu tun hat. Können Sie uns sagen, wie die damalige Geschäftsbeziehung der Reederei zu Togo aussah?«

»Seinerzeit hatten wir einen Tiefpunkt bei den Beziehungen zu Togo, aber auch zu anderen afrikanischen Staaten erreicht. Leicht waren die Gespräche nie, aber nach dem Drogenfund in einem unserer Container hat der Senior ganz genau hingeschaut, mit wem er Geschäfte machte. Aber nicht nur das, wir haben neue Sicherheitsmaßnahmen ergriffen, um nicht wieder in eine solche Situation zu kommen. Das hat allerdings nicht allen Partnern gepasst. Verständlicherweise.«

»Weil diese Partner in Drogenhandel verstrickt waren oder immer noch sind?«, fragte Eva.

»Wer gibt das schon offen zu, Frau Kirsch? Autokratisch oder gar diktatorisch regierte Staaten sind ausgesprochen intransparent und ja auch nicht immer die reichsten Staaten. Als Geschäftspartner, in diesem Fall eine international agierende Reederei, erfährt man da genauso wenig wie die Öffentlichkeit in unserem Land.«

»Oder will es nicht wissen?«, warf Eva ein.

»Ich war nicht in der Position, dass mir solche Informationen zur Verfügung standen. Aber ich glaube auch nicht, dass der Senior sich sehenden Auges in diese Gefahr begeben hätte. Damals standen hohe Investitionen in neue Schiffe an. Ich will nicht ausschließen, dass der Senior eventuell nicht alles und jedes hinterfragt hat, was man hätte hinterfragen müssen. Aber ich lege meine Hand dafür ins Feuer, dass er auf keinen Fall aktiv am Drogenschmuggel beteiligt war. Das wäre gegen seine Ehre als Hamburger Kaufmann gewesen. Die Reederei besteht in achter Generation und war nie in kriminelle Machenschaften verstrickt. Und es gibt noch einen anderen Grund. Der ist allerdings sehr persönlich. Ich weiß jetzt gar nicht, ob ich darüber …« Der alte Herr brach ab.

»Es könnte wichtig sein«, sagte Hella und lächelte den Mann an. »Sie wollen doch sicher auch, dass der Mord an Herrn Wagner aufgeklärt wird.«

»Natürlich will ich das. Und eigentlich ist die Information auch nicht geheim.« Er hielt kurz inne und fuhr fort. »Herr Wagners Neffe ist an einer Überdosis Heroin gestorben. Der junge Mann sollte ursprünglich mit in die Leitung der Reederei eingebunden werden. Er war um zehn Jahre älter als der heutige Junior. Herr Wagner war nicht nur schlecht auf Drogen zu sprechen, er verabscheute sie von ganzem Herzen.«

»Verstehe«, sagte Hella. »Sind Sie eigentlich freiwillig aus dem Unternehmen geschieden?«

»Nun ja, ich stand kurz vor der Rente und habe …« Hansen schaute zwischen Hella und Eva hin und her. »Kann ich davon ausgehen, dass unser Gespräch vertraulich behandelt wird?«

Eva Kirsch nickte. »Selbstverständlich behandeln wir solche Details absolut vertraulich.«

Harald Hansen zögerte kurz, bevor er neu ansetzte. »Der Junior hatte nach der Übergabe, die ungefähr vier Wochen gedauert hat, keine Verwendung mehr für mich. Ich hätte bleiben können, aber mein Arbeitsbereich wäre ein anderer gewesen. Sie verstehen sicher, was das bedeutet hätte.«

Hella nickte. »Hatte Herr Wagner senior zu Lebzeiten alle Fäden in der Hand, oder war der Übergang zur nächsten Generation schon eingeläutet?«

Harald Hansen stöhnte leise. »Der Senior war ein Mann der Tat, ein Kaufmann alten Schlages. Er hätte viel früher damit anfangen müssen, seinen Sohn in verantwortlicher Position mit einzubinden. Aber nach dem Tod seines Neffen hat er sich sehr zögerlich mit dem Generationswechsel beschäftigt. Und ich fürchte auch, er hat seinem Sohn nicht genug zugetraut. Schon manch ein Unternehmen ist an solch einem Übergang zerbrochen.«

»Hat sich das Verhältnis zu den besagten Staaten nach dem Generationswechsel wieder verbessert?«, fragte Eva Kirsch.

»Wie schon erwähnt war ich nur noch vier Wochen im Unternehmen tätig. Ich kann Ihnen darüber keine Auskunft geben. Selbst wenn, würde ich damit gegen meine Verschwiegenheitserklärung verstoßen, zu der ich mich verpflichtet habe. Es wird das Beste sein, wenn Sie direkt mit dem Junior sprechen.«

»War Johannes Wagner regelmäßig in Togo?«, fragte Hella.

»Sie wissen ja sicher, dass Togo eine ehemalige deutsche Kolonie ist. Es gab und gibt wahrscheinlich immer noch vielfache Kontakte zu dem Land – wie auch zu anderen afrikanischen Staaten. Ich weiß, dass der Senior mehrfach Franz Josef Strauß nach Togo begleitet hat. Der bayerische Ministerpräsident und frühere Minister der Bundesregierung besuchte jedes Jahr den afrikanischen Staat.« Harald Hansen hielt inne. »Ich möchte darauf hinweisen, dass das alles quasi öffentlich zugängliche Informationen sind, die ich auch bereits nach der Ermordung meines Chefs mit der Polizei geteilt habe. Ich glaube im Übrigen nicht den seinerzeit aufgekommenen Gerüchten, dass der Senior mit Billigung oder sogar im Auftrag dieser Staaten ermordet wurde.«

»Sie hatten nie diesen Verdacht?«

»Nein, das halte ich für ausgeschlossen. Der Senior war ein ehrenhafter Mann, der sich strikt an alle Gesetze gehalten hat. Es gab überhaupt keinen Grund, ihn zu ermorden. Es muss sich meines Erachtens um eine missglückte Entführung gehandelt haben.«

»Die Ausführungen des Herrn waren sehr interessant, oder?«, fragte Eva, als sie wieder im Wagen saßen.

»Aufschlussreich, würde ich sagen.«

»So kann man es auch nennen. Herr Hansen glaubt an das Gute im Menschen und an die Hamburger Kaufmannsehre. Wagner senior hat nach dem Drogenfund gemerkt, was er da letztlich unterstützt hat.«

»Vielleicht ist ihm sogar klar geworden, dass sein Sohn dabei mitgemischt hat«, sagte Hella halblaut und mehr zu sich selbst.

»Das wäre natürlich auch noch eine Variante. Auf jeden Fall scheint der Senior aufgeräumt zu haben. Das wird nicht allen gefallen haben, er hat nicht nachgegeben und wurde liquidiert durch einen Profikiller in Rente, der den Auftrag nicht ablehnen konnte, weil …« Eva winkte ab. »Such dir einfach etwas aus. Sie werden etwas gegen den Inselrentner in der Hand gehabt haben, oder er brauchte neues Geld. Am Schluss ist vollkommen egal, was für Motive er hatte.«

»Klingt alles logisch, aber leider ist Scharff nicht mehr am

Leben«, warf Hella ein. »Er wird uns nichts mehr dazu sagen können.«

»Leider.« Eva schaute auf die Uhr. »Wir müssen los. Junior erwartet uns.«

Vor dem Tor der Villa stand ein Streifenwagen. Einer der Beamten kam auf sie zu und kontrollierte die Ausweise. Anschließend sprach er über Funk mit seinen Kollegen im Haus. Das Tor öffnete sich, Hella fuhr auf dem gepflasterten Weg durch eine parkähnliche Anlage auf die Villa zu. Das zweigeschossige Gebäude schätzte Hella auf weit über hundert Jahre. An beiden Seiten des Haupthauses befanden sich Seitenflügel, von denen jeder doppelt so groß war wie Hellas Husumer Haus.

Neben der Limousine, der sie am Abend des Vortages gefolgt waren, standen drei weitere Fahrzeuge. Hella parkte, sie stiegen aus und gingen auf das Eingangsportal zu. Am Haupteingang des Gebäudes wurden ihre Ausweise ein zweites Mal überprüft, bevor sie in eine große Halle mit enormer Deckenhöhe geführt wurden.

Zwei Männer kamen auf sie zu, einen von ihnen erkannte Hella als Alexander Wagner.

Wagner reichte Hella die Hand. »Frau Hauptkommissarin Brandt?«

Hella nickte.

»Alexander Wagner.« Der Reeder begrüßte Eva mit Handschlag und wandte sich wieder Hella zu. »Ich freue mich, Sie kennenzulernen. Ohne Sie würde ich heute hier nicht stehen oder läge vielleicht irgendwo tot in einem Graben. Ich stehe in Ihrer Schuld, Frau Brandt.«

»Wir haben nur unsere Arbeit gemacht«, sagte Hella.

»Ich war dabei. Es war schon etwas mehr als eine Routineaktion.« Er drehte sich zu seinem Begleiter um, der einen Meter hinter ihm stand. »Das ist Dr. Kapp, unser Hausanwalt. Sie haben sicher nichts dagegen, dass er bei unserem Gespräch dabei ist.«

»Selbstverständlich nicht.«

Alexander Wagner führte sie in ein geräumiges Büro und bot ihnen am modernen Glastisch einen Platz an.

»Bedienen Sie sich«, sagte er mit Blick auf die Getränke in der Mitte des Tisches.

»Kriminalrat Henke hat Sie ja bereits informiert, dass die Waffe, mit der Ihr Vater mutmaßlich getötet wurde, auf der Ostfriesischen Insel Spiekeroog gefunden wurde.«

Wagner nickte.

Hella legte ihm ein Foto von Rüdiger Scharff vor. »Kennen Sie diesen Mann?«

Wagner nahm das Foto in die Hand und musterte es lange. »Ist das der Mann, der meinen Vater getötet hat?«

»Er war zumindest im Besitz der Waffe.«

»Er ist tot? Der Mörder wurde ermordet?«

»Herr Scharff, der Mann auf dem Foto, wird verdächtigt, etwas mit dem Tod Ihres Vaters zu tun zu haben. Und ja, er ist tot.«

Wagner reichte Hella die Aufnahme. »Ich habe diesen Mann noch nie gesehen. Der Name ist mir auch unbekannt.«

»Was ist mit Jules Bernard? Haben Sie den Namen schon einmal gehört?«

Alexander Wagners Miene veränderte sich kaum merklich. Ein schnelles Zucken der Augen, die rechte Hand, die vorher ruhig auf der Tischplatte gelegen hatte, bewegte sich um einige Millimeter. Hella war sich sicher, dass Wagners Reaktion mit dem Namen zu tun hatte.

»Ein Franzose?«, fragte er.

Hella nickte. »Ein französischer Staatsbürger. Kennen Sie den Namen?«

»Bernard ist ja in Frankreich nicht selten. Ich habe sogar einen Geschäftspartner in Frankreich, der diesen Nachnamen trägt. An den Vornamen des Mannes kann ich mich nicht erinnern, kann es aber überprüfen lassen.«

»Wie alt ist er?«

»Ungefähr in meinem Alter.«

»Dann sprechen wir von zwei verschiedenen Personen«, sagte Hella.

Alexander Wagner nickte.

»Waren Sie schon einmal auf Spiekeroog?«

»Nein, bisher nicht. Leider war ich noch auf keiner der Ostfriesischen Inseln.«

Der Familienanwalt beugte sich leicht vor. »Wenn Sie uns den mutmaßlichen Todeszeitpunkt dieses Mannes mitteilen, werde ich Ihnen eine Liste mit Herrn Wagners Terminen erstellen. Inklusive der Personen, mit denen er zusammen war. Ich denke, dass sich dann Ihre nächste Frage erübrigt.«

Hella hatte mit etwas Ähnlichem gerechnet. Dass Dr. Kapp allerdings auf ihre noch nicht gestellte Frage antwortete, überraschte sie. Sie schrieb die Daten auf eine leere Seite ihres Notizbuches, riss sie heraus und reichte sie dem Anwalt.

Alexander Wagner hatte der Szene mit gelassener Miene zugesehen und blickte jetzt auf seine Armbanduhr. »Haben Sie noch Fragen? Ich habe bereits heute Vormittag einige Termine verlegen müssen.« Er lächelte. »Die Arbeit ruft.«

»Waren Sie jemals in Togo?«

»Diese Frage kann ich bejahen«, antwortete Alexander Wagner. »Allerdings mit einer kleinen Einschränkung. Ich war zehn Jahre alt und habe meinen Vater begleitet. Wir haben uns dort – wenn ich mich richtig entsinne – zwei oder drei Tage aufgehalten.«

»Und in anderen afrikanischen Staaten?«

Dr. Kapp räusperte sich. »Sie erhalten von mir eine Liste mit Herrn Wagners Geschäftsreisen der letzten fünf Jahre. Reicht Ihnen das?«

Hella nickte, ohne den Anwalt anzuschauen. »Im Moment habe ich keine weiteren Fragen, Herr Wagner.« Sie stand auf, Eva folgte ihr.

Dr. Kapp erhob sich ebenfalls. »Ich werde Sie begleiten.«

Alexander Wagner kam um den Tisch herum und drückte

Hellas Hand. »Melden Sie sich bei mir, falls ich jemals etwas für Sie tun kann. Egal, was es ist.«

Hella lächelte. »Es könnte sein, dass ich in Kürze darauf zurückkomme.«

18

»Mühsam«, stöhnte Lars. »Das hat doch bisher überhaupt nichts gebracht.«

In den letzten zwei Stunden hatten sie die Nachbarn von Hindrik Kruskopp, Dörte Dirksen und Britta Joken befragt. Keiner von ihnen hatte die drei während der fraglichen Zeit gesehen oder etwas beobachtet.

»Wir haben noch Gerhard Meyer«, sagte Alina und zeigte die Straße hinunter. »Seine Wohnung liegt nur vierhundert Meter weiter.«

»Sklaventreiberin«, murmelte Lars. »Wir müssen auch noch diesen Koch befragen, den uns Kollege Eilers genannt hat. Die Fähre legt doch um halb zwei ab.«

»Schon klar. Deshalb habe ich uns auch um sechzehn Uhr die Schnellfähre gebucht.« Alina stieß ihm spielerisch in die Seite. »Und das eben habe ich gehört.«

Lars zog sie zu sich und küsste sie. »Sorry, ist mir so rausgerutscht.«

»Los geht's! Wir haben noch einiges vor.«

Zwanzig Minuten später hatten sie mit drei Mietern im Nachbarhaus von Gerhard Meyer gesprochen. Alle wussten, wer Meyer war, konnten sich aber nicht daran erinnern, ob sie ihn in der fraglichen Zeit gesehen hatten.

Das Haus, in dem Gerhard Meyer eine Eigentumswohnung besaß, beherbergte vier weitere Parteien. Meyer bewohnte das Dachgeschoss, im ersten Stock und im Erdgeschoss befanden sich je zwei Wohnungen.

»Fangen wir oben an?«, fragte Alina und drückte, ohne auf Lars' Antwort zu warten, auf die Klingel. Eine weibliche Stimme meldete sich. Alina stellte sich vor und bat darum, mit Frau Beilken reden zu können. Nachdem sie ihren Ausweis in die Kamera gehalten hatte, summte der Türöffner.

Frau Beilken erwartete sie in der offenen Wohnungstür. Die alte Frau war einen Kopf kleiner als Alina, sie hatte kurze graue Haare und leuchtend blaue Augen, die Alina und Lars aufmerksam musterten.

»Guten Tag, Frau Beilken«, sagte Alina. »Dürfen wir für ein paar Minuten reinkommen?«

»Worum geht es denn?«, fragte die alte Dame.

»Sie haben sicher von Rüdiger Scharffs Tod gehört. Wir sind von der zuständigen Kriminalpolizei und befragen Anwohner.«

»Da müssen Sie ein Stockwerk höher bei Herrn Meyer klingeln. Der kannte den Mann.«

Alina ging einen kleinen Schritt nach vorne. »Das ist interessant. Können wir uns in Ihrer Wohnung weiterunterhalten?«

Frau Beilken trat zur Seite und führte sie in die Wohnküche. Hier bestand sie darauf, Lars und Alina den kurz zuvor aufgegossenen Tee zu servieren, und setzte sich schließlich zu ihnen an den Tisch.

»Wir haben bereits mit Herrn Gerhard Meyer gesprochen. Er ist tatsächlich mit Herrn Scharff befreundet gewesen.«

Frau Beilken nickte. »Der Mann war häufiger mal bei ihm zu Besuch. Ich kannte bisher seinen Namen nicht, habe ihn aber hin und wieder auf der Insel gesehen.« Sie nippte an ihrer Teetasse. »Gesprochen habe ich aber nie mit ihm.«

Alina tat so, als wenn sie die Information aufschreiben würde. »Vielleicht können Sie uns ja anderweitig helfen. Herr Meyer hat ausgesagt, dass er am Tag, als Herr Scharff getötet wurde …«

»Es ist also wahr. Ein Mord auf Spiekeroog?«

»Was genau passiert ist, wissen wir noch nicht«, antwortete Alina ausweichend. »Deshalb befragen wir ja Sie und viele andere.«

Frau Beilken sah sie fragend an.

»Ihr Nachbar Herr Meyer hat angegeben, in der Nacht, als Herr Scharff getötet wurde, auf dem Festland gewesen zu sein. Er ist nach seinen Angaben erst mit der letzten Fähre am späten Nachmittag des folgenden Tages zurückgekommen.« Alina nannte ihr den Tag und fragte, ob sie ihn gesehen habe.

»Das kann ich ja nicht, wenn er gar nicht auf Spiekeroog war«, sagte die alte Dame. Sie stand auf, holte sich einen Kalender, der an der Wand hing, und fragte noch einmal nach, um welchen Tag es gehe. Alina zeigte auf das Kästchen mit dem Datum. Dort war etwas handschriftlich notiert, was Alina von ihrem Platz aus nicht lesen konnte.

»Das war ja der Geburtstag meiner Schwester«, sagte Frau Beilken. »Enna wohnt nicht auf der Insel, müssen Sie wissen, sondern in Frankreich. Deshalb habe ich sie auch nicht besucht. Wir sehen uns leider nur ganz selten.« Sie seufzte. »Wo die Liebe halt hinfällt.«

»Sie erinnern sich also an den Tag?«, fragte Alina weiter.

»Natürlich. Ich war morgens beim Edeka-Markt einkaufen und habe dann gegen elf Uhr bei meiner Schwester angerufen. Wir haben bestimmt eine halbe Stunde gesprochen. Danach habe ich mir Essen gekocht und anschließend meinen Mittagsschlaf gemacht. Am Nachmittag war ich mit einer Freundin im Café verabredet. Brauchen Sie ihren Namen?«

»Nein, das wird nicht nötig sein.« Alina lächelte. »Wann waren Sie denn von Ihrem Besuch zurück, Frau Beilken?«

»Um sieben Uhr abends esse ich immer noch eine Kleinigkeit. Bestimmt war ich eine oder sogar zwei Stunden früher zu Hause.«

Alina zwang sich, abzuwarten. Frau Beilken hatte nicht den Eindruck gemacht, als wenn sie ihre Ausgangsfrage nicht verstanden hätte.

»Es ist nämlich so«, fuhr die alte Dame fort. »Ich bin mir ziemlich sicher, dass ich meinen Nachbarn an diesem Abend im Flur gesehen habe.«

»Sie sind sich begegnet?«, fragte Alina, die schlagartig hellwach war.

»Nicht direkt. Ich saß hier auf dem Stuhl, wo ich jetzt auch sitze, und habe ein Kreuzworträtsel gelöst. Sie müssen wissen, dass ich nicht mehr so gut schlafe wie in früheren Jahren. Bevor ich dann früh aufwache, gehe ich lieber etwas später ins Bett.«

Alina nickte und sah die alte Dame auffordernd an.

»Nun gut, es muss so gegen elf Uhr abends gewesen sein. Ich hörte ein Geräusch. Wahrscheinlich war es die Haustür, die aufgeschlossen wurde. Aber das wusste ich zu dem Zeitpunkt ja noch nicht.« Frau Beilken trank einen Schluck Tee. »Ich habe dann durch den Türspion geschaut und gesehen, wie mein Nachbar die Treppe hochkam.«

»Sie sind sich ganz sicher, dass es Herr Meyer war?«, fragte Alina.

»Ich kenne doch meinen Nachbarn. Das Licht im Flur ist zwar defekt, aber ich konnte ihn trotzdem erkennen.«

»Und Sie sind sich sicher, dass es am Geburtstag Ihrer Schwester war?«

»Junge Frau, das habe ich doch bereits erwähnt.« Sie stutzte. »Bekommt Herr Meyer jetzt Schwierigkeiten? Wenn ich Sie richtig verstanden habe, hat er Ihnen die Unwahrheit gesagt, oder?«

»Das ist nicht unbedingt gesagt. Vielleicht war das Ganze ein Missverständnis und Herr Meyer hat sich im Tag geirrt.«

Die alte Dame lächelte verschmitzt. »Sie wollen mich jetzt nur nicht aufregen, Frau Kommissarin. Habe ich recht? Aber das ist nicht nötig. Ich schaue mir alle Krimis im Fernseher an und weiß genau, wie die Polizei arbeitet.«

Alina klappte ihr Notizbuch zu. »In Filmen wird unsere Arbeit nicht immer ganz richtig dargestellt. Unser Kollege auf der Insel, Herr Eilers, wird morgen kommen und Ihnen ein Protokoll Ihrer Aussage vorlegen. Sie müssten dann nur noch unterschreiben.«

»Das mache ich natürlich.« Sie stand auf und griff nach der Teekanne. »Sie trinken doch noch eine Tasse Tee mit mir?«

Eine halbe Stunde später verließen sie die Wohnung von Frau Beilken.

»Reicht das, um Meyers Alibi infrage zu stellen?«, fragte Lars, nachdem sie erfolglos an weiteren Türen im Haus geklingelt hatten.

»Zumindest ist es ein Anfang. Ich fand die alte Dame durchaus glaubwürdig. Du nicht?«

»Vielleicht hat sie zu viele Krimis geschaut und wollte jetzt auch mal mitspielen?«

»Nein. Sie hat im Finanzamt gearbeitet und war verbeamtet. Ich glaube kaum, dass sie da ein Spiel mit uns treibt. Ihr dürfte klar sein, was eine Falschaussage für Folgen haben kann.«

»Sie ist fast achtzig. Da kann man sich schon mal im Datum vertun, oder?«, meinte Lars skeptisch. »Ob ihre Aussage vor Gericht Bestand hat, bin ich mir absolut nicht sicher.«

»Du siehst Probleme, wo keine sind. Oder jedenfalls noch keine. Wir lassen sie erst mal das Protokoll unterschreiben, und dann sehen wir, was Hella dazu sagt. Ich denke schon, dass Meyer uns jetzt ein paar Fragen beantworten muss. Unter Umständen könnte es sogar der Durchbruch sein.«

»Seit wann hatten Sie Kontakt zu Herrn Scharff?«, fragte Lars, als sie in Christian Jürgens' Büro saßen. Der Mittfünfziger war direkt aus der Küche seines Restaurants gekommen, als sie nach ihm gefragt hatten. Für einen Mann war er klein, hatte einen deutlichen Bauchansatz und kaum Haare auf dem Kopf.

»Ich habe das Restaurant vor fast genau vier Jahren übernommen. Davor habe ich über dreißig Jahre in Frankreich gearbeitet. Herr Scharff oder Rüdiger – wir haben uns ziemlich schnell geduzt – kam irgendwann in den ersten Monaten ins Restaurant. Ich bin ja normalerweise in der Küche, mache aber jeden Abend einen Rundgang durchs Restaurant. Um die Gäste zu begrüßen und ein paar Worte mit ihnen zu wechseln. Das ist so eine alte Tradition, die ich aus Frankreich mitgebracht habe.«

»Herr Scharff war alleine im Restaurant?«

»Er kam immer alleine«, sagte Christian Jürgens. »An diesem ersten Abend war er der letzte Tisch, den ich besuchte. Rüdiger bat mich dann, bei ihm Platz zu nehmen. Er hatte wohl gleich gehört, dass ich einen leichten französischen Akzent habe, was nach der Zeit in Frankreich nicht sehr verwunderlich ist. Er sprach mich übrigens auf Französisch an. Ich habe mich zu ihm gesetzt und bestimmt eine Stunde mit ihm geplaudert. Es war wohl für uns beide wie ein Stück alte Heimat. Rüdiger hat auch für viele Jahrzehnte in Frankreich gelebt und ist dort ziemlich herumgekommen. Bei mir war es das Gleiche. Als Koch bleibt man selten über viele Jahre an einem Ort.« Christian Jürgens nickte gedankenverloren. »Wir hatten uns viel zu erzählen.«

»Wie oft war Herr Scharff hier?«, fragte Alina.

»Einmal pro Woche, manchmal sogar zweimal. Wenn ich Zeit hatte – und die hatte ich eigentlich fast immer –, habe ich mich später zu ihm gesetzt. Am Ende saßen wir immer allein im Restaurant, tranken guten französischen Rotwein und sprachen über alte Zeiten.«

»Sie wissen, was Herr Scharff in Frankreich gemacht hat?«

»Da hat er mir gegenüber kein Geheimnis draus gemacht. Er war zehn Jahre bei der Fremdenlegion. Ich sollte es allerdings nicht weitererzählen. In Deutschland hat ja die Legion einen schlechten Ruf, in Frankreich ist das nicht so. Die ehren ihre Soldaten, vor allem die, die für sie gekämpft haben. Rüdiger ist bei einem Einsatz in Afrika schwer verwundet worden. Er lag mehrere Monate im Krankenhaus, und es war wohl lange nicht klar, ob er durchkommen würde.«

»Herr Scharff hatte die französische Staatsbürgerschaft. Wussten Sie das auch?«

»Aber ja. Das war doch eine Auszeichnung für ihn. Neben den Orden, die er für seine Einsätze bekommen hat.«

»Hat er Ihnen auch erzählt, was er nach der Fremdenlegion gemacht hat?«

»Gute Frage. Da muss ich überlegen.« Christian Jürgens fuhr sich mehrfach mit dem Finger über den Nasenrücken und zuckte schließlich mit den Schultern. »So ganz genau weiß ich es tatsächlich nicht. Es hatte auf jeden Fall mit Sicherheitsfragen zu tun. Was ja auch naheliegt bei einem ehemaligen Soldaten. Ich gehe davon aus, dass er Firmen, Organisationen und vielleicht auch Staaten beraten hat. Etwas in der Richtung.«

»Hat Herr Scharff jemals darüber gesprochen, dass er bedroht wurde oder sich bedroht gefühlt hat?«, fragte Alina weiter.

»Nein, niemals. Er war doch auch in Rente. Sozusagen. Soweit ich weiß, hat er nie eingezahlt und bekam auch keine Zahlungen staatlicherseits.« Christian Jürgens hielt inne. »Um auf Ihre Frage zurückzukommen, Rüdiger hat nie von einer Bedrohung gesprochen. Nicht im Entferntesten. Sie haben sicher schon gehört, dass er das Gegenteil von einem Raufbold war. Ich kann mir nicht vorstellen, dass er Feinde oder Neider oder was auch immer gehabt haben soll. Nein, auf gar keinen Fall. Es kann sich nur um eine Verwechslung handeln, oder Rüdiger hat einen Einbrecher überrascht. Aber Letzteres kommt auf Spiekeroog wirklich selten vor. Hier gibt es doch quasi keine Kriminalität. Es ist mir ein vollkommenes Rätsel, was da passiert sein soll.«

»Wann war Herr Scharff das letzte Mal bei Ihnen im Restaurant?«

Der Koch kratzte sich am Kopf. »Hmm ... in der Woche vor seinem Tod ganz sicher nicht. Aber davor schon.«

»War es ungewöhnlich, dass er eine Woche aussetzte?«, fragte Lars.

»Ja, absolut. Ich wollte schon bei ihm vorbeigehen, bin dann aber wegen Stress in der Küche nicht dazu gekommen.«

»Und in den Wochen davor? Ist Ihnen da an Herrn Scharff etwas aufgefallen?«

»Wenn Sie mich so fragen, ja, er war etwas bedrückt. Ich habe sicher auch gefragt, was los ist. Warten Sie ...« Christian Jürgens senkte den Kopf und schloss kurz die Augen. »Ja, ich erinnere mich. Er sagte, dass ihn etwas aus der Vergangenheit eingeholt habe. Ich habe natürlich nachgehakt, aber er war in dem Punkt nicht sehr gesprächig. Ihm könne niemand helfen außer er selbst. Und er wisse nicht, ob er das wolle.«

»Wie klang das? Sehr ernst?«

»Ich glaube schon. Ich war zumindest etwas beunruhigt. Allerdings bin ich davon ausgegangen, dass es sich um eine Geldangelegenheit handelt. Da Rüdiger keinen Hehl daraus gemacht hat, dass er einige finanzielle Reserven hatte, habe ich seine Bemerkung schnell vergessen.« Er hob beide Arme. »Was hätte ich auch machen können? Wenn Rüdiger etwas nicht wollte, konnte man ihn auch nicht dazu bewegen. Er hat mir nie den Eindruck gemacht, als wenn er Hilfe von außen annehmen würde. Auch deshalb habe ich es erst gar nicht versucht. Finanziell hätte ich ihm ohnehin nicht unter die Arme greifen können.«

»Mehr hat Ihr Freund nicht darüber erzählt? Nicht mal eine Andeutung?«, fragte Alina.

»Nein, ich erinnere mich zumindest nicht.«

Sie sprachen noch weitere zehn Minuten mit Christian Jürgens und verabschiedeten sich schließlich.

19

Eva Kirsch schlug mit der flachen Hand aufs Armaturenbrett. »Dieser aalglatte Typ steckt doch knietief drin in dem ganzen Sumpf.«

»Mag sein. Aber warum sollte er entführt werden?«, fragte Hella.

»Keine Ahnung. Vielleicht wollten sie ihn ja auch liquidieren wie seinen Vater. Der Profikiller ist tot, also mussten andere ran.«

»Aber warum?«, bohrte Hella nach.

»Strafaktion? Vielleicht sollte er nur ein paar Tage in irgendeinem dunklen Loch sitzen und über seine Loyalität zu den Drogenbossen in Südamerika nachdenken. Oder seine Partner in Afrika waren nicht mehr mit ihm zufrieden. Vielleicht wurde er auch zu einem zu großen Risiko. Was weiß ich? Der wusste genau, wer ihm da ans Leder wollte und auch warum.«

»Das denke ich auch«, sagte Hella. »Hat Alexander Wagner den Mörder seines Vaters töten lassen? Hat er die Verbindungen, um das zu bewerkstelligen?«

»Mit den Spekulationen kommen wir nicht weiter«, murmelte Eva. »Wir haben nichts, um ihn unter Druck zu setzen. Ich wäre nicht einmal verwundert, wenn er den Mord an seinem Vater in Auftrag gegeben hätte. Oder zumindest gewusst hat, was die Drogenmafia plante.«

»Das ist wahrscheinlich der springende Punkt. Was ist damals passiert?« Hella legte den Kopf in den Nacken und dachte fieberhaft nach. Sollten sie zurückfahren und den Fall den Hamburger Kollegen überlassen? War der Mord an Wagner senior für ihre Ermittlungen überhaupt relevant, oder hatte Rüdiger Scharff lediglich einen letzten Auftrag ausgeführt und war danach wieder auf Spiekeroog untergetaucht?

»Fahren wir?«, fragte Eva. »Oder was geht gerade in deinem klugen Kopf vor?«

»Hast du noch etwas Zeit, oder soll ich dich gleich zu deinem Auto bringen?«

»Für einen Kaffee?«

»Nein, ich wollte noch einmal mit Harald Hansen sprechen. Er weiß mehr, als er uns erzählt hat.«

»Und du meinst, er rückt jetzt damit raus? Das glaube ich nicht.«

»Und wenn ich alleine mit ihm spreche und ihm zusichere, dass es nirgendwo auftaucht?«

Eva zuckte mit den Schultern. »Versuch's. Auf mich wartet niemand in Hannover.«

Harald Hansen öffnete Hella die Tür und trat zur Seite. Hella hatte den Eindruck, dass er bereits auf sie gewartet hatte.

»Da sind Sie ja wieder. Möchten Sie noch eine Tasse Tee? Oder einen Kaffee?«

»Kaffee, wenn es nicht zu viele Umstände macht.«

Hansen schloss die Wohnungstür. »Überhaupt nicht. Ich habe alle Zeit der Welt und bin für jede Ablenkung vom tristen Alltag dankbar.«

Hella folgte ihm in die Küche und nahm auf dem gleichen Stuhl Platz wie am Vormittag. Hansen setzte Kaffee auf, stellte Tassen und das gefüllte Milchkännchen auf den Tisch und schenkte Hella schließlich ein.

»Ich habe schon damit gerechnet, dass Sie noch einmal vorbeikommen. Stimmt es, dass auf den Junior ein Anschlag verübt wurde?«

Der alte Herr schien noch immer gute Kontakte in die Reederei zu haben. Sie hatten ihm beim ersten Gespräch nichts von dem Anschlag erzählt, und bisher hatten die Medien noch keinen Wind von der versuchten Entführung bekommen. Hansen konnte nur aus dem Umkreis von Alexander Wagner informiert worden sein.

»Woher wissen Sie das?«, fragte Hella.

Harald Hansen lächelte mild. »Ich habe so meine Quellen.«

Er wurde ernst. »Es stimmt also.« Er goss sich Milch in den Kaffee, fügte drei Löffel Zucker hinzu und rührte um, bevor er wieder zu Hella aufsah. »Was kann ich denn noch für Sie tun?«

»Ich will ehrlich zu Ihnen sein. Nach meinem Besuch heute Morgen hatte ich das Gefühl, dass Sie mir nicht alles erzählt haben.«

Hansen seufzte leise. »Was ist schon alles. Ich bin lange aus der Firma ausgeschieden und habe mit all den Dingen nichts mehr zu tun. Warum sollte ich mich in etwas verwickeln lassen, was mein Leben durcheinanderwirbeln könnte?« Er sah sie fragend an. »Warum?«

»Das müssen Sie entscheiden, Herr Hansen. Wenn ich das richtig verstanden habe, pflegten Sie eine Art freundschaftliches Verhältnis zu Herrn Wagner senior.«

Hansen nickte. »So könnte man es nennen. Ja, durchaus, wir waren auf eine bestimmte Art Freunde. Und Sie meinen jetzt, dass ich es meinem Freund schuldig bin? Was hieße das? Dass ich seinen Sohn beschuldige? Ich kann mir nicht vorstellen, dass Herr Wagner das gutgeheißen hätte.«

»Hätte Herr Wagner weggesehen, wenn sein Sohn Geschäfte mit kriminellen Kreisen gemacht hätte? Mit Drogenkartellen, die Europa mit ihrem tödlichen Gift überschwemmen?«

»Nein, das hätte er wohl nicht. Allerdings wäre das Problem innerhalb der Familie gelöst worden und nicht von der Polizei.«

»Ich bin alleine zu Ihnen gekommen und werde weder unser Gespräch aufzeichnen«, sie legte ihr Handy auf den Tisch und entsperrte es, »noch werde ich ein Protokoll anfertigen.«

»Macht es Ihnen etwas aus, das Handy auf das Schränkchen im Flur zu legen?«

Hella griff nach ihrem Handy und brachte es in den Flur. Zurück am Tisch schenkte ihr Hansen Kaffee nach und sah sie fragend an. »Was haben Sie mit den Informationen vor, die ich Ihnen eventuell gebe? Den Mord an dem Mörder aufklären? Hat er nicht bekommen, was er verdient hat?«

»Niemand hat verdient, brutal ermordet zu werden. Und

niemand darf das Gesetz selbst in die Hand nehmen. Ansonsten bricht die staatliche Ordnung schnell zusammen.«

»Da stimme ich Ihnen zu, Frau Brandt.« Harald Hansen dachte über Hellas Worte nach. Er schien zu befürchten, dass er mit einer offiziellen Aussage nicht nur gegen seine Verschwiegenheitspflicht verstoßen, sondern sich auch persönlich in Gefahr bringen würde. »Welche Garantien können Sie mir geben?«

Hella entschloss sich, alles auf eine Karte zu setzen. »Ich habe hier«, sie legte die Hand unter die linke Brust, »ein ziemlich großes Hämatom. Herr Wagner wäre gestern um ein Haar entführt worden, wenn ich und meine Partnerin nicht eingeschritten wären. Auf mich wurde geschossen. Nur weil ich eine Schutzweste trug, bin ich noch am Leben. Ich habe einen der mutmaßlichen Entführer angeschossen, er konnte jedoch fliehen. Herr Wagner ist mit einem Schrecken davongekommen. Warum erzähle ich Ihnen das? Ich hätte auch hinter unserem Fahrzeug Deckung suchen und abwarten können. Herr Wagner wäre dann vermutlich bereits tot. Wenn ich Ihnen mein Wort darauf gebe, dass die Informationen, die ich von Ihnen im Vertrauen bekomme, nicht weitergereicht werden, können Sie sich auf mich verlassen. Absolut und uneingeschränkt. Ich werde Sie schützen, genau wie ich Herrn Wagner gestern Nacht das Leben gerettet habe.«

Hellas kleine Rede schien den alten Herrn beeindruckt zu haben. Er nickte nachdenklich und ließ sich viel Zeit mit der Antwort. »Was, denken Sie, ist damals passiert?«

»War der Junior seinerzeit bereits in der Reederei tätig?«

»Ja. Er war für die Marketing-Abteilung zuständig.«

»Er war also vertraut mit den Abläufen und den Kunden der Reederei?«

»Ja, durchaus.«

»War er regelmäßig geschäftlich im Ausland unterwegs?«

»Ja.«

»Ich vermute, dass Herr Alexander Wagner damals Kontakte

zu bestimmten afrikanischen Staaten hatte, die südamerikanische Drogenkartelle beim Transport der Drogen unterstützen.«

Harald Hansen schwieg.

»Er war der Verbindungsmann in der Reederei und hat dafür gesorgt, dass die geschmuggelten Drogen unbemerkt aus dem Hamburger Hafen geholt werden konnten.«

Harald Hansen saß ruhig vor Hella, er bestritt weder ihre Vermutungen, noch bestätigte er sie.

»Herr Wagner senior hat von alledem nichts gewusst. Ihm ist erst nach und nach klar geworden, mit welchen Kreisen sein Sohn Geschäfte machte und wie er dabei nicht nur die Reputation der Reederei aufs Spiel setzte, sondern auch mit ihrer Existenz spielte.«

Der alte Herr räusperte sich leise. »Ja, die nachwachsende Generation erfüllt nicht immer die Erwartungen derjenigen, die die Firma aufgebaut oder erfolgreich weitergeführt haben. Das ist ein großes Problem bei Unternehmen, die inhabergeführt sind.«

»Als der Senior die Machenschaften seines Sohnes mit Ihrer Hilfe durchschaut hatte, stellte er ihn zur Rede und beschnitt seine Kompetenzen.« Hella legte eine kurze Pause ein, bevor sie fortfuhr. »Damit hatte der Senior quasi sein Todesurteil unterschrieben. Ob sein Sohn von dem Anschlag wusste oder ihn gar gebilligt und unterstützt hat, weiß ich nicht. Genau wie die ganze Geschichte, die ich Ihnen gerade erzähle, ausschließlich meiner Fantasie geschuldet ist.«

»Und weiter?«, fragte Harald Hansen und bestätigte indirekt damit, dass Hellas Ausführungen nicht weit von der Realität entfernt waren.

»Sie haben geahnt, dass der Junior etwas mit dem Tod seines Vaters zu tun hat, haben aus Loyalität zur Firma die Übergabe gemacht und sind anschließend freiwillig in den Ruhestand gegangen.«

Harald Hansen schloss die Augen und nickte. »Sie sind eine kluge Frau. Das habe ich bereits heute früh bemerkt.« Er stand auf. »Soll ich uns noch einen frischen Kaffee machen?«

»Ich würde gerne noch bleiben, aber meine Kollegin wartet unten im Auto auf mich und meine Familie in Ostfriesland.«

»Dann begleite ich Sie noch bis zur Tür.«

Der alte Herr reichte ihr die Hand. »Machen Sie es gut, Frau Brandt. Ich würde mich freuen, wenn Sie mich informieren könnten, sollte es Neuigkeiten geben.«

»Auf Wiedersehen, Herr Hansen. Und vielen Dank für Ihre Kooperation.«

»Und?«, fragte Eva Kirsch, als Hella sich zu ihr ins Fahrzeug setzte. »Der Zeit nach zu urteilen, hat Hansen dir seine ganze Lebensgeschichte erzählt.«

»Nein. Ich habe mehr geredet als er. Aber letztlich hat er meine Theorie bestätigt. Offiziell wird er aber nichts aussagen.« Hella berichtete ihr in kurzen Worten, was in der Wohnung passiert war.

»Fantastisch. Jetzt wissen wir, was Sache ist, können aber nichts damit anfangen.«

Hella startete den Motor. »Abwarten!«

»Ein Glas Wein? Du bist doch sicher vollkommen erschöpft, oder?«

Als Hella zu Hause angekommen war, hatte Jella sie für die restlichen Stunden des Tages in Beschlag genommen. Sie bestand darauf, dass ihre Mutter sie ins Bett bringen müsse, und schlief erst ein, als Hella zehn Seiten aus dem aktuellen Buch vorgelesen hatte.

»Ja, ein Glas Wein wäre wunderbar. Hast du eine Flasche im Kühlschrank?«

»Deinen Lieblingswein, was sonst?«, sagte Leon.

Er ging zum Kühlschrank, öffnete die Flasche und holte zwei Gläser aus dem Schrank. Zurück am Tisch füllte er die Gläser zur Hälfte und reichte eines Hella.

»Jetzt sag schon. Was ist passiert?«, fragte Leon. »Ich sehe doch, dass dir etwas quer im Magen liegt.«

Hella trank einen Schluck und erzählte von dem Zwischenfall in der Nacht. Leon hörte schweigend zu, schenkte sich schließlich nach und trank den Wein in einem Zug aus.

»Das war absolut nicht vorhersehbar. Wir haben den Mann nur observiert, um zu sehen, mit wem er sich trifft. Dass er gerade in dem Augenblick überfallen werden würde, war extrem unwahrscheinlich.«

»Das ist jetzt wirklich ein Schock in der Abendstunde. Ohne Schutzweste wärst du jetzt nicht mehr am Leben, oder?« Leon hatte leise und stockend gesprochen, als fiele ihm jedes Wort schwer.

»Vermutlich nicht. Aber deshalb habe ich ja auch die Weste immer im Auto dabei. Das war früher nicht so.«

»Verflucht, Hella, ich dachte, diese Zeiten wären vorbei und du würdest vorsichtiger sein.«

»Bin ich doch. Aber um jedes Risiko auszuschließen, müsste ich meinen Job an den Nagel hängen. Hätte es auch nur einen kleinen Hinweis darauf gegeben, dass so etwas passieren würde, hätten wir den Mann nicht observiert. Eva ist es doch genauso ergangen.«

»Hat sie ein kleines Kind, einen Mann zu Hause?«

»Nein, weder noch. Trotzdem ist sie nicht lebensmüde und leichtsinnig.«

Hella hatte geahnt, wie Leon reagieren würde, aber dass die Schilderungen so belastend für ihn waren, erschrak sie jetzt doch. Für sie war immer klar gewesen, dass sie als Polizistin mit der Gefahr leben musste, angegriffen zu werden. Vorhersehen ließen sich solche Situationen nur selten. Hella war, seitdem ihre Tochter auf der Welt war, um ein Vielfaches umsichtiger und vorsichtiger geworden. Ihre Kollegin zu schützen, war ein Reflex gewesen. Sie hatte keine Zeit gehabt, darüber nachzudenken und die Gefahrenlage im Detail einzuschätzen. Das Leon zu erklären, würde nur zu noch mehr Verzweiflung und Ängsten bei ihm führen.

»Es war mir auch eine Lehre, ich werde in Zukunft dreimal

überlegen, ob es notwendig ist, jemanden zu observieren.« Hella warf Leon einen flehenden Blick zu. »Jetzt schau doch nicht so entsetzt. Es ist nichts passiert. Ein blauer Fleck, mehr nicht.«

Leon schwieg.

»Jetzt sag doch was. Wollen wir uns wirklich wegen so einer Sache streiten?«

»Nein, natürlich nicht«, sagte er mit verzagter Stimme. »Aber du kannst dir denken, dass meine Angst, wenn du auf Recherche-Tour bist, durch so was nicht gerade weniger wird.«

»Das ist mir doch klar. Du weißt aber auch, wie vorsichtig ich geworden bin. Du könntest auch morgen einen Unfall haben und dabei schwer verletzt werden.«

Leon schüttelte den Kopf. »Der Vergleich hinkt gewaltig. Und das weißt du auch.« Er rückte mit seinem Stuhl neben ihren und legte einen Arm um ihre Schultern. »Ich habe verdammt noch mal wahnsinnig Angst um dich, und wenn ich so etwas höre, steigert sich das fast ins Unerträgliche. Ich muss lernen, damit umzugehen, aber ich weiß nicht, wie.«

Hella überzog sein Gesicht mit Küssen. »Ich weiß das alles. Und ich verspreche dir hoch und heilig, dass ich beim näch…«

»Schon gut!«, unterbrach Leon sie. »Aber wenn du mir etwas versprechen willst, dann, dass du noch einmal über unsere Auszeit nachdenkst. Ein Jahr ohne die Gefahr, ohne Menschen, die dich anlügen und im schlimmsten Fall in Lebensgefahr bringen.«

»Das muss ich dir nicht extra versprechen, Leon. Ich denke jeden Tag darüber nach. Gerade in den letzten Tagen.«

Leon zog Hella an sich und hielt sie fest in den Armen.

20

Hella winkte ihrer Tochter zu, die am Fenster des Kindergartens stand. Nach dem Frühstück waren sie und Jella nach Wittmund gefahren. Jella hatte während der ganzen Fahrt vor sich hin geplappert. Hella hatte nur die Hälfte verstanden und zwischendurch genickt und ihrer Tochter zugestimmt.

Lars und Alina warteten bereits vor Hellas Büro, sie schloss auf und öffnete als Erstes die Fenster, um die abgestandene Luft gegen die frische Morgenbrise auszutauschen.

Sie hielten die Berichte kurz, um schnellstmöglich an ihre Schreibtische zurückkehren zu können. Seitenweise Berichte und Protokolle warteten auf sie, Telefonate und weitere Detailrecherchen. Hella fasste am Schluss den Stand zusammen und ging die Aufgaben des Tages durch. Kurz darauf verließen die Kollegen ihr Büro, und sie griff zum Telefon.

»Moin, Roland«, begrüßte Hella den Leiter der Kriminaltechnik.

»Wieder im Lande? Was macht Hamburg?«

»Groß und unübersichtlich wie immer«, wich Hella seiner eigentlichen Frage aus. Hatte sich der Vorfall schon im Kommissariat herumgesprochen?

»Okay, aber deshalb rufst du sicher nicht an«, sagte Roland. »Dann fange ich mal an. Zunächst das Fliesenversteck: Nach unserer Einschätzung ist das Versteck etwa vier- oder fünfmal geöffnet und wieder geschlossen worden. Wir haben Überreste von älteren Fugenmassen gefunden und daraufhin Rückschlüsse gezogen.«

»Der Zeitraum lässt sich nicht bestimmen?«

»Ich heiße leider nicht Harry Potter. Mit unseren Methoden ist da nichts zu machen. Vielleicht hat das LKA bessere Geräte und Fachleute. Ich glaube allerdings nicht, dass eine Bestimmung so genau möglich ist.«

»Die Arbeit sah durchaus professionell aus.«

»Richtig. Wobei man das mit etwas Übung sicher auch lernen kann.« Radmeier räusperte sich, und Hella ahnte, dass er eine Überraschung für sie hatte. »Das Tatwerkzeug, also das Kissen, ist inzwischen ausgesprochen gründlich untersucht worden. Dass die DNA von dem Opfer dort zu finden war, überrascht jetzt nicht weiter. Allerdings …«, Radmeier machte eine seiner bekannten Kunstpausen, »… Trommelwirbel – wir haben DNA einer anderen Person auf dem Kissen gefunden. Du kannst dir ja ungefähr vorstellen, wie du das Kissen halten musst, um jemand zu ersticken. Es bedarf auch erheblichen Drucks, um das Opfer von jeglicher Luftzufuhr abzuschneiden. Wir haben Tests mit einem vergleichbaren Kissen durchgeführt und daraufhin das Tatwerkzeug an den Stellen, wo es mutmaßlich festgehalten wurde, auf DNA geprüft. Bingo! Wenn du mich fragst, ist das zu neunundneunzig Prozent die Täter-DNA.«

»Wow! Gratulation!«

»Du weißt, was jetzt zu tun ist. Wir brauchen dringend Vergleichsproben.«

»Datenbank?«

»Kein Treffer. Wir versuchen gerade, einen internationalen Abgleich zu machen. Das wird allerdings ein paar Tage dauern – wenn nicht länger.«

»Ich kümmere mich um die Vergleichsproben. Wirklich gute Arbeit, Roland. Du kannst dich absolut messen mit den LKA-Kollegen.«

»Huch, zum Glück telefonieren wir, sonst würdest du sehen, wie rot ich gerade geworden bin.«

Hella lachte. »Das soll ich dir glauben?« Sie hielt kurz inne. »Die DNA und die Fingerabdrücke von Rüdiger Scharff habt ihr nach Hamburg geschickt?«

»Keine halbe Stunde nach deiner Anfrage war alles in der Hansestadt. Die Kollegen haben den Eingang bestätigt – also, alles im Fluss.«

»Gibt es noch Erkenntnisse zu dem gefundenen Bargeld?«

»Da haben wir als Erstes die fünfundzwanzigtausend Euro, die in seiner Wohnung lagen. Das sind alles nagelneue, unbenutzte Scheine. Die hat Scharff bestimmt bei einer Bank geholt. In Deutschland wäre eine solche Barabhebung registriert worden, und wir wüssten inzwischen davon, deshalb vermute ich mal, Schweiz, Liechtenstein oder Ähnliches. Das Prozedere ist dir ja bekannt. Wenn die Beträge nicht zu groß sind, lässt sich das innerhalb Europas gefahrlos bewerkstelligen.«

»Okay. Und die versteckten Dollarnoten?«

»Gebrauchte Scheine. Alles Hundert-Dollar-Noten älteren Datums.«

»Wie alt?«

»Auf den Geldscheinen ist ja eine Jahreszahl abgedruckt. Das Alter bewegt sich zwischen fünfundzwanzig und dreißig Jahren.«

»Also aus der aktiven Zeit von Rüdiger Scharff«, warf Hella ein.

»So ist es. Schwarzgeld. Vermutlich die übliche Zahlungsweise in dem Geschäft, das wir dem netten Herrn zuordnen.«

»Das passt alles zu unseren bisherigen Erkenntnissen. Danke, Roland. Hast du noch mehr für mich?«

»Kleinigkeiten: Wir konnten jetzt die Fingerabdrücke der Haushaltshilfe und des Opfers zuordnen. Wie zu erwarten überwiegen sie im Haus. Und wie schon einmal erwähnt war Frau Theemann sehr gründlich beim Putzen. Das ist für uns sehr hilfreich gewesen, da wir davon ausgehen können, dass die weiteren Fingerabdrücke alle relativ frisch sind.«

»Wie viele unterschiedliche Personen?«

»Bisher vier. Ob darunter der Täter oder die Täterin ist, kann ich dir selbstverständlich nicht versprechen. Aber ich denke mal, dass die Person zumindest zu Beginn ihres Besuchs keine Handschuhe getragen hat. Das wäre dem Opfer sicher aufgefallen. Und im Nachhinein alle Abdrücke schnell wegwischen klappt nur im Film. DNA-Funde dauern wie immer etwas länger. Und bevor du fragst: Die bisherigen Fingerabdrücke sind nicht in unserem System. Wäre ja auch zu schön gewesen.« Er machte eine kurze Pause. Hella hörte Papier rascheln und vermutete, dass Radmeier seine Aufzeichnungen durchsah. »Es steht noch die Recherche zur Telefonliste des Opfers an. Ich hoffe, dass wir da heute zu kommen. So, das wär's wohl fürs Erste.«

»Danke, Roland. Du bist wie immer eine große Stütze unserer Arbeit. Deine Leute nicht zu vergessen. Meldest du dich, wenn es Neuigkeiten gibt?«

»Auf jeden Fall.«

Hella verabschiedete sich von dem Leiter der Kriminaltechnik und suchte in ihren Unterlagen die Nummer des Notars. Staatsanwältin von Kampen hatte einen Beschluss erwirkt, durch den die Erben von Rüdiger Scharffs Vermögen und deren Anteile offengelegt werden mussten. Sie wurde zum Notar Bargstädt durchgestellt, der sie bat, persönlich vorzusprechen und den Beschluss mitzubringen.

»Es eilt etwas«, sagte Hella. »Ihre Kanzlei ist nur fünf Gehminuten vom Kommissariat entfernt. Kann ich gleich vorbeikommen?«

»Ich habe noch eine Stunde bis zum nächsten Termin.«

»Vielen Dank! Ich werde mich sofort auf den Weg machen.«

Wolfgang Bargstädt sah auf. Er hatte den Beschluss, den Hella ihm überreicht hatte, überflogen. »So weit scheint alles in Ordnung zu sein.« Er zog eine Mappe zu sich und öffnete sie. »Der Haupterbe ist Herr Gerhard Meyer. Er wurde von Herrn Scharff mit achthunderttausend Euro bedacht. Weitere Erben sind Frau Dörte Dirksen, deren Anteil eine Viertelmillion ist, Frau Britta Joken und Herr Prof. Dr. Kruskopp, die allerdings keine Geldbeträge, sondern Gegenstände aus dem Besitz des Erblassers erhalten. Der Rest des Vermögens, geschätzt handelt es sich hierbei um eine weitere Million Euro, geht an den Weißen Ring, einen Verein, der Kriminalitätsopfer unterstützt.

Aber die Organisation wird Ihnen sicher bekannt sein. Das Erbe des Vereins besteht aus dem Wohnhaus des Erblassers und kleineren Beträgen, die auf den Bankkonten von Herrn Scharff liegen.«

Hella sah von ihren Notizen auf. »Das wäre alles?«

»Ja, zumindest, was Ihren Beschluss umfasst.«

Hella warf dem Notar einen fragenden Blick zu.

»Herr Scharff hat einen Brief verfasst, der bei der Testamentseröffnung verlesen werden soll. Ich kenne den Inhalt nicht und werde den Umschlag erst öffnen, wenn die Erbnehmer zur Eröffnung vor Ort sind. Das Treffen soll auf Wunsch von Herrn Scharff in seinem Haus auf Spiekeroog stattfinden.«

»Wann hat Herr Scharff das Testament aufgesetzt?«

Der Notar warf einen Blick auf den Beschluss. »Das ist nicht vom Beschluss gedeckt.« Er lächelte. »Ich denke aber, dass ich die Information weitergeben kann. Das ursprüngliche Testament hat Herr Scharff bereits vor etwa zehn Jahren aufgesetzt. Zuletzt geändert hat er es vor etwa vier Wochen.«

»Zu dem Zeitpunkt ist auch die persönliche Mitteilung an die Erbnehmer von ihm beigefügt worden?«

Wolfgang Bargstädt zögerte kurz, nickte aber schließlich. Hella stand auf, bedankte sich bei dem Notar und verabschiedete sich von ihm.

Zurück im Büro sah sie, dass jemand mit Hamburger Nummer versucht hatte, sie zu erreichen.

Sie rief zurück, landete bei Hubert Henkes Vorzimmer und ließ sich durchstellen.

»Frau Kollegin, danke, dass Sie sich zurückmelden«, sagte Henke. »Es gab einen Treffer bei dem Vergleich der DNA-Proben Ihres Mannes auf Spiekeroog und den damaligen Funden beim Anschlag auf Johannes Wagner. Wir können also mit großer Wahrscheinlichkeit davon ausgehen, dass wir den Mörder von Herrn Wagner gefunden haben.«

Hella brauchte einen Augenblick, um die Nachricht zu verarbeiten. »Ich habe es zwar erwartet, aber wenn man dann den konkreten Beweis hat, ist es doch noch etwas anderes.«

»Durchaus. Auf der einen Seite bin ich froh, den Fall endgültig abschließen zu können, auf der anderen Seite bleibt ein fader Beigeschmack, wenn der Täter nicht mehr zur Rechenschaft gezogen werden kann. Nun gut, ihm ist das Leben genommen worden, was sicherlich Strafe genug ist.« Er räusperte sich leise. »Kann ich sonst noch etwas für Sie tun?«

»Hat es weitere Erkenntnisse im Fall Alexander Wagner gegeben?«

»Das liegt nicht in meiner Zuständigkeit. Allerdings lasse ich mich regelmäßig informieren. Bisher sind die Täter nicht identifiziert worden.«

»Gibt es Hinweise zum Motiv der Tat?«

»Meines Wissens nein. Herr Wagner ist nach wie vor der Meinung, dass es sich um eine versuchte Entführung zwecks Erpressung eines hohen Geldbetrages handelt.«

»Und was meinen Sie?«

»Wie gesagt: Es ist nicht mein Fall. Einen Zusammenhang mit dem Anschlag auf Wagner senior sehe ich zum aktuellen Zeitpunkt aber nicht. Ich denke, dass Sie darauf hinauswollten. Sie können aber beruhigt sein, der Fall ist bei uns in den allerbesten Händen. Haben Sie noch weitere Fragen?«

Hella hatte in ihrer Laufbahn einige Kollegen erlebt, die ähnlich reagierten wie Hubert Henke, sobald sie annahmen, dass sich jemand in ihre Angelegenheiten einmischen wolle. Die automatische Abwehrhaltung dieser Kollegen führte nicht selten zu skurrilen und unlogischen Reaktionen. Hubert Henke schien ein Vertreter dieser Spezies zu sein. Hella merkte ihm an, wie unangenehm ihm das Gespräch mit ihr war. Der fade Beigeschmack, von dem er gesprochen hatte, bezog sich vermutlich in erster Linie darauf, dass jemand anders den Fall für ihn gelöst hatte.

Hella verneinte Henkes Frage, bedankte sich für das Gespräch und verabschiedete sich. Anschließend telefonierte sie mit Kriminaldirektor Onken. Nach dem Kurzbericht rang sich Onken ein Lob ab, machte ihr aber keine Hoffnung, dass sie in den nächsten Tagen mit personeller Unterstützung rechnen konnte.

21

Lars stellte sich vor und fragte, ob Dr. Wiegand ein paar Minuten Zeit für ihn habe. Der Chefarzt des Klinikums Oldenburg fragte nach dem Grund des Anrufs. Lars sprach vorsichtig davon, dass ein Freund von Professor Kruskopp einem Verbrechen zum Opfer gefallen sei und der ehemalige Chirurg als Zeuge ausgesagt habe.

»Was kann ich jetzt in diesem Zusammenhang für Sie tun?«, fragte Dr. Wiegand.

»Bei wichtigen Zeugen recherchieren wir, ob sie im Laufe ihres Lebens Probleme mit dem Verbrechensopfer hatten. Bei Professor Kruskopp ist uns aufgefallen, dass er sehr abrupt seine Karriere beendet hat. Können Sie uns da vielleicht weiterhelfen?«

»Ich denke, nein. Fragen Sie den Professor, und sollte er Ihnen keine Auskunft geben wollen, wird er seine Gründe dafür haben.«

Lars seufzte innerlich auf. Er hätte sich denken können, dass ihm ehemalige Doktoranden des Professors keine Informationen geben würden. Bei zwei vorherigen Anrufen war es dasselbe gewesen. Beide Male hatte er von seinen Gesprächspartnern eine Absage bekommen, immer mit dem Hinweis, dass es sich um eine Privatangelegenheit des Professors handle. Auch Wiegand schien Kruskopps Motive zu kennen, war aber nicht bereit, darüber zu reden.

»Es geht nicht darum, dass wir Professor Kruskopp verdächtigen. Wir sind einfach gehalten, uns umfassend über die Personen im Umkreis des Opfers zu informieren. Das ist reine Routinearbeit.«

»Das glaube ich Ihnen gerne, Herr …«

»Mattes«, half Lars aus.

»… Herr Mattes. Trotzdem kann ich Ihnen nicht weiterhelfen.« Dr. Wiegand machte eine kurze Pause. »Aber vielleicht darf ich Ihnen einen Rat geben.«

»Gerne«, sagte Lars.

»Professor Kruskopp ist der anständigste Mensch, den ich je kennengelernt habe. Er hat bei all seiner internationalen Reputation nie den Blick für seine Mitmenschen verloren. Er ist für mich der Inbegriff der Menschlichkeit. Er würde nie etwas tun, was jemand anderem schaden würde, ob Freund oder Feind.«

»Ich hatte bisher kein anderes Bild von Herrn Professor Kruskopp, auch wenn ich nur wenig Zeit mit ihm verbringen durfte. Es entbindet mich aber leider nicht davon, meine Arbeit gründlich zu machen.«

»Ja, mit manchen Widersprüchen müssen wir alle leben.«

Lars verabschiedete sich von dem Chefarzt und schüttelte verzagt den Kopf. Es war erheblich schwieriger als gedacht, Kruskopps kleinem Geheimnis auf die Spur zu kommen. Seine ehemaligen Doktoranden würden ihm dabei nicht helfen. Sollte der Professor tatsächlich ein so herzensguter Mann sein, wie ihn Dr. Wiegand geschildert hatte, würde sich auch niemand anders finden, der zu einer Aussage bereit war. Konnte der Grund für Kruskopps abrupten Ausstieg aus seinem Beruf überhaupt etwas mit dem Tötungsdelikt auf Spiekeroog zu tun haben? Wie wahrscheinlich war das?

Alina kam in sein Büro. »Wie läuft es bei dir?«

»Schleppend, sehr schleppend. Ich habe es mir leichter vorgestellt, etwas über Kruskopps Vergangenheit zu erfahren.« Er erzählte Alina von seinen frustrierenden Anrufen bei den früheren Doktoranden des Professors.

»Du hast es versucht, und das nicht nur einmal. Mehr können wir im Moment nicht machen.«

Lars nickte. »Und bei dir?«

»Ich habe die Recherche zu Togo und Gerhard Meyers Vergangenheit zurückgestellt, weil ich mir Gedanken darüber gemacht habe, wie Meyer am Tatabend unbemerkt auf die Insel gekommen sein könnte und wieder aufs Festland.«

»Nicht mit der Fähre?«

Alina schüttelte den Kopf. »Kollege Eilers hat gestern noch ausführlich die Crew der Fähren befragt. Es ist belegt, dass Meyer mit der Fähre um vierzehn Uhr nach Neuharlingersiel und am nächsten Tag nachmittags zurück nach Spiekeroog gefahren ist. In der Zeit dazwischen hat keiner Meyer gesehen. Weder bei einer Hinfahrt auf die Insel noch zurück aufs Festland. Sicher ist die Aussage natürlich nicht. Meyer könnte sich bedeckt gehalten haben, Mütze auf, Kapuze, Sonnenbrille oder gar eine Perücke. Oder er hatte einfach nur Glück, dass niemandem aufgefallen ist, dass er an Bord war.«

Lars warf ihr einen skeptischen Blick zu. »Zumindest beim Betreten der Fähre werden doch die Fahrscheine überprüft. Da hätte er eigentlich trotz Perücke oder falschem Bart auffallen müssen.«

»Davon bin ich auch ausgegangen. Bei den Schnellfähren, die ja nur wenige Plätze haben, war es auch einfacher. Damit ist er hundertprozentig nicht gefahren.«

»Was bleibt? Einen Flugplatz gibt es nicht.« Lars grinste. »Schwimmen? Oder übers Watt laufen?«

»Beides kannst du knicken. Zum Festland gibt es keine Verbindung übers Watt, Schwimmen ist viel zu gefährlich. Ich habe Gerrit Eilers gebeten, beim Hafenmeister anzurufen und ihn nach einem Boot zu fragen, das Gerhard Meyer womöglich benutzt. Dabei kam heraus, dass er seit einem Jahr ein eigenes Segelboot besitzt.«

Lars schlug sich mit der Hand vor den Kopf. »Die einfachste Lösung haben wir übersehen.«

Alina schmunzelte. »Ich nicht. Jedenfalls nicht beim zweiten Nachdenken.«

Lars ließ ihre Bemerkung unkommentiert. »Lässt sich denn jetzt beweisen, dass er mit dem Boot aufs Festland ist?«

»Gesehen hat ihn der Hafenmeister nicht. Er war zur fraglichen Zeit krankgeschrieben. Kollege Eilers meinte aber, dass es durchaus denkbar sei, mit dem Segelboot, das auch einen

Motor hat, unbemerkt aus dem Hafen zu kommen und wieder zurück.«

»Allerdings müsste das Segelboot dann noch in Neuharlingersiel oder einem anderen Hafen liegen. Meyer war ja definitiv auf dem Festland. Er müsste also von dort aus mit dem Boot nach Spiekeroog gefahren sein, Rüdiger Scharff getötet haben und dann zurück aufs Festland gesegelt sein.«

»Liegen müsste das Boot da nicht mehr. Meyer könnte es inzwischen längst abgeholt haben.«

Lars nickte. »Möglich, aber dann muss er es vorher in Neuharlingersiel geparkt haben. Mindestens für ein oder zwei Nächte. Das muss doch irgendwie angemeldet werden, oder nicht?«

»Davon gehe ich auch aus.«

Lars stand auf. »Fahren wir?«

Alina fuhr auf den großen Parkplatz neben dem Fährhaus und suchte eine freie Lücke.

»Wo ist der Sporthafen eigentlich?«, fragte Lars, als sie ausgestiegen waren.

Alina zeigte Richtung Nordsee. »Habe ich auf Google gesucht. Der Sporthafen des Yachtclubs ist nur klein. Auf der Homepage stand, dass sie für Gäste fünf bis zehn Liegeplätze zur Verfügung haben.«

Sie liefen rechts am Fährhaus vorbei auf den Sporthafen zu. Er lag in einer Nische vor dem nördlichsten Fähranleger. Vergeblich suchten sie nach einem Häuschen für den Hafenmeister und fanden ein Schild, das aufs Fährhaus verwies.

»Das ist hier wohl zu klein, als dass ständig jemand vor Ort sein müsste«, sagte Alina.

Sie kehrten um, fragten im Fährhaus nach einem Verantwortlichen und hatten Glück, dass sie ein Vereinsmitglied des Yachtclubs antrafen.

Jan Hoffmann führte sie in ein kleines Büro und bot ihnen am Besprechungstisch einen Platz an.

»Polizei? Was ist vorgefallen?«, fragte Hoffmann.

»Sie haben vielleicht von dem Tötungsdelikt auf Spiekeroog gehört?«, fragte Alina.

»Selbstverständlich. Das stand ja in der Zeitung. Aber was hat das mit unserem Sporthafen zu tun?«

»Es geht um das Alibi eines Zeugen, der angegeben hat, dass er während der fraglichen Zeit auf dem Festland war.«

Jan Hoffmann nickte und schien zu ahnen, worauf ihre Fragen hinausliefen.

»Wenn jemand bei Ihnen im Sporthafen als Nichtmitglied anlegen möchte, wie funktioniert das?«

»Unterschiedlich. Die meisten melden sich vorher telefonisch oder per Mail an und reservieren einen Platz. Wir haben im Moment nur sechs Gästeplätze zur Verfügung. Da fährt man als fremder Segler nicht einfach so den Hafen an und versucht es auf gut Glück.«

»Würde es auffallen, wenn jemand sein Boot über Nacht hier abstellt?«, fragte Lars.

»Über kurz oder lang auf jeden Fall. Jetzt im Sommer ist eigentlich immer jemand vom Verein vor Ort.«

»Aber es könnte auch sein, dass jemand für ein bis zwei Tage anlegt, ohne bemerkt zu werden?«

»Eher nicht, aber ausschließen kann ich es natürlich nicht.«

»Gibt es Aufzeichnungen, wer wann im Hafen angelegt hat?«, fragte Alina.

»Ja, natürlich.« Jan Hoffmann stand auf, ging zum Schreibtisch und öffnete eine Schublade. Zurück am Tisch nannte Alina ihm die fraglichen Tage, Hoffmann schlug die große Kladde auf und fand schnell die Buchungen für die Zeit.

»Während der drei Tage waren alle Gästeplätze kontinuierlich belegt.«

»War ein Boot aus Spiekeroog dabei?«, fragte Lars.

Jan Hoffmann schüttelte den Kopf. »Nein. Definitiv nicht.«

»Kann ich einen kurzen Blick auf die Aufzeichnungen werfen?«, fragte Alina.

»Eigentlich nicht. Sie wissen ja, Datenschutz und so weiter.«
Er stand auf und deutete zur Tür. »Ich muss ganz kurz draußen
etwas erledigen. Ich bin gleich wieder da.«

Als Jan Hoffmann zurückkam, zeigte Alina ihm ein Foto von
Gerhard Meyer, das sie von dessen Firmenhomepage kopiert
hatte. Hoffmann schloss aus, dass Meyer unter den registrierten
Gästen gewesen sei.

»In Neuharlingersiel hat er auf jeden Fall nicht mit seinem Boot
gelegen«, sagte Lars, als sie kurz darauf zum Parkplatz gingen.

»Sieht nicht danach aus. Was meinst du zu Bensersiel? Der
Yachthafen ist erheblich größer.«

Zehn Minuten später parkten sie in der Nähe des Bensersieler
Sporthafens. Nach kurzer Suche fanden sie den Hafenmeister
des Sporthafens, der sie in sein Büro einlud.

»Wir haben hier fast zweihundert Liegeplätze«, erklärte Reiner Ohle ihnen. »Für Gäste stehen im Moment etwa zwanzig
Plätze zur Verfügung. Kommt immer drauf an, wie hoch die
Belegung der Stammplätze ist.«

Alina hatte ihn bereits über ihr Anliegen informiert und
fragte jetzt: »Wie schwer ist es, von hier aus nach Spiekeroog
mit dem Segelboot zu kommen?«

»Das hängt ganz davon ab, wann Sie aufbrechen. Bei Hochwasser können Sie in direkter Linie zur Insel segeln, bei Ebbe
müssten Sie Langeoog umfahren. Das würde vermutlich drei-
bis viermal so lange dauern.«

»Würden Sie bemerken, wenn ein Boot hier über Nacht anlegt?«, stellte Lars die gleiche Frage wie in Neuharlingersiel.

»Ich bin nicht vierundzwanzig Stunden vor Ort. Von daher
habe ich keine absolute Kontrolle. Sollte jemand spätabends ankommen und am frühen Morgen wieder fahren, wäre es sicher
möglich. Vorausgesetzt, keines der Vereinsmitglieder, die bei
ihren Schiffen sind, würde etwas bemerken und mich informieren. Mein eigenes Boot liegt auch hier, ich bin also schon recht
oft am Hafen.«

»Sie haben sicher Aufzeichnungen, wer als Gast bei Ihnen anlegt?«

»Selbstverständlich. Suchen Sie ein bestimmtes Boot? Um welche Tage geht es?«

»Auch nichts«, murmelte Lars. Sie hatten kurz zuvor das Büro des Hafenmeisters verlassen und standen am Kai mit Blick auf die leicht im Wind schaukelnden Boote. Der Hafenmeister hatte ihnen erlaubt, die betreffenden Seiten im Hafenbuch zu fotografieren, nachdem ihm Alina versprochen hatte, nachträglich einen Beschluss zu schicken.

»Wärst du an Meyers Stelle so dumm, deinen eigenen Namen zu benutzen?«, erwiderte Alina. »Wohl kaum. Wir müssen die Namen überprüfen. Reiner Ohle konnte nicht ausschließen, dass Meyer einer der Gäste gewesen ist.«

»Noch mehr Arbeit«, brummte Lars, dem der Fall inzwischen immer undurchsichtiger erschien.

»Warum? Das ist doch immer so«, entgegnete Alina. »Am Anfang sieht es jedes Mal so aus, als würde man den Überblick verlieren und in der Informationsflut untergehen.«

»Schon klar«, stimmte ihr Lars zu. »Aber ich glaube nicht mehr daran, dass wir den Täter auf Spiekeroog finden. Scharff war nach allem, was wir bisher wissen, ein professioneller Auftragskiller. Der wird in aller Welt Feinde haben, die ihm selbst nach so langer Zeit den Tod wünschen. Wir sind, sollte die Tat etwas mit den Auftragsmorden früherer Zeiten zu tun haben, doch komplett überfordert. Das stemmen wir nie und nimmer. Das ist ein Kampf gegen Windmühlen.«

Alina lächelte, beugte sich zu Lars und küsste ihn auf die Wange. »Wir schaffen das schon. Wie jedes Mal. Lass uns wieder ins Büro fahren und weiterarbeiten.«

22

Hella klopfte an die Bürotür der Staatsanwältin und trat ein.
Christina von Kampen saß hinter ihrem Schreibtisch, der mit
Akten übersät war, stand auf und kam ihr entgegen.

»Danke, dass Sie persönlich vorbeikommen.« Sie zeigte zum
Besprechungstisch. »Wollen wir uns setzen?«

Hella gab ihr einen Bericht über den aktuellen Ermittlungs-
stand. Bevor sie nach Aurich gefahren war, hatte sie kurz mit
Lars und Alina zusammengesessen, die von ihren Recherchen
erzählt hatten.

»Sie sehen das Motiv auf Spiekeroog?«, fragte die Staatsanwältin.

»Ja und nein. Das Motiv liegt vermutlich weit zurück und hat
mit Herrn Scharffs Zeit in Frankreich oder seinen«, sie malte
Anführungszeichen in die Luft, »Einsätzen während seines
Ruhestandes zu tun. Wir gehen inzwischen davon aus, dass
er zumindest noch ein Mal tätig geworden ist. Der tödliche
Anschlag auf den Reeder Johannes Wagner ist mit hoher Wahrscheinlichkeit von Scharff ausgeführt worden. Eventuell gab es
in den achtzehn Jahren Spiekeroog-Zeit weitere. Damit sollte
sich aber das LKA beschäftigen.«

»Sie vermuten aber trotzdem einen Zusammenhang mit Spiekeroog?«

Hella nickte. »Jedenfalls haben wir hier eine mögliche Ver-
knüpfung zwischen heute und damals gefunden. Gerhard
Meyers Eltern wurden in Togo bei einem Anschlag getötet.
Togo oder auch weitere afrikanische Staaten könnten eine Verbindung zum Fremdenlegionär Scharff alias Jules Bernard
sein.«

»Wofür Sie allerdings keine Beweise haben?«

»Die Wagner-Reederei hatte Probleme mit Togo. In einem
ihrer Container waren große Mengen Kokain aus Südamerika

versteckt, die bei Kontrollen gefunden wurden. Nach meinen Informationen hatte Alexander Wagner, der Sohn des getöteten Reeders, seine Finger im Spiel. Er …«

»Woher wissen Sie das?«, unterbrach Christina von Kampen Hella.

»Von einem Informanten aus dem inneren Kreis, der seine Aussage nicht offiziell machen möchte.«

»Und er wird sich nicht erweichen lassen?«

Hella schüttelte den Kopf. »Nein, definitiv nicht. Sollten wir ihn diesbezüglich befragen, würde er alles abstreiten.«

»Sie sind keine Journalistin, die ihre Quellen geheim halten kann.«

»Das ist mir durchaus klar, aber ich habe dem alten Herrn Vertraulichkeit garantiert. Ansonsten hätte ich nichts von ihm erfahren.«

»Belassen wir es erst mal dabei.« Hella sah der Staatsanwältin an, dass es ihr schwerfiel, Hellas Entscheidung zu akzeptieren. »Wir waren also bei Togo und der Verbindung zu Scharff.«

»Wenn wir annehmen, dass Scharff seinen Mordauftrag aus Togo oder den befreundeten Drogenkartellen aus Südamerika hatte, schließt sich der Kreis.«

»In der Theorie schon, aber wir sind hier nicht an der Polizeiakademie. Wie wahrscheinlich ist es, dass Rüdiger Scharff tatsächlich viele Jahrzehnte zuvor die Eltern von Gerhard Meyer im Auftrag getötet hat und sich später mit deren Sohn auf Spiekeroog anfreundet, letztendlich zum Vaterersatz wird? Eins zu einer Million?«

»Ich kenne mich mit Wahrscheinlichkeitsrechnung nicht aus. Aber nehmen wir einmal an, dass es kein Zufall war, dass Scharff sich auf Spiekeroog niedergelassen hat. Er, der viele Jahrzehnte in Frankreich gelebt hat, der überall in der Welt herumgekommen ist. Vielleicht hat er nach dem Sohn des Ehepaares gesucht und ihn gefunden. Vielleicht wollte er ihn auch nur kennenlernen, hat sich als Interessent für eine Immobilie ausgegeben, und daraus ist irgendwann der Plan entstanden,

Gerhard Meyer über längere Zeit zu begleiten, ihm quasi den Vater und die Mutter zu ersetzen.«

»Gibt es dafür auch nur einen einzigen Beweis oder wenigstens einen handfesten Hinweis?«

»Nein. Aber die Verdachtsmomente gegen Gerhard Meyer verdichten sich. Sein Alibi ist mindestens erschüttert, wenn nicht sogar nichts mehr wert, und er erbt den größten Teil von Scharffs Vermögen. Ich brauche einen Durchsuchungsbeschluss für seine Wohnung und die Geschäftsräume.«

»Sie können aber bisher nicht nachweisen, wie Gerhard Meyer auf die Insel gekommen ist, ohne die Fähre zu nehmen?«

»Wir sind dabei. Aber die Zeit läuft uns weg. Sollte einer der befragten Zeugen Kontakt mit Meyer aufnehmen, wird er so schnell wie möglich alle Beweise verschwinden lassen. Es ist sozusagen Gefahr im Verzug.«

»Sie bewegen sich da auf dünnem Eis. Wenn Sie einbrechen, wird es verdammt schwierig werden, Sie da wieder rauszuholen.«

»Wenn sich absolut nichts finden lässt, weder bei der Durchsuchung noch in Bezug auf Meyers Segelschiff, wird Meyer zumindest von dem Verdacht entlastet, etwas mit dem Tod seines väterlichen Freundes zu tun zu haben.«

Christina von Kampen seufzte leise. »So kann man es auch sehen.«

»Die Staatsanwältin hat gerade angerufen«, sagte Hella zwei Stunden später, nachdem sie Alina und Lars zu sich ins Büro gebeten hatte. »Wir haben den Beschluss. Wohnung und die Geschäftsräume.«

»Wann?«, fragte Lars.

»Deshalb seid ihr hier. Wir müssen den Termin jetzt festlegen«, sagte Hella und griff nach einem DIN-A3-Blatt und einem Filzstift. »Was haben wir?«

»Rüdiger Scharff«, sagte Lars. »Fremdenlegionär, Auftragsmörder, mit sechzig Ruheständler mit zumindest einer kurzen Unterbrechung.«

Hella schrieb den Namen in die Mitte des Blattes.

»Ein Auftragsmord nach zehn Jahren Ruhestand«, übernahm Alina. »Johannes Wagner, Reeder, Hamburg. Mit Verbindungen nach Afrika. Togo als ehemalige deutsche Kolonie scheint eine tragende Rolle zu spielen.«

Hella notierte den Namen unten auf dem Blatt und verband ihn durch eine rote Linie mit Rüdiger Scharff. »Auftragsmorde sind in Deutschland eher selten. Ich habe heute Morgen recherchiert und die letzten fünfundzwanzig Jahre durchforstet. Gefunden habe ich drei ungeklärte Tötungsdelikte, die die Handschrift eines Profikillers aufwiesen. München, Berlin und Frankfurt. Ich habe die Kollegen ausfindig gemacht, die in der jeweiligen SoKo führend dabei waren. Keins der Opfer hatte etwas mit Frankreich oder bestimmten afrikanischen Staaten zu tun. Ebenso hatten sie keine Verbindung zum organisierten Drogenschmuggel aus Südamerika. Die Tat in München spielte sich im italienischen Mafiamilieu ab. Die Kollegin dort meinte, dass die Italiener selten bis gar nicht auf Auftragsmörder außerhalb der Familie zurückgreifen. In Frankfurt handelte es sich um eine Auseinandersetzung im kriminellen Rockermilieu. Dass dort ein international agierender Auftragsmörder eingesetzt wurde, schien dem Kollegen vor Ort extrem unwahrscheinlich. Die verfeindeten Rockerbanden sind zwar auch im Drogengeschäft unterwegs, aber nur am Ende der Nahrungskette. Direkte Beziehungen zu Drogenkartellen konnten die Kollegen nicht finden. Die Rocker hatten ihr Geschäft auf das Rotlichtmilieu und Schutzgelderpressung konzentriert.«

»Und Berlin?«, fragte Alina.

»Der Fall könnte unter Umständen etwas mit Scharff zu tun haben. Allerdings liegt er ganze zwei Jahrzehnte zurück. Da ging es um Geldwäsche im ganz großen Stil. Ein Banker aus dem mittleren Management wurde erschossen und anschließend im Fundament eines Neubaus einzementiert. Nur durch einen

Zufall wurde der Mann gefunden. Es wird vermutet, dass auch südamerikanische Drogenkartelle an der Geldwäsche beteiligt waren.«

»Haben wir Scharff nicht bisher eher als jemanden gesehen, der alleine tätig wird?«, warf Lars ein. »Der klassische Killer, er kommt aus dem Nichts, schlägt zu und verschwindet sofort wieder. Wäre er in der Lage gewesen, die Leiche so verschwinden zu lassen?«

»Alleine sicher nicht«, sagte Hella. »Aber in Arbeitsteilung wäre es schon möglich. Er erledigt die Drecksarbeit und taucht gleich darauf unter. Ein Putzkommando erledigt den Rest.«

»Das wäre dann aber noch in der mutmaßlich aktiven Zeit von Rüdiger Scharff gewesen«, meldete sich Alina zu Wort. »Ist eine Kugel gefunden worden?«

»Nein, leider nicht.« Hella hielt kurz inne. »Gehen wir erst mal davon aus, dass der Wagner-Mord ein Einzelfall war, für den Scharff sein Rentnerdasein unterbrochen hat. Die Frage ist: Wieso hat er den Auftrag angenommen?«

»Blieb ihm überhaupt eine Wahl?«, fragte Alina. »Sind diese Menschen nicht erpressbar?«

»Zunächst musste man ihn finden«, überlegte Lars. »Er war doch quasi untergetaucht.«

»Also hatte er noch alte Verbindungen?«

»Die Diskussion müssen wir so lange zurückstellen, bis wir neue Informationen haben«, sagte Hella und schrieb oben aufs Blatt die vier Namen von Scharffs Spiekerooger Freunden, die sie alle mit einer schwarzen Linie mit Rüdiger Scharff verband. »Dörte Dirksen. Was wissen wir?«

»Lange auf Spiekeroog, verbunden mit der Insel, verliebt in Rüdiger Scharff, hat finanzielle Unterstützung von ihm bekommen, ist enttäuscht von ihm«, fasste Alina zusammen. »Ich sehe sie am Ende der Verdächtigenliste. Sie hat sich mit ihrer Rolle abgefunden, hat ihre kleine Pension und lebt ihr Leben.«

»Eifersucht ist ein starkes Motiv«, erwiderte Lars.

»Ist sie wirklich eifersüchtig?«, sagte Alina. »Wie gesagt, auf mich wirkte sie eher abgeklärt. Eine Frau, die weiß, wann sie verloren hat. Mehr noch, sie empfindet sich nicht als Verliererin. In der Rolle sehe ich eher Britta Joken. Sie hat alles auf eine Karte gesetzt und wollte mehr von ihrem Freund. Der war aber nicht dazu bereit.«

»Gut«, sagte Lars. »Kommen wir zu Frau Joken. Ihr Kontakt zu Scharff war in den Wochen vor seinem Tod gering bis gar nicht vorhanden. Findet sich hier ein Motiv?«

Alina wiegte den Kopf hin und her. »Schon eher. Allerdings ist sie aus meiner Sicht sehr berechnend. Sie würde genau das Risiko abwägen, überführt zu werden. Will sie wirklich alles verlieren und den Rest ihrer Tage in Haft sitzen? Davor wäre ihre Angst viel zu groß. Sie hat Geld, ein Haus auf Mallorca und eine große Wohnung auf Spiekeroog. Nein, das müsste schon eine Kurzschlussreaktion bei ihr gewesen sein und nicht – wie es sich im Moment darstellt – ein sorgfältig geplanter und durchgeführter Mord.«

»Im Prinzip sehe ich es auch so, allerdings sollten wir Britta Joken noch nicht von der Liste streichen«, gab Lars zu bedenken.

»Stellen wir sie auf Platz drei der Liste.« Hella schrieb eine Drei neben ihren Namen. »Hindrik Kruskopp. Motiv?«

»Bisher keins«, sagte Lars. »Ich hatte keinen Erfolg bei meiner Recherche bezüglich des radikalen Schnitts in Kruskopps Lebenslauf. Alle Doktoranden, die ich erreicht habe, waren voll des Lobes für ihren Professor. Es stehen noch ein paar aus, denen ich eine Nachricht hinterlassen habe, aber ich glaube nicht, dass sich am Ergebnis was ändert.«

»Nun gut, es wird eine sehr private Angelegenheit sein«, warf Hella ein. »Es ist unwahrscheinlich, dass hier ein Zusammenhang mit Rüdiger Scharff besteht. Bleibt der alte Herr auf der Liste?«

»Ich weiß, dass ihr es anders seht«, sagte Lars, »aber ich habe bei dem Mann ein komisches Gefühl. Nicht sehr stark, aber mich stört dieser Heiligenschein. Niemand ist ohne Geheimnisse und einfach nur gut zu allen.«

»Doch, das soll es geben«, bemerkte Alina. »Meinetwegen

können wir ihn auf der Liste lassen. Ich sehe aber weit und breit kein Motiv.«

»Ich im Moment auch nicht«, stimmte ihr Hella zu. »Setzen wir ihn ganz nach hinten.« Sie schrieb eine Vier hinter den Namen. »Bleibt Gerhard Meyer.«

Lars meldete sich wieder zu Wort. »Sein Motiv – der Tod seiner Eltern in Togo – konnten wir bisher noch nicht untermauern. Verdächtig macht ihn das mutmaßlich falsche Alibi.«

»Nicht nur das«, sagte Alina. »Kurz bevor du uns zu dir gerufen hast, hatte ich gerade die Liste der Liegeplatz-Gäste in Bensersiel durch. Alle bis auf eine Person lassen sich realen Menschen zuordnen. Ich muss sie jetzt noch erreichen und mir bestätigen lassen, dass sie tatsächlich in Bensersiel waren. Es könnte ja sein, dass jemand einen falschen Namen angegeben hat, der einem anderen Segler gehört.«

»Und die eine Person?«, fragte Hella.

»Ludwig Schäfer aus Münster in der Heinestraße. Dort ist niemand mit diesem Namen gemeldet und war es auch nie.«

»Sicher?«, fragte Lars.

»Es gibt gar keine Heinestraße in Münster. Ich habe dann weitergesucht und in ganz Münster nur einen Mann dieses Namens gefunden. Er ist allerdings neunundneunzig Jahre alt. Ich habe kurz mit seiner Tochter gesprochen. Ihr Vater hat weder ein Segelboot, noch wäre er gesundheitlich in der Lage, damit zu fahren.«

»Hast du mit dem Hafenmeister darüber gesprochen?«, fragte Lars.

»Ja. Er hat die Anmeldung herausgesucht. Das Boot kam spätabends. Die Anmeldung lag im Postkasten, die Gebühren für drei Tage sind gleich in bar im Brief gewesen.«

»Interessant. Der Hafenmeister hat Herrn Schäfer also nie gesehen?«

»Nein. Diese Art der Anmeldung ist durchaus üblich, falls niemand vor Ort ist. Dass es häufiger vorkommt, hat uns der Hafenmeister bei unserem Gespräch aber verschwiegen.«

»Den Namen des Bootes kennt der Hafenmeister auch nicht?«, fragte Hella.

»Nein. Er sagte mir, dass er sich nicht an das Boot erinnern könne.«

Hella räusperte sich. »Wir brauchen ein Foto von Meyers Boot. Von Meyer selbst haben wir ja bereits eins. Dann muss jemand im Sporthafen die Segler befragen.«

»Ich rufe Kollege Eilers an«, sagte Alina. »Das Foto sollte nicht das Problem sein.«

»Bleibt die Frage, wann wir die Durchsuchung starten. Noch vor dem Wochenende?«, fragte Lars.

Hella schüttelte den Kopf. »Montag, würde ich vorschlagen. Dann haben wir noch morgen, um einige Recherchen abzuschließen. Ich spreche gleich mit Roland. Wir brauchen zwei Kriminaltechniker. Einen für die Wohnung, einen fürs Büro. Ihr beide nehmt euch die Wohnung vor, ich gehe mit Gerrit Eilers in die Geschäftsräume.«

»Meyer ist unser Mann?«, fragte Lars.

»Im Moment weist einiges darauf hin«, antwortete Hella. »Wir haben auch noch die Hamburg-Spur. Die dürfen wir nicht außer Acht lassen. Bei Gerhard Meyers Motiv fehlen uns Indizien oder Beweise. Weder können wir bisher nachweisen, dass Meyer von Scharffs früheren Auftragsmorden wusste, noch wissen wir, ob er daraufhin eine Verbindung zum Tod seiner Eltern hergestellt hat. Sprich: Wir brauchen mehr, um ihn später unter Druck setzen zu können.«

Lars nickte. »Ich muss noch recherchieren, ob Meyer sich bei der Botschaft von Togo erkundigt hat oder bei anderen Stellen.« Er zuckte mit den Schultern. »Das ist vor Montag nicht alles zu schaffen.«

»Ich helfe dir«, schlug Hella vor.

»Und die Hamburg-Spur, wie du sie genannt hast«, warf Alina ein. »Was machen wir damit?«

»Das ist verdammt schwierig. Alexander Wagner ist mit allen Wassern gewaschen. Man kommt kaum an ihn ran. Er hat letztlich nur mit mir gesprochen, weil ich ihn vor einer Entführung oder etwas Schlimmerem bewahrt habe. Wenn wir zu dem Ergebnis kommen, dass er hinter dem Mord an Rüdiger Scharff steckt, muss das LKA Hamburg übernehmen.«

»Wie sollte er von Scharff erfahren haben?«, fragte Lars.

»Vielleicht hat ihn ein Insider gewarnt und ihm gleichzeitig gesteckt, dass Scharff seinen Vater ermordet hat. Oder er wusste, dass Scharff seinerzeit beauftragt worden war, und hat jetzt erfahren, dass er selbst an der Reihe ist. Daraufhin hat er zumindest eine Gefahr ausschalten lassen.«

»Und dann ist er so blauäugig und fährt mutterseelenallein mitten in der Nacht in einem Außenbezirk von Hamburg herum?«

Hella stöhnte leise. »Ich weiß, das passt hinten und vorne nicht. Aber vielleicht hat Wagner sich nach der Ausschaltung von Scharff zumindest eine kleine Verschnaufpause versprochen.«

Lars raufte sich die Haare. »Da ist einfach zu viel ›vielleicht‹ und ›vermutlich‹ im Spiel. Ich habe kein gutes Gefühl bei dem ganzen Fall. Im Grunde genommen stochern wir im Nebel herum, und über den Wolken sitzen die Täter und lachen uns aus.«

»Wir machen für heute Schluss«, sagte Hella. »Morgen ist auch noch ein Tag.«

23

Hella legte den Telefonhörer auf. Das Gespräch mit der Botschaft Togos in Berlin hatte viel Zeit und Nerven gekostet, und das ohne großen Erkenntnisgewinn. Allein bis sie den Botschafter in der Leitung gehabt hatte, waren zwanzig Minuten vergangen. Über den Tod von Gerhard Meyers Eltern war nichts bekannt – jedenfalls wollte niemand mit ihr darüber reden. Selbst der Botschafter weigerte sich, über einen Vorfall zu sprechen, der viele Jahrzehnte zurücklag. Über allen Gesprächen lag ein Nebel von Misstrauen. Hella war sich sicher, dass Gerhard Meyer, sollte er bei der Botschaft sein Glück versucht haben, ebenso auf Granit gebissen hatte.

Der nächste Anruf galt dem Außenministerium. Hier spürte sie gleich, dass ihr als deutscher Polizeibeamtin geholfen werden wollte. Nach fünf Minuten Wartezeit, unterbrochen von kurzen Gesprächen mit verschiedenen Personen, landete sie bei einer Mitarbeiterin, die ihr Auskunft geben konnte. Frau Bolte suchte in der Datenbank und konnte bestätigen, dass eine schriftliche Anfrage bezüglich des Ehepaars Meyer vorlag.

»Wann und von wem ist sie gestellt worden?«, erkundigte sich Hella.

»Eigentlich dürfte ich Ihnen keine Daten weitergeben. Aber da Sie von der Polizei sind, mache ich eine Ausnahme.« Frau Bolte hatte darauf bestanden, Hella im Büro zurückzurufen, um ihre Identität zu überprüfen. »Die Anfrage datiert vom 15. September des letzten Jahres. Der Sohn des Ehepaares hat darum gebeten, ihm sämtliche Unterlagen zum Tod seiner Eltern zur Verfügung zu stellen.«

»Ist das passiert?«

»Nicht in der Form, wie Herr Meyer sich das vorgestellt hat. Zum Teil handelt es sich um als geheim eingestufte Dokumente, die wir selbstverständlich nicht an jede Person weitergeben.

Herr Meyer hat Anfang des Jahres ...«, Hella hörte das Tippen auf einer Tastatur, »... ja, hier habe ich es. Am 14. Mai dieses Jahres ging das Schreiben raus. Es war eine Zusammenfassung von zwei Seiten, die zum mutmaßlichen Anschlag auf das Ehepaar Meyer bekannt waren.«

»Können Sie mir das Schreiben zur Verfügung stellen?«

»Tut mir leid, das geht so ohne Weiteres nicht. Ich kann Ihnen aber versichern, dass es sich letztlich um öffentlich zugängliche Informationen handelte.«

»Hat Herr Meyer sich noch einmal gemeldet? Telefonisch, per Mail oder per Brief?«

»Nein, zumindest habe ich hier diesbezüglich nichts verzeichnet.« Frau Bolte räusperte sich. »Kann ich sonst noch etwas für Sie tun, Frau Hauptkommissarin?«

»Ihr Amt geht also mit hoher Wahrscheinlichkeit davon aus, dass es sich um einen Anschlag gehandelt hat?«

»Ja. Wir haben seinerzeit Ermittler nach Togo geschickt, die zu diesem Ergebnis gekommen sind. Es sind Sprengstoffspuren gefunden worden, die eindeutig für einen Anschlag sprechen. Mit ziemlicher Sicherheit wurde die Tat sogar bewusst offengelegt. Sozusagen als Warnung an sämtliche Regimegegner.« Sie hielt kurz inne. »Sie wissen um die damaligen politischen Verhältnisse im Land?«

»Ja, ich habe mich informiert.«

»Unsere Ermittler waren erstaunt, wie kooperativ die Behörden vor Ort waren. Allerdings endete die Zusammenarbeit, sobald es um den oder die Verursacher des Anschlags ging. Sie verstehen, was ich andeuten will?«

»Dass der Anschlag staatlicherseits in Auftrag gegeben worden ist?«

Frau Bolte antwortete nicht auf Hellas Kommentar. »Die ganze Angelegenheit führte zu einer Verstimmung in den zwischenstaatlichen Beziehungen. Die Unstimmigkeiten konnten aber im Laufe des folgenden Jahres ausgeräumt werden.«

»Verstehe«, sagte Hella. »Der Tod von zwei Entwicklungshelfern war nicht so wichtig wie gute Beziehungen zu dem autokratisch regierten afrikanischen Staat.«

»Die Bundesrepublik Deutschland hatte selbstverständlich großes Interesse, die gute Beziehung zu der ehemals deutschen Kolonie zu halten.«

»Auch das verstehe ich«, sagte Hella und verabschiedete sich von Frau Bolte.

Ihr nächster Anruf galt der GIZ, der Gesellschaft für internationale Zusammenarbeit, zuständig für Entwicklungsarbeit in der ganzen Welt. Nach drei Weiterleitungen sprach Hella mit einem Mitarbeiter, der sich kompetent anhörte. Er fand in der Datenbank eine Notiz, die Gerhard Meyers Anfrage und später mit ihm geführte Telefongespräche dokumentierte. Zeitlich war der Kontakt parallel zu dem beim Ministerium, inhaltlich konnte der Mitarbeiter Hella nichts Neues sagen. Sie verabschiedete sich von ihm, schrieb die Protokolle zu ihren Gesprächen und rief anschließend Roland Radmeier an.

»Hella, ob du es glaubst oder nicht, ich wollte gerade deine Nummer wählen. Wir sind jetzt mit den Listen der Telefongesellschaften durch. Du hattest uns ja die Nummern angekreuzt, die unklar waren. Festnetzverbindungen sind alle geklärt. Bericht kommt anschließend. Wichtiger erscheinen die letzten drei Wochen des Mobilanschlusses. Als Erstes habe ich überprüft, wie lange die Nummer bereits auf Rüdiger Scharff angemeldet ist. Der Zeitraum stimmt überein mit seinem Umzug nach Spiekeroog vor über achtzehn Jahren. Nun kommen wir zu den fünf nicht identifizierten Nummern. Sie gehören alle zu verschiedenen Prepaid-Handys, die nicht registriert sind. Zwei der Karten sind vor 2017 aktiviert worden, als es noch nicht gesetzlich vorgeschrieben war, sich auszuweisen. Das ist eine übliche Methode, um anonym zu bleiben. Man kann solche Karten selbst auf Ebay kaufen oder halt unter der Hand. Es gibt für alles einen Markt. Da solche Karten allerdings nicht ausreichend zur Verfügung stehen und mehr und mehr vom Markt verschwinden, greifen bestimmte Kreise auf ausländische Karten zurück. Die sind für uns nur schwer bis gar nicht zu identifizieren. Selbst wenn es einmal gelingt, handelt es sich meistens um Personen, deren Daten ohne ihr Wissen benutzt wurden. Kurz und schlecht: Wir werden nicht herausbekommen, von wem Scharff angerufen wurde.«

»Das könnte bedeuten, dass Scharff Kontakte zu kriminellen Kreisen pflegte.«

»Er ist ja jedes Mal angerufen worden, was darauf hindeuten könnte, dass die andere Seite etwas von ihm wollte. Gehen wir einmal davon aus, dass die fünf Anrufe von den unterschiedlichen Sim-Karten alle von einer Person oder Organisation kamen. Dann gaben sich diese Menschen ziemliche Mühe, nicht erkannt zu werden. Normal ist das auf jeden Fall nicht, wenn man in einem Zeitraum von drei Wochen so viele Anrufe von nicht registrierten Handys bekommt.«

»Ein neuer Auftrag«, sagte Hella mehr zu sich selbst.

»Liegt nahe«, kommentierte Radmeier das Gehörte. »Aber war er nicht schon etwas alt für diesen Job – wenn ich das mal so lässig ausdrücken darf?«

»Scharff schien ausgesprochen agil für sein Alter zu sein. Auch Dr. Wolters hat erwähnt, dass er ungewöhnlich fit gewesen wäre. Ich sehe da nicht so das Altersproblem.«

»Ich kann da wenig zu sagen. Du bekommst in ein paar Minuten die versprochene Übersicht.«

»Danke, Roland. Wie immer super Arbeit!«

Hella öffnete die Mail der Staatsanwältin. Der Beschluss, die vier Freunde von Rüdiger Scharff erkennungsdienstlich zu behandeln, war genehmigt worden. Bei nächster Gelegenheit würde sie ihnen auf Spiekeroog die Fingerabdrücke abnehmen und einen DNA-Abstrich machen. Sollten die Ergebnisse keinen Durchbruch bringen, sah Hella kaum noch Chancen für ihre kleine Ermittlergruppe.

Sie würde in dem Fall dem Kriminaldirektor und der Staatsanwältin vorschlagen, eine große SoKo zusammenzustellen und den Fall neu aufzurollen. Das LKA Hannover und die Kollegen aus Hamburg würden dann miteinbezogen werden müssen.

Torsten Peters, Hellas Stellvertreter, klopfte an die angelehnte Tür und trat ein. »Hast du ein paar Minuten?«

Sie sprachen die laufenden Fälle des Kommissariats durch, entschieden, wie die jeweiligen Ermittlungen weitergehen sollten, und legten die Zuständigkeiten fest.

»Wie läuft es bei euch?«, fragte Peters zum Schluss.

Hella gab ihm einen Kurzbericht und machte auch keinen Hehl daraus, dass sie, sollte kein Durchbruch in Sicht sein, den Fall abgeben würde.

»Verständlich. Ich habe mich gerade gefragt, ob ihr euch nicht zu sehr auf diesen Meyer fixiert. Einige der Indizien, die du mir aufgezählt hast, lassen sich sicher erklären, oder sie werden sich nicht erhärten. Was ist mit den drei anderen Verdächtigen?«

»Wir finden keine tragfähigen Motive«, sagte Hella. »Egal, wie wir es drehen und wenden. Eine der Frauen wollte mehr von Scharff, die andere war von ihm enttäuscht. Aber deshalb plant man doch keinen eiskalten Mord. Du weißt selbst, wie schwierig es ist, jemanden zu ersticken, selbst wenn er mit K.-o.-Tropfen außer Gefecht gesetzt wurde. Ein Blick ins Internet genügt, um sich darüber zu informieren. Eine gewisse Kraftanstrengung ist es auch noch, was für die beiden Damen durchaus eine Hürde hätte sein können.«

»Und der ehemalige Arzt? Er hätte gewusst, wie hoch die Dosis sein müsste, ihm wäre klar gewesen, wie lange und mit welcher Kraftanstrengung man jemandem das Kissen aufs Gesicht hätte drücken müssen.«

Hella zuckte mit den Schultern. »Motiv!«

»Sucht weiter. Das war keine Affekttat. Es muss ein tragfähiges Motiv vorhanden sein. Früher oder später werdet ihr darauf stoßen.«

»Sollte Professor Kruskopp ein Motiv haben, müsste es ebenfalls weit zurückliegen. Und je weiter in der Vergangenheit, desto schwieriger ist es, etwas zu erfahren. Du kennst doch das Spiel, Torsten.«

»Ich kann mich nur wiederholen. Es muss ein Motiv geben.«

24

Alina zeigte dem nächsten Segler das Bild von Gerhard Meyer und anschließend das Foto vom Boot.

»Wann soll das gewesen sein?«

Alina nannte ihm die betreffenden drei Tage.

»Ja, da war ich tatsächlich hier. Und der Mann soll mit dem Boot gekommen sein?«

Alina nickte.

»Gesprochen habe ich mit dem Mann ganz sicher nicht. Die Gästeplätze«, er zeigte in die Richtung, »liegen etwas weiter entfernt von hier. Gut, ich komme da immer vorbei, wenn ich zu meinem Boot gehe oder wieder zurück.« Er kratzte sich am Kopf. »Darf ich das Foto noch einmal sehen?«

Alina reichte ihm die ausgedruckte Aufnahme.

»Irgendwie kommt mir das Gesicht schon bekannt vor. Aber ich könnte nicht beschwören, dass der Mann vor Kurzem hier war.«

»Sind Sie hin und wieder auf Spiekeroog?«

Der Mann nickte. »Meine Frau und ich haben auf der Insel Freunde und legen da manchmal für ein oder zwei Nächte eine Pause ein, wenn wir von einem Törn zurückkommen. Warum fragen Sie?«

Alina reagierte nicht auf seine Frage und tippte auf Meyers Foto. »Denken Sie doch bitte noch einmal nach. Haben Sie den Mann an den genannten Tagen hier im Hafen gesehen?«

Erneut musterte der Segler das Foto. »Wenn Sie so fragen, muss ich es verneinen. Tut mir leid, ich hätte Ihnen gerne geholfen.«

Alina reichte ihm eine Visitenkarte, verabschiedete sich von ihm und suchte nach Lars.

»Wie ist es bei dir?« Alina hob die gefalteten Hände. »Ich brauche dringend eine Erfolgsmeldung.«

Lars schüttelte den Kopf. »Eine Seglerin meinte, sie habe Meyer schon mal gesehen, könne aber nicht sagen, ob es genau an den besagten Tagen war.« Er sah sich um. »Ich denke, wir haben für heute alle durch, die gerade bei ihren Booten sind. Bleibt uns nur, die Vereinsmitglieder auf der Liste anzurufen. Wenn von denen jemand an den Tagen hier im Hafen war, müssen wir hinfahren und die Fotos zeigen.«

»Die Ochsentour geht weiter. Dafür brauchen wir Tage, das ist dir doch wohl klar.«

Lars grinste. »Wäre das nicht üblicherweise mein Spruch gewesen? Was ist los mit dir? Du gibst doch sonst nicht so schnell auf.«

»Keine Ahnung. Irgendwas passt nicht, aber ich habe nicht die geringste Idee, was mich an dem Fall stört.«

Lars schaute auf die Uhr. »Lass uns ins Büro fahren und die Vereinsmitglieder anrufen.« Er legte einen Arm um Alinas Schulter und zog sie mit aus dem Hafen heraus.

Vier Stunden und gefühlt hundert Telefongespräche später verließ Alina ihr Büro und schaute bei Lars herein. »Feierabend. Wir haben schon drei Überstunden heute. Wochenende! Montag geht es weiter. Hast du auch Hunger?«

»Wir haben noch zwei Tiefkühlpizzas im Haus«, sagte Lars und klappte seinen Laptop zu.

Alina verzog ihr Gesicht. »Nein, danke. Liegen die nicht schon eine Ewigkeit im Gefrierschrank?«

»Dann bleiben wir bei dem Sushi-Laden stehen und holen uns was zum Mitnehmen.« Lars packte seinen Laptop ein und stand auf. »Einverstanden?«

Eine halbe Stunde später saßen sie in der kleinen Küche ihrer gemeinsamen Wohnung, aßen Sushi und tranken dazu ein Glas Wein. Alina ging noch einmal im Kopf die Anrufe durch. Von den fünfzig Bootseignern waren nur fünf an den besagten Tagen vor Ort gewesen. Keiner von ihnen kannte Meyer. Sie würden die fünf und weitere neun Personen von Lars' Liste zu Hause aufsuchen müssen, was vermutlich innerhalb eines Tages nicht zu schaffen war. Sie sah auf und wollte gerade etwas zum Fall sagen, als Lars die Hand hob.

»Feierabend. Ich kann nicht mehr. Auch nicht darüber sprechen.«

Alina lächelte. »Ja, du hast recht.« Sie hob ihr Glas. »Auf uns beide, auf unser Grundstück, das wir hoffentlich bekommen, und auf alles, was noch vor uns liegt.«

Lars stieß mit ihr an. »Ich liebe dich, Alina Becker.«

Alina beugte sich vor und küsste ihn zärtlich auf den Mund. »Ich dich auch, Lars Mattes.«

Am Montagmorgen, pünktlich zehn Minuten vor Abfahrt der Fähre, stand das Team am Kai und wartete auf den Einlass. Roland Radmeier war persönlich erschienen und hatte seine rechte Hand, Jörg Umlaut, mitgebracht. An Bord suchten sie sich einen freien Tisch unter Deck, Lars und Jörg wurden beauftragt, Kaffee für alle zu holen.

»Sehe ich das richtig, dass die Durchsuchungen das Finale einläuten?«, fragte Roland Radmeier an Hella gewandt.

»Es deutet einiges darauf hin«, sagte Hella ausweichend.

Der Kriminaltechniker zog die Augenbrauen hoch. »Klingt, als wenn du nicht an einen Durchbruch glaubst.«

»Kommt drauf an, was wir heute finden. Sicher bin ich mir absolut nicht.«

Alina war erstaunt über Hellas Antwort. Hatte also nicht nur sie selbst ein merkwürdiges Gefühl in der Magengegend? Sie musterte Hella aus dem Augenwinkel. Ihre Chefin wirkte so aktiv wie eh und je, schien aber hin und wieder mit ihren Gedanken ganz woanders zu sein. Hatte Lars recht mit der Annahme, dass sie für ein Jahr oder sogar noch länger auf Reisen gehen wollte? Das würde enorme Veränderungen im Kommissariat bedeuten. Hellas relativ kurze Elternzeit war ihr unangenehm in Erinnerung. Es fehlte seinerzeit an Personal, und Torsten Peters war nicht der Mann, der für Leitungsfunktionen geboren war. Alina hatte sogar die Vermutung, dass er, selbst wenn Hella den Dienst quittieren würde, keine Ansprüche auf den Chefposten anmelden würde. Weder Lars noch sie hatten das Alter und den Rang, um sich auf die Stelle zu bewerben. Es blieb nur zu hoffen, dass sich mit neuer Führung nicht die Stimmung im Kommissariat verschlechtern würde. Die beste Lösung wäre, wenn Hella bleiben würde.

»Und was meinst du, Alina?«, fragte Radmeier sie.

Alina zuckte mit den Schultern. »Ich habe die Handschellen auf jeden Fall noch nicht gezückt. Um ehrlich zu sein, habe ich seit Tagen das Gefühl, dass wir etwas übersehen haben.«

»Ach, das habe ich fast immer«, wiegelte Radmeier ab. »Ist das nicht eine Berufskrankheit bei uns allen?«

Lars und der zweite Kriminaltechniker brachten den Kaffee und setzten sich zu ihnen. Hella schaute sich um, ob jemand ihr Gespräch mitbekommen könnte. Das Zwischendeck war bis auf wenige Plätze nicht besetzt.

»Vielleicht können wir kurz über unseren Einsatz sprechen«, sagte Hella mit gedämpfter Stimme. »Ich werde mit unserem Inselkollegen Eilers zu den Geschäftsräumen von Gerhard Meyer gehen, Alina und Lars zu der Wohnung. Ich würde vorschlagen, dass du, Roland, die beiden begleitest«, sie wandte sich an Radmeiers Kollegen, »und du, Jörg, kommst mit mir. Einverstanden?« Als alle nickten, fuhr sie fort. »Wir suchen nach Beweisen, dass Gerhard Meyer von der Vergangenheit seines Freundes gewusst hat. Es könnte sich zum Beispiel um Dokumente oder andere Unterlagen handeln, die er entweder direkt aus Scharffs Wohnung entwendet oder über andere Quellen bezogen hat. Sollten wir etwas finden, das beweist, dass Meyer den Anschlag auf seine Eltern mit Scharff in Verbindung gebracht hat, wäre das ein Sechser im Lotto.«

»Er wird es kaum in der Wohnung herumliegen lassen«, warf Roland Radmeier ein.

»Nein, wenn noch was existiert und nicht vernichtet wurde, wird es gut versteckt sein. Oder er hat es digitalisiert. Ein Stick ließe sich besser verstecken als ein Stapel Unterlagen. Es könnte auch sein, dass er Fotos gemacht hat. Handy, Tablet, Digitalkamera. Der Beschluss umfasst alles. Parallel geht heute der Beschluss an Meyers Bank raus und an die Provider von Handy und Festnetz.« Sie schaute in die Runde. »Noch Fragen?«

»Ist Herr Meyer vor Ort?«, fragte Jörg Umlaut.

»Ich habe heute schon mit Kollege Eilers gesprochen«, antwortete Hella. »Gerhard Meyer ist auf der Insel. Sollte er weder in der Wohnung noch in seinen Geschäftsräumen anzutreffen sein, werden wir ihn schnell finden.«

»Ist Gegenwehr zu erwarten?«, fragte Roland Radmeier.

»Schwer zu sagen. Er hat keinen Waffenschein, und ich kann mir nicht vorstellen, dass er eine illegale Waffe hat. Trotzdem sollten wir vorsichtig sein, da er sicherlich nicht mit uns rechnet. Kurzschlusshandlungen sind nie ausgeschlossen.«

25

Gerrit Eilers erwartete das Team am Hafen. Er berichtete, dass Gerhard Meyer sich seit einer halben Stunde in seinen Geschäftsräumen aufhalte.

»Meine Kollegin sitzt in Zivil gegenüber im Café und ruft mich an, falls Herr Meyer die Räume verlässt.«

Sie teilten sich auf. Während Hella und Gerrit Eilers zusammen mit dem Kriminaltechniker zu Meyers Büro gingen, machte sich der Rest der Gruppe zur Wohnung auf, die zehn Gehminuten entfernt lag.

Hella ließ Gerrit Eilers den Vortritt. Er öffnete die Eingangstür und trat in den Vorraum, wo zwei Frauen mittleren Alters an ihren Arbeitsplätzen saßen.

»Moin, Gerrit«, sagte eine der Frauen. Sie stand auf und reichte dem Inselpolizisten die Hand. »Willst du zu Gerhard? Du weißt ja, wo sein Büro ist.« Sie warf Hella einen misstrauischen Blick zu und wandte sich wieder an Gerrit Eilers. »Du bist nicht alleine?«

»Danke, Edda. Ich finde den Weg. Das ist Hauptkommissarin Brandt.«

Hella nickte ihr zu und ging hinter ihrem Kollegen her. Die Bürotür war lediglich angelehnt, Eilers klopfte an und ging gleich darauf hinein.

Gerhard Meyer sah auf und lächelte freundlich, bis er Hella bemerkte.

»Moin, Gerhard. Wir müssten mit dir sprechen«, sagte der Inselpolizist.

»Um was geht es denn?«

Gerrit Eilers legte den Durchsuchungsbeschluss vor. »Wir müssen deine Wohnung und dein Büro durchsuchen. Das ist der richterliche Beschluss.«

Gerhard Meyer erstarrte, sah zwischen Eilers und Hella hin

und her, zog schließlich das Dokument an sich und las. »Das ist nicht dein Ernst, Gerrit. Was soll der Scheiß?«

»Tut mir leid, aber das ist nicht mein Fall. Ich helfe hier nur aus. Würdest du mir bitte die Schlüssel deiner Wohnung geben? Drei Kollegen vom Festland sind bereits auf dem Weg dorthin.«

Meyer riss die Schublade seines Schreibtisches auf, griff hinein und schleuderte zwei Schlüssel an einem Bund über die Schreibtischplatte. »Bitte! War mir nicht klar, dass wir in einem totalitären Land leben. Und du vorneweg.« Er schüttelte mit verächtlicher Miene den Kopf.

Gerrit Eilers nahm den Schlüsselbund, drehte sich zu Hella um und sagte leise: »Ich bringe sie kurz zu meiner Kollegin. Sie weiß Bescheid.« Er nickte ihr zu und verließ den Raum.

»Und? Wo wollen Sie anfangen? Vielleicht sagen Sie mir einfach, was Sie suchen. Das Mordwerkzeug? Ich habe keine Waffe. Weder hier noch in meiner Wohnung. Geld und Wertsachen, die ich meinem Freund gestohlen habe, nachdem ich ihn brutal ermordet habe? Auch das finden Sie hier nicht.« Er stand auf und hielt ihr beide Hände entgegen. »Werde ich gleich verhaftet und anschließend gefoltert?«

»Herr Meyer, wir sollten das hier wie zivilisierte Menschen über die Bühne bringen. Könnten Sie Ihren Mitarbeiterinnen sagen, dass sie für die nächsten drei Stunden das Büro verlassen sollen?«

Wütend stampfte Meyer an ihr vorbei aus dem Büro hinaus. Jörg Umlaut kam ihm in der Tür entgegen, Meyer stürmte mit gleichem Tempo weiter. Der Kriminaltechniker konnte mit Mühe ausweichen und kam anschließend kopfschüttelnd auf Hella zu.

»Wo soll ich anfangen?«

Hella hatte Eilers und Umlaut gebeten, im Vorraum zu beginnen. Sie selbst stand jetzt vor Meyers Schreibtisch, öffnete die Schublade, holte nach und nach jeden Gegenstand heraus und legte alles auf die Platte: Papiertaschentücher, einen Autoschlüssel der Marke Mercedes-Benz, den Fahrzeugschein auf Meyers Namen, einen weiteren Schlüssel, eine Handvoll Kugelschreiber mit seinem Firmenaufdruck, einen Stapel Visitenkarten, ein Brillenetui, in dem eine Sonnenbrille lag, ein Handyladekabel, ein Portemonnaie und drei USB-Sticks.

Hella zog die Schublade ganz heraus, drehte sie um und leuchtete in den Innenraum. Nachdem sie die Schublade wieder in die Halterung hineingeschoben hatte, sah sie das Portemonnaie durch und legte es mit den anderen Gegenständen zurück in die Schublade. Nur die USB-Sticks steckte sie in einen Plastikbeutel, den sie beschriftete.

Zweieinhalb Stunden später hatte sie sämtliche Ordner und Papiere, alle Bücher und sonstigen Gegenstände angeschaut und entweder zur Seite gelegt oder zurückgeräumt.

Auf dem Schreibtisch lagen eingetütet ein Handy, ein Laptop, ein Tablet und weitere vier USB-Sticks. Die Kriminaltechniker würden die Geräte in Aurich durchsuchen und sie, sollte nichts gefunden werden, schnellstmöglich an den Besitzer übergeben.

Gerhard Meyer war in den letzten zwei Stunden zwischen den Arbeitsräumen und der kleinen Büroküche hin- und hergelaufen, hatte den Ermittlern schweigend zugeschaut und ab und an eine kurze Bemerkung gemurmelt. Ihm war anzusehen, wie aufgebracht er war, aber Hella sah keine Panik in seinen Augen. Auch hatte er keine Anstalten gemacht, zu seiner Wohnung zu wechseln.

Er nannte nun Hella nach kurzem Zögern die Passwörter seiner Geräte, die sie auf den Plastiktüten notierte.

»Vielen Dank für Ihre Kooperation«, sagte Hella.

»Was bleibt mir anderes übrig?«, sagte Meyer halblaut auf Hellas Bemerkung.

»Wir müssen später auch noch auf Ihr Segelschiff. Liegt es hier im Sporthafen?«

»Wo sonst?«

»Neuharlingersiel oder Bensersiel.«

»Und ich hier? Was sollte das für einen Sinn haben?«

»Ihr Boot liegt also nie in einem Festlandhafen?«, fragte Hella.

»Das habe ich nicht gesagt. Wenn ich einen Segeltörn mache, lege ich selbstverständlich auch mal in diesem oder jenem Hafen an. Oder auf Sylt. Je nachdem, wie weit …« Er stutzte und schien jetzt den Grund für Hellas Frage zu ahnen. »Daher weht der Wind. Sie suchen verzweifelt nach einer Möglichkeit, wie ich an dem betreffenden Abend auf Spiekeroog gewesen sein könnte.« Er schüttelte augenrollend den Kopf. »Vergessen Sie's. Daraus wird nichts. Wie sollte ich das bitte schön …?« Er ließ den Satz in der Luft hängen. Dachte er gerade darüber nach, ob er einen Fehler gemacht hatte und man ihm etwas nachweisen konnte? Oder war ihm klar geworden, dass es tatsächlich möglich gewesen wäre, das Segelboot für ein falsches Alibi zu nutzen? »Sie fantasieren sich da etwas zusammen. Ich war in Oldenburg und nicht auf Spiekeroog. Und mein Boot lag die ganze Zeit hier im Hafen. Fragen Sie doch den Hafenmeister.«

»Das haben wir bereits getan«, sagte Hella. »Könnten Sie mir den Schlüssel für Ihr Boot geben?«

Gerhard Meyer warf ihr einen wütenden Blick zu, ging zum Schreibtisch und holte den Schlüsselbund heraus, den Hella schon zuvor gesehen hatte. Er warf ihn so zu Hella, dass sie Mühe hatte, ihn zu fangen. »Bitte schön. Aber schließen Sie wieder ab und trampeln Sie mir nicht mit Ihren Straßenschuhen auf Deck herum. Der Holzboden ist gerade erst im letzten Jahr neu lackiert worden.«

»Danke!« Hella verließ seinen Büroraum und gesellte sich zu ihren wartenden Kollegen. »Ihr seid auch durch?«

Gerrit Eilers und der Kriminaltechniker nickten.

»Ich habe von den Mitarbeiterrechnern eine vollständige Kopie der Festplatten gemacht und sämtliche USB-Sticks und mobile Festplatten eingetütet«, sagte Jörg Umlaut.

Hella hatte schon zuvor ihre beschlagnahmten Gegenstände in den mitgebrachten Pappkarton gelegt, den Jörg Umlaut jetzt zuklebte und beschriftete.

»Wann bekomme ich mein Handy und den Laptop zurück?«, fragte Gerhard Meyer, der hinter Hella hergekommen war.

»So schnell wie möglich, Herr Meyer«, antwortete ihm Hella.

»Morgen? In einer Woche? Oder in einem Monat? Wie soll ich meine Arbeit machen, wenn Sie mir meine wichtigsten Geräte klau… wegnehmen?«

Hella schaute den Kriminaltechniker fragend an.

»Heute wird das sicher nichts mehr«, sagte er mit Blick auf Meyer. »Aber ich sehe zu, dass Sie morgen alles wieder zurückbekommen.«

»Per Luftpost?« Meyers Gemütszustand hatte sich von fassungsloser Wut zu bissigem Spott gewandelt.

»Ich bring dir die Geräte persönlich vorbei«, mischte sich Gerrit Eilers in das Gespräch ein. »Ich schicke jemand zum Festland, der die Sachen in Empfang nimmt. Bist du jetzt zufrieden?«

Gerhard Meyer murmelte etwas Unverständliches und sah Hella an. »Sind Sie jetzt hier fertig?«

»Wir brauchen noch Ihre Fingerabdrücke und einen DNA-Abstrich.« Hella reichte ihm den Beschluss. »Können wir das gleich hier erledigen?«

Eine Viertelstunde später standen sie vor dem Haus, in dem sich Gerhard Meyers Wohnung befand. Hella klingelte und lief die Treppe nach oben, der Kriminaltechniker folgte ihr. Gerrit Eilers hatte sich auf den Weg zur Polizeistation gemacht.

»Wie sieht es aus?«, fragte Hella, als sie zu fünft in Meyers Küche standen.

»Wir sind durch«, sagte Roland Radmeier. »Bis auf fünf USB-Sticks und zwei mobile Festplatten haben wir nur eine Digitalkamera gefunden.«

»Es gab keinerlei Unterlagen in Papierform, die auf unseren Fall hinweisen«, übernahm Lars. »Weder auf Togo und den Anschlag auf die Eltern noch in Bezug auf Rüdiger Scharff. Sollte es welche geben oder gegeben haben, sind sie entweder vernichtet worden oder auf den Datenträgern.«

»Allerdings haben wir zwei Fotoalben gefunden, die Aufnahmen darin stammen aus der Zeit, als Meyers Eltern noch lebten. Sie sind sorgfältig beschriftet. Nach einem Handschriftenvergleich sind wir sicher, dass das Meyer selbst geschrieben hat. Die Alben sehen recht neu aus«, sagte Radmeier.

»Sonst habt ihr nichts gefunden?«, fragte Hella.

Alina schüttelte den Kopf. »Nur noch drei Sachbücher über Togo und ein Buch über deutsche Entwicklungshilfe in den letzten Jahrzehnten.«

»Dass sich Meyer mit dem Tod seiner Eltern beschäftigt hat, wissen wir ja schon durch seine Anfragen.« Hella sah Roland Radmeier an. »K.-o.-Tropfen oder irgendwelche Hinweise darauf?«

»Tut mir leid, nichts. Aber würdest du sie an seiner Stelle hier aufbewahren? Wohl kaum. Wir sind entweder zu spät oder auf dem Holzweg.« Er schaute auf die Uhr. »Wir machen noch das Segelboot und nehmen dann die nächste Fähre. Ihr bleibt noch?«

Hella klingelte an der Haustür von Hindrik Kruskopp. Der alte Herr öffnete ihr die Tür, sah sie zunächst erstaunt an, grüßte aber kurz darauf freundlich und trat zur Seite.

»Trinken Sie eine Tasse Tee mit mir, Frau Brandt?«

Lars und Alina hatten sich auf den Weg zu Dörte Dirksen und Britta Joken gemacht, um von ihnen Fingerabdrücke und DNA-Abstrich zu nehmen.

»Gerne. Ich habe noch etwas Zeit, bis die nächste Fähre kommt.«

Er führte sie in die Küche des Hauses, setzte Wasser auf und kam mit der gefüllten Teekanne zu ihr an den Tisch.

»Haben Sie noch weitere Fragen?«, fragte Herr Kruskopp und schenkte ein, bevor er sich zu Hella setzte.

»Ich benötige von Ihnen Ihre Fingerabdrücke und einen DNA-Abstrich.« Sie legte ihm den Beschluss vor. »Sie sind nicht alleine betroffen.«

Hindrik Kruskopp griff nach der Tasse und trank einen Schluck Tee. »Eine ungewöhnliche Maßnahme. Rüdigers Freunde waren sicher alle zeitnah bei ihm zu Besuch. Auch meine Fingerabdrücke werden Sie in seinem Haus finden und DNA bestimmt auch. Was erhoffen Sie sich davon?«

»Tut mir leid, Herr Kruskopp. Ich darf über die laufenden Ermittlungen keine Auskunft geben. Sie können sich aber darauf verlassen, dass kein Richter den Beschluss ausgestellt hätte, wenn die Daten nicht zur Aufklärung beitragen könnten. Eine Garantie gibt es in solchen Fällen allerdings nie.«

Der alte Herr schenkte Tee nach. Hella wunderte sich, dass der zuvor so kooperative Professor den Beschluss so hinterfragte.

»Als Mediziner bin ich sehr kritisch gegenüber einem DNA-Abgleich eingestellt. Selbstverständlich können Sie meine Fingerabdrücke nehmen, aber zu einem DNA-Abstrich bin ich nicht bereit. Nehmen Sie es nicht persönlich, für mich ist das eine Frage des Prinzips.«

Hella holte das Stempelkissen aus ihrer Tasche und bereitete die Prozedur vor. Wenige Minuten später reichte sie Hindrik Kruskopp ein Tuch, mit dem er die Fingerkuppen säubern konnte.

»Die Staatsanwaltschaft wird Ihnen eine offizielle Vorladung schicken, der Sie nachkommen müssen. Sie werden um einen DNA-Abstrich über kurz oder lang nicht herumkommen.«

Kruskopp ließ sich durch Hellas indirekte Drohung mit der Vorladung nicht beeindrucken. Er nickte. »Ich verstehe, dass Sie nach Vorschrift vorgehen müssen und keine Ausnahme machen können. Ich bitte aber auch, meine Bedenken zu berücksichtigen.«

»Sie wissen vermutlich, dass alle Aufzeichnungen zur DNA-Ermittlung einschließlich des Ergebnisses vernichtet werden, sobald Sie durch den Abgleich entlastet wurden.«

»Durchaus, Frau Hauptkommissarin. Es ändert aber nichts an meiner Meinung. Belassen wir es doch einfach dabei.«

26

Hella stand mit Alina und Lars an der Reling und schaute auf die auflaufende Nordsee. Auf dem Weg zur Fähre hatten sie sich ausgetauscht. Dörte Dirksen hatte bereitwillig die erkennungsdienstliche Prozedur über sich ergehen lassen, während Britta Joken sich anfangs geweigert und erst nach der Drohung mit der offiziellen Vorladung nach Aurich zugestimmt hatte.

»Nach Durchbruch hat sich das nicht angefühlt«, brach Lars das nachdenkliche Schweigen.

»Schau dir die Wellen an«, sagte Hella. »Warum sind sie gerade so hoch?«

»Windrichtung?«

»Auch, aber in erster Linie wegen der Stärke des Windes und der Dauer. Dann spielt noch die Fläche eine große Rolle. Du verstehst, was ich dir sagen will?«

Lars zuckte mit den Schultern. »Wir müssen Wind machen, kontinuierlich mehr Informationen ausgraben, Indizien sammeln, damit wir uns breiter aufstellen. Die Welle wird größer und größer und spült die Wahrheit an den Strand.«

Hella schmunzelte. »Ich hätte es nicht besser formulieren können. Je mehr Einzelheiten wir zusammentragen und logisch zuordnen können, desto enger wird es für den Täter oder die Täterin. Ich denke, wir haben heute reichlich Wind gemacht. Mal sehen, was bei der Auswertung von Meyers Laptop herauskommt. Außerdem stehen noch seine Bank- und die Telefondaten aus. Kruskopp, Joken und Dirksen haben wir aufgescheucht. Wir werden sehen, was passiert und wie hoch die Wellen schlagen.«

»Du wirkst sehr nachdenklich«, sagte Leon, als sie am späten Nachmittag auf der Deichkrone spazieren gingen. Jella lief zehn Meter vor ihnen und wartete ab und zu, bis ihre Eltern sie wieder eingeholt hatten.

»Ich habe mir heute Morgen im Spiegel meinen blauen Fleck angesehen.«

»Eigentlich ist er ja eher violett mit grünem Schimmer.«

»Du hast aber sehr genau hingeschaut.« Sie wurde ernst. »Ich war …« Sie schluckte. »Ich glaube, heute früh im Bad ist mir erst klar geworden, wie nahe ich dem Tod war.«

Leon schwieg.

»Hätte mich die Kugel ein wenig weiter unten getroffen, läge ich jetzt in Hamburg im Krankenhaus. Oder auch in … Na ja, du weißt schon.«

Leon nickte.

»Das Hämatom sieht aus, als hätte mich eine Kanonenkugel getroffen. Auch wenn es nicht mein erster Zwischenfall war, so überrascht wurde ich noch nie. Ich habe instinktiv zur Schutzweste auf dem Rücksitz gegriffen. Was ich sagen will – es hätte auch ganz anders kommen können.«

»Ich weiß.« Leon legte seinen Arm um ihre Schulter. »Ist es aber nicht. Du hast sozusagen eine zweite Chance bekommen.«

»Was hat Mama?«, fragte Jella, die von ihren Eltern unbemerkt auf sie zugelaufen war.

Hella ging in die Hocke und umarmte ihre Tochter. »Mama hat eine wunderbare Tochter.« Sie drückte ihr einen Kuss auf die Wange und hob sie hoch. »Die liebste Tochter der Welt!«

»Ich weiß, es ist noch zu früh«, sagte Hella, als sie am nächsten Morgen kurz nach Dienstantritt bei Roland Radmeier anrief.

»Allerdings«, sagte der Kriminaltechniker. »Wir haben zwar gestern angefangen, aber gerichtsfeste Ergebnisse gibt es erst wenige. Aber vorab noch zum Segelboot, das wir gestern durchsucht haben.«

»Das hätte ich beinahe vergessen«, warf Hella ein.

»Wäre nicht so schlimm gewesen. Wir haben nämlich nichts gefunden.«

»Lässt sich feststellen, wann das Boot zum letzten Mal ausgelaufen ist?«

»Nein, elektronische Geräte – bis auf ein Funkgerät – waren nicht an Bord. Die hätten eventuell Fahrten aufgezeichnet. Das Boot sah nicht verwaist aus und scheint regelmäßig benutzt zu werden. Es gab aber keinen Hinweis, dass es an dem Tatabend ausgelaufen ist.«

»Das war zu erwarten. Wie ist dein Plan für heute?«

»Wir arbeiten zu dritt an Meyers elektronischem Datenmaterial. Eine oberflächliche Sichtung habe ich bereits gestern unternommen, aber nur wenig gefunden, was mit dem Fall zu tun haben könnte.«

»Browserverlauf?«

»Richtig getippt. Den habe ich als Erstes kontrolliert. Er ist gelöscht worden. Aber wie du weißt, lässt sich fast alles wiederherstellen. Du bekommst die Liste. Nur kurz vorab: Es gab viele Recherchen zu Togo und dem Anschlag auf Meyers Eltern. Das war zu erwarten, nachdem du ja schon von anderer Seite die Bestätigung hattest.«

»Roland, jetzt mach es nicht so spannend.«

»Reederei Wagner.«

»Meyer hat nach ihr gesucht?«

»Zumindest war er auf ihrer Website.«

»Das ist eine gute Nachricht. Aber wir brauchen mehr.«

»Schon klar«, sagte der Kriminaltechniker. »Nach Wagner zu suchen, ist nicht verboten. Eventuell ist Meyer ja auch bei seiner Togo-Recherche auf den Drogenfund aufmerksam geworden und hat anschließend nach der Reederei gesucht.«

»Lässt sich bestimmen, wann Meyer nach der Reederei gesucht hat?«

»Vor etwa fünf Wochen. Die Recherchen zu Togo und seinen Eltern sind erheblich früher gemacht worden. Genaues bekommst du in der Aufstellung. Und jetzt wirst du dich bis heute Nachmittag gedulden müssen. Dann gibt's den nächsten Zwischenbericht. Zumindest, wenn ich etwas Relevantes habe.«

Hella ging die Liste der Geschäftsreisen und -termine von Alexander Wagner durch, die sein Anwalt geschickt hatte. Zum Zeitpunkt von Rüdiger Scharffs Tod war Wagner in München gewesen. Das Flugticket und die Hotelbuchung hatte der Anwalt beigefügt. Die Daten der letzten fünf Jahre belegten, dass Alexander Wagner sich zwar drei Mal in afrikanischen Staaten aufgehalten hatte, Togo aber nicht dabei war. Hella beschloss, die Überprüfung des Münchener Alibis zurückzustellen. Sie war nie davon ausgegangen, dass Wagner persönlich Kontakt zu Rüdiger Scharff aufgenommen oder ihn gar selbst getötet hatte. Die Reise nach München konnte eher ein Hinweis darauf sein, dass Wagner sich bewusst ein Alibi verschafft hatte.

Die nächsten zwei Stunden schrieb Hella Protokolle und machte sich Notizen zum Fall, bis die Handydaten von Gerhard Meyer eintrafen. Meyer hatte bis zu zwanzig Telefongespräche am Tag über sein Handy geführt. Für die letzten drei Monate ergab das fast zweitausend Einträge. Hella überflog einige Seiten, gab dann aber die Datei weiter an Roland Radmeier. Die Kriminaltechnik würde die Nummern digitalisieren, die Verbindungen zu gleichen Nummern herausfiltern und einen Abgleich per Software machen. Nur die Nummern, die nicht öffentlich zugänglich waren, mussten nachrecherchiert werden.

Roland Radmeier antwortete auf Hellas Mail und kündigte an, dass sich am Nachmittag ein Kollege damit beschäftigen würde. Vor morgen oder übermorgen sollte Hella aber nicht mit Ergebnissen rechnen.

Gegen Mittag trafen die Festnetzverbindungen ein. Hella schickte sie ohne Durchsicht weiter nach Aurich in die Kriminaltechnik.

Lars klopfte an Hellas halb geöffnete Bürotür und trat ein.

»Gibt es was Neues?«, fragte Hella.

Lars nickte. »Ich hatte gerade einen Anruf von einem ehemaligen Doktoranden von Kruskopp, dem ich auf den AB gesprochen habe.«

»Und?«

»Er war nicht so zurückhaltend wie seine Kollegen. Um es kurz zu machen: Kruskopps Lebensgefährtin ist bei einem Verkehrsunfall ums Leben gekommen.«

»Wer hatte Schuld?«

»Eindeutig der Fahrer oder die Fahrerin des Fahrzeugs, das die Fußgängerin überfahren hat. Allerdings konnte die Person nie ermittelt werden. Fahrerflucht. Das Tragische an dem Fall ist, dass die Frau erst zwanzig Minuten später gefunden wurde und vermutlich hätte gerettet werden können, wenn der Fahrer gleich Hilfe gerufen hätte.«

»Verständlich, dass Kruskopp dadurch aus der Bahn geworfen wurde.«

»Sehe ich auch so. Es handelt sich also tatsächlich um eine private Tragödie. Ich habe den Bericht bereits geschrieben. Du findest ihn in der Datenbank. Alina und ich werden den Rest des Tages die vierzehn Segler abfahren, die an den betreffenden Tagen im Bensersieler Sporthafen waren.«

»Dann setzen wir uns morgen früh zusammen. Neun Uhr?«

»Ist in Ordnung.« Lars wandte sich ab, drehte sich aber gleich wieder um. »Wann war jetzt die Testamentseröffnung?«

»Nächste Woche Montag auf Spiekeroog im Haus von Rüdiger Scharff.«

Er grinste breit. »Wie bei Agatha Christie – alle Verdächtigen in einem Raum.«

Hella musste unwillkürlich schmunzeln. »Leider wird es mir wohl nicht gelingen, da den Täter zu entlarven.«

»Wer weiß.« Lars nickte ihr zu und verließ das Büro.

Nach einer kurzen Kaffeepause in der Teeküche rief sich Hella den Bericht zum Unfalltod von Hindrik Kruskopps Lebensgefährtin auf. Lars hatte mit dem seinerzeit zuständigen Polizeikommissar telefoniert, der ihm die Einzelheiten des Falls aus der Erinnerung berichtet hatte.

Sibylle von Otten, eine fünfzigjährige Ärztin an der Charité, war an einem Freitagabend auf dem Weg zur Bushaltestelle auf dem Bürgersteig von einem Fahrzeug erfasst worden. Ein Zeuge, der sich erst Tage später meldete, hatte aus einiger Entfernung eine weiße Limousine beobachtet, die bei regennasser Straße ins Schleudern gekommen war. Den eigentlichen Unfall konnte er nicht sehen, da er sich in der nächsten Kurve ereignet hatte. Aufgrund seines defekten Hörgeräts hatte der Zeuge den Aufprall und die Bremsgeräusche nicht hören können und war weitergegangen. Die Ermittlungen wurden nach zwei Monaten eingestellt.

In ihrem E-Mail-Postfach fand Hella eine Nachricht von Gerhard Meyers Bank. Sie öffnete die Datei und ging die Kontoauszüge durch. Meyer hatte in den letzten Jahren mit sinkenden Einnahmen zu kämpfen gehabt. Zehnmal hatte Rüdiger Scharff Geldbeträge zwischen fünf- und zehntausend Euro auf sein Firmenkonto überwiesen. In den vergangenen zwei Monaten gab es keine Zahlungen, obwohl das Firmenkonto im Minus stand.

Am frühen Nachmittag beschloss Hella, Überstunden abzubummeln. Roland Radmeier und seine Leute würden noch mindestens einen Tag für die Auswertung der Daten brauchen, für die Telefonverbindungen eventuell noch länger. Lars und Alina hatten den ganzen Tag mit den Seglerrecherchen zu tun und würden auch nicht mehr ins Büro kommen.

Jella begrüßte sie im Kindergarten mit einem Freudenschrei und hatte keine Einwände, früher mitzukommen. Zu Hause beschlossen sie, ihre Nachbarin Gesa zu besuchen. Die alte Dame setzte Tee auf und bereitete für Jella einen Kakao zu. Sie saßen eine Weile zu dritt am Küchentisch, bevor Jella in den Garten verschwand, um dort im Sandkasten zu spielen. Leon hatte ihn auf Wunsch von Gesa bereits vor zwei Jahren gebaut und mit Sand gefüllt.

»Entschuldige, dass ich mich in der letzten Zeit so rargemacht habe. Die Arbeit hat mir einiges abverlangt.«

»Du arbeitest zu viel«, sagte Gesa. »Aber das habe ich dir schon sehr oft gesagt.«

»Das ist der Job. Ich kann manchmal nicht einfach Schluss machen. Dann fallen Überstunden an, oder ich muss, wie vor einigen Tagen, auch anderswo übernachten.«

»Wo warst du denn?«

»In Hamburg.«

Gesa zeigte auf ihren Brustkorb. »Da hast du etwas abbekommen?«

»Woher weißt du das?«, fragte Hella erstaunt.

»Ich habe es an deinen Bewegungen gesehen.«

»Du hast recht. Ich bin angeschossen worden.« Sie erzählte Gesa von dem nächtlichen Vorfall.

»Das ist ja schrecklich«, sagte die alte Dame. »Du hättest sterben können?«

»Es ist ja nichts außer ein paar blauen Flecken und einer Rippenprellung.«

Gesa schenkte ihr und sich Tee nach und reichte ihr den Teller mit selbst gebackenen Keksen. »Weißt du noch, wie wir damals auf dem Deich spazieren gegangen sind? Und uns hin und wieder einen Whisky gegönnt haben?«

Nach Hellas Einzug in der einsamen Bauernkate hinter dem Deich hatte sie ihre einzige Nachbarin oft besucht und sich schnell mit ihr angefreundet.

»Damals war ich noch alleine«, sagte Hella. »Trotzdem sollte ich häufiger mal hier vorbeischauen.«

»Leon hat mir vor einiger Zeit erzählt, dass ihr drei darüber nachdenkt, für ein Jahr zu verreisen. Er hat aber dann nie wieder davon gesprochen.«

»Wir haben uns noch nicht entschieden«, wich Hella aus.

»Du willst aber nicht bleiben, weil ich hin und wieder eure Hilfe brauche?«

Hella erschrak. Gesa hatte sie bisher nie auf das Thema angesprochen. Sie zögerte die Antwort hinaus, entschloss sich dann aber, ehrlich zu sein. »Es war auch ein Punkt, der uns bisher hat hierbleiben lassen. Aber einer von vielen.«

»Das habe ich mir schon gedacht. Aber ihr braucht euch

wirklich keine Gedanken um mich zu machen. Ich habe mich schon vor zwei Jahren auf einen Platz in der Bensersieler Seniorenresidenz beworben. Vor einer Woche habe ich eine Zusage bekommen. Ich ziehe in zwei Monaten um.«

Hella schluckte schwer. Sie war davon ausgegangen, dass Gesa um jeden Preis in ihrem Haus bleiben wollen würde. Was hatte sie dazu bewogen, ihre Meinung zu ändern? Und war eine Wohnung in der Seniorenresidenz nicht ausgesprochen teuer?

Gesa schien ihre Gedanken zu erahnen. »Ich habe etwas geerbt. Ein Haus in Esens, das ein Makler für mich verkauft hat. Wenn ich mein Haus noch verkaufe, ist das zusammen mit meiner Rente kein Problem. Ich habe mich auch nicht dazu entschlossen, weil ihr ein Jahr Pause machen wollt. Zu dem Zeitpunkt wusste ich noch gar nichts von eurem Plan. Du musst dir also darüber keine Gedanken machen.«

»Aber warum …?« Hella verschlug es die Sprache.

»Ich werde älter und gebrechlicher. Das haben doch die letzten zwei Jahre gezeigt. Es wird nicht besser werden. In Bensersiel bin ich nicht so weit weg von euch, und die Nordsee liegt auch direkt vor der Tür. Was will ich mehr? Ich kann dort Essen bestellen, bekomme sofort Hilfe, wenn ich sie brauche, und der Arzt schaut jede Woche vorbei. Und meine alte Freundin Trude lebt auch seit ein paar Monaten dort.«

»Das ist ja wirklich eine Überraschung, Gesa.« Sie beugte sich vor und umarmte die alte Dame. »Du bist dir ganz sicher?«

»Ja, die Verträge sind unterschrieben. Es ist alles organisiert.«

»Auf den Schock brauche ich jetzt unbedingt einen kleinen Whisky. Hast du noch etwas im Haus, oder soll ich schnell rüberlaufen?«

Gesa stand auf, holte eine noch nicht geöffnete Flasche aus dem Küchenschrank und schenkte für beide ein.

27

Lars ließ sich auf den Beifahrersitz fallen. »Das war die wievielte Niete?«

»Nummer neun. Fünf haben wir noch auf dem Zettel. Der Nächste wäre … Hans Matthiesen aus Westerholt.«

»Liegt das auf der Strecke?«

»Deshalb ist er doch der Nächste.«

Lars schloss die Augen. »Weck mich, wenn wir da sind.«

»Das ist in spätestens zehn Minuten.«

»Egal«, murmelte Lars und kippte seine Lehne weiter nach hinten.

Alina hielt vor dem eineinhalbstöckigen roten Backsteinhaus.

»Wir sind da«, sagte sie, ohne dass Lars sich rührte. War er wirklich eingeschlafen? Sie stieß ihn vorsichtig an. »Aufwachen, du Schlafmütze.«

Lars schreckte auf und sah sich verwirrt um. »Wo sind wir? Was ist passiert?«

»Westerholt, nichts ist passiert. Wir befragen jetzt Nummer zehn.«

Lars schüttelte sich leicht. »Verdammt, bin ich müde.« Er rieb sich die Augen und löste den Sicherheitsgurt. »Ich hasse diese sinnlosen Befragungen.«

Alina stieg aus, ohne Lars zu antworten, und ging auf die Haustür zu. Dort erwartete sie ein Mann Anfang fünfzig mit einem freundlichen Gesicht.

»Sind Sie von der Polizei?«

Alina zeigte ihren Ausweis, stellte sich und Lars vor und folgte Hans Matthiesen ins Wohnzimmer.

»Ich habe am Telefon nicht ganz verstanden, worum es Ihnen genau geht«, sagte Matthiesen, als sie an einem Tisch Platz genommen hatten.

Alina legte die beiden Fotos vor und nannte die drei Tage. »Wir müssen wissen, ob Sie in dem Zeitraum diesen Mann«, sie tippte auf Gerhard Meyers Foto, »gesehen haben. Er könnte mit diesem Segelboot unterwegs gewesen sein.«

»Das ist Gerhard Meyer. Ich kenne ihn. Und sein Boot auch.«

»Lag das Boot an den besagten Tagen im Bensersieler Sporthafen?«

»Ich müsste lügen – ehrlich gesagt weiß ich das nicht mit Bestimmtheit. Man trifft immer so viele Segelfreunde, dass man die Tage schnell durcheinanderbekommen kann.«

»Woher kennen Sie Herrn Meyer?«, stellte Lars seine erste Frage.

»Meine Frau und ich sind hin und wieder auf Spiekeroog. An einem dieser Wochenenden haben wir mit Freunden zusammengesessen. Irgendwer hatte Meyer mitgebracht.« Matthiesen hielt inne und schaute zwischen Alina und Lars hin und her. »Hat er was angestellt? Geht es um diesen Mord an dem älteren Mann?«

»Details unserer Ermittlungen dürfen wir nicht weitergeben«, sagte Alina. »Nur so viel: Es geht um die Überprüfung eines Alibis. Haben Sie Herrn Meyer oder sein Boot an den fraglichen Tagen im Sporthafen gesehen?«

»Wie gesagt: Ich kann das weder verneinen noch bejahen.«

»Wie ist es mit Ihrer Frau? War sie an den Tagen mit Ihnen zusammen auf dem Boot?«

»Leider nein. Meinem Schwiegervater ging es nicht so gut. Sie musste nach Jever und ist da auch ein paar Tage geblieben.« Matthiesen fuhr sich mit der Hand mehrfach über die Stirn. »Ich rede sonst eigentlich nicht schlecht von anderen Menschen, aber dieser Meyer ist mir an dem Abend ziemlich unangenehm aufgefallen. Ein Angeber, wie er im Buche steht. Geschäfte, Geld, Reisen. Und was er alles für wichtige Menschen kennt. Ich habe ihm nicht einmal zehn Prozent von dem abgenommen, was er herausposaunt hat. Dann hat er noch mit seinem Frankreichurlaub angegeben und einem waschechten

Fremdenlegionär, der angeblich über dreißig Jahre im Einsatz für Frankreich war. Mehrfach verwundet und mit so vielen Orden, dass der Platz auf seiner Uniform nicht reicht. Der hätte sogar ganz besondere Kenntnisse von der Szene und ehemaligen Fremdenlegionären. Er hat sehr geheimnisvoll getan. Typisch Angeber.«

Alina horchte auf. »Ein Fremdenlegionär? Ein Freund von Herrn Meyer?«

»Klang fast so. Er will ihn im Frankreichurlaub kennengelernt haben, und sie hätten an einigen Abenden zusammen gebechert. Übrigens Originalton Meyer.«

»Wann genau war das?«, wollte Alina wissen.

»Das ist noch gar nicht so lange her. Ende April dieses Jahres. Meyer war, wenn ich mich richtig entsinne, wenige Wochen zuvor aus dem Frankreichurlaub zurückgekommen.«

»Sagte er sonst noch etwas über den Fremdenlegionär?«, fragte Alina weiter.

»Mag sein. Der Typ hört sich gerne reden. Aber mehr habe ich nicht behalten. Es interessierte mich einfach nicht.«

»Und diese Geheimnisse um weitere Fremdenlegionäre hat Herr Meyer nicht weiter ausgeführt?«

»Ich würde auf irgendwas Kriminelles tippen. So klang es zumindest.«

»Meinst du, das mit dem Fremdenlegionär hat irgendetwas mit Scharffs Vergangenheit zu tun?«, fragte Lars, als sie wieder im Auto saßen.

»Das ist schon ein merkwürdiges Zusammentreffen, oder?«

»Du denkst, dieser Fremdenlegionär hat Scharff gekannt und wusste etwas über seine Arbeit nach dem Dienst? Das wäre aber ein aberwitziger Zufall.«

»Meyer kann die letzten Jahre nichts von Scharffs Vergangenheit gewusst haben, sonst wäre er nicht so eng mit ihm befreundet gewesen«, erklärte Alina. »Er muss irgendwie davon erfahren haben und hat dann eins und eins zusammengezählt.«

»Hätten wir dann nicht etwas bei den Durchsuchungen finden müssen?«, warf Lars ein. »Zumindest einen kleinen Hinweis?«

»Die Daten sind ja noch nicht ausgewertet. Da heißt es abwarten, bis Roland Radmeier uns informiert.«

»Warten, warten, warten«, murmelte Lars. »Schaffen wir noch die letzten Kandidaten? Ich habe keine Lust, morgen noch einmal loszufahren.«

Keiner der vier verbliebenen Bootsbesitzer war zu Hause gewesen. Gegen zweiundzwanzig Uhr parkte Alina ihr Auto auf dem zur Wohnung gehörenden Parkplatz.

»Ich fürchte, wir haben wieder nichts zu essen im Haus«, sagte sie mit Blick auf die Uhr. »Pommes und Currywurst um die Ecke? Der Stand hat noch eine Stunde auf.«

Lars nickte. »Irgendwas muss ich essen, sonst kann ich nicht schlafen.«

Zwanzig Minuten später pickte Lars mit der Gabel den Rest der Currywurst auf, tauchte sie in die Soße und aß sie mit Genuss. »Richtig ungesund, oder?«

»Vermutlich ja«, sagte Alina, die sich nur Pommes frites bestellt hatte. »Fett, Kohlenhydrate und was weiß ich noch.«

Lars schaute sich um. »Fast wie im Köln-Tatort. Da stehen Ballauf und Schenk am Ende auch immer an der Frittenbude. Nur der Blick über den Rhein ist etwas netter.«

»Die brauchen wenigstens keine Protokolle und Berichte zu schreiben.«

Lars trank einen kräftigen Schluck aus seiner Bierflasche. »Stimmt. Und nach neunzig Minuten ist der Fall geklärt. Da können wir nicht mithalten.«

»Jetzt lass mal die Träumerei und sag mir lieber, wie wir mehr über diesen mysteriösen Fremdenlegionär erfahren?«

Lars grinste breit. »Wir suchen ihn in Frankreich. Kann doch nicht so schwer sein. Wie viele Franzosen gibt es?«

»Etwas ernsthafter, Herr Mattes. Befragen wir die weiteren

Gäste dieser Seglerrunden-Feier, wird Meyer schnell Wind davon bekommen.«

»Reicht uns nicht die eine Aussage? Die anderen werden nicht mehr wissen. Das ist ein kleines Puzzleteil von vielen. Es wird doch immer deutlicher, dass Meyer hinter das Geheimnis seines Freundes gekommen ist.«

Alina nickte. »Ja, warten wir ab, was die Auswertung der Datenträger zutage fördert.« Sie schob den fast leeren Teller zur Seite. »Ich bin hundemüde. Wann sollte es morgen weitergehen?«

»Neun Uhr.« Lars trank den letzten Schluck und stellte die Flasche auf das Tablett. »Ich bringe noch eben das Geschirr rein, dann können wir los.«

28

Leon richtete sich im Bett auf. »Kannst du nicht schlafen?«

»Nicht so richtig.«

»Der Fall?«

»Ausnahmsweise nicht.«

»Was denn?«

»Wusstest du, dass Gesa sich schon vor zwei Jahren um einen Platz in der Seniorenresidenz in Bensersiel beworben hat?«

»Wie bitte? Hat sie dir das so gesagt?«

»Ja. Der Umzugstermin steht fest. In zwei Monaten zieht sie um.«

»Ist das nicht verdammt teuer da?«

»Sie hat geerbt«, sagte Hella nachdenklich. »Das wusste ich auch nicht.«

»Stimmt, Gesa hat das mal beiläufig erwähnt. Ich dachte, es wäre nur eine kleine Summe. Ein paar Tausend Euro oder so.«

»Nein, ein Haus in Esens. Es ist inzwischen verkauft. Verrückt, was ich alles nicht mitbekommen habe.«

»Und das lässt dich jetzt nicht schlafen?«

Hella schüttelte den Kopf. »Auch, aber vor allem habe ich über unseren Plan nachgedacht.« Sie machte eine Pause und schloss die Augen. »Und mich jetzt entschieden.«

Leon schwieg.

»Ich werde morgen den Antrag ausfüllen und zu Kriminaldirektor Onken schicken. Wenn alles klappt, geht es spätestens im nächsten Frühjahr los.«

»Wow! Damit habe ich jetzt gar nicht gerechnet.« Er atmete tief durch. »Der Wahnsinn! Und du bist sicher?«

»Absolut. Es ist entschieden.« Hella hielt kurz inne. »Ich habe zwar noch ein bisschen Angst vor der Zeit, aber das wird sich auch noch legen.«

Leon schlug seine Bettdecke zurück, kroch auf Hellas Seite, nahm sie in den Arm und hielt sie fest.

Auf der Fahrt nach Wittmund rief Roland Radmeier an. Hella nahm das Gespräch über die Freisprechanlage an. »Ich bin gerade auf dem Weg zur Arbeit. Jella ist auch mit im Wagen.«

»Hallo, Jella!«

Das kleine Mädchen winkte fröhlich Richtung Telefon. »Hallo!«

»Es geht auch ganz schnell«, sagte Radmeier. »Ich wollte gleich nach Wittmund kommen. Passt es?«

»Wir treffen uns sowieso um neun Uhr zur Besprechung.«

»Super! Das sollte ich schaffen.«

»Gibt es Neuigkeiten?«

»So kann man es wohl nennen. Bis später.«

Hella stöhnte leise. Typisch Roland. Er musste ihre Geduld wieder einmal überstrapazieren. Einen kleinen Tipp hätte er ihr zumindest geben können. Jetzt hieß es warten.

Roland Radmeier stand vorne im Besprechungsraum des Kommissariats, der Beamer warf ein helles Licht auf die Leinwand hinter dem Kriminaltechniker.

»Es war ein hartes Stück Arbeit, da alle relevanten Daten, die wir gefunden haben, erst mühsam wiederhergestellt werden mussten. Wie ihr aber wisst, muss man die Festplatte schon physisch zerstören, um wirklich alle Daten zu vernichten. Das war hier glücklicherweise nicht der Fall.«

Radmeier zeigte die erste Abbildung. Eine Liste von Telefonnummern, von der eine gelb markiert war. »Das ist die Zentralnummer der Reederei Wagner.« Ein Raunen ging durch die kleine Gruppe. »Das Gespräch war nur kurz, ich vermute, Meyer ist nicht sehr weit gekommen. Entweder war Alexander Wagner nicht im Haus, oder es wird grundsätzlich nicht durchgestellt, wenn ein Anrufer keinen Gesprächstermin vereinbart hat.«

»Immerhin hat er den Kontakt gesucht«, warf Lars ein.

»Etwas Geduld, junger Mann.« Radmeier wechselte zur nächsten Abbildung. »Diese Handynummer konnten wir der Reederei zuordnen. Meyer ist angerufen worden, und das Gespräch hat etwa eine Viertelstunde gedauert.«

»Lässt sich das weiter eingrenzen?«, fragte Hella.

»Nein, Firmenhandys sind selten auf den einzelnen Nutzer registriert. Das ist auch bei diesem Handy nicht der Fall.«

»Schade. Es könnte also irgendein Mitarbeiter gewesen sein?«, fragte Alina.

»Definitiv. Aber ich bin noch nicht fertig.« Radmeier schaltete weiter. Sie sahen nun ein Foto von Alexander Wagner. Unter dem Bild standen Name und Privatadresse.

»Wo kommt das her?«, fragte Lars.

»Das und alles, was ihr gleich sehen werdet, ist mit Meyers Handy fotografiert worden und hat sich in den wiederhergestellten Daten seines Laptops befunden. Fotografiert wurde es etwa drei Wochen vor Rüdiger Scharffs Tod.«

Radmeier präsentierte als Nächstes einen längeren Text mit vielen Absätzen. »Wie ihr seht, handelt es sich hier um eine Beschreibung von Alexander Wagners üblichen Tagesroutinen. Er kommt regelmäßig gegen neun Uhr vormittags in die Firma, isst zu Mittag in einem nahe gelegenen Edelrestaurant, manchmal alleine, häufig aber auch mit weiteren Personen. Wagner geht den Weg vom Restaurant zurück zur Reederei-Zentrale zu Fuß, selten wird er abgeholt. Er arbeitet bis in den Nachmittag hinein, die Uhrzeiten variieren so sehr, dass kein Muster zu erkennen ist. Am Abend hält er sich häufig in einem Club in der City auf, er wird gefahren und steigt in aller Regel kurz vor dem Club aus, um den Rest des Weges zu Fuß zurückzulegen.« In schneller Folge klickte er sich durch die nächsten vier Seiten. »Wir sind uns sicher, dass die Aufnahmen in Scharffs Wohnung gemacht wurden. Die Dokumente lagen auf einem Holztisch mit sehr auffälliger Maserung. Ich habe Kollege Eilers zur Sicherheit noch einmal gebeten, den Tisch zu fotografieren. Es gibt keinen

Zweifel.« Er hielt kurz inne. »Ich denke, uns ist allen klar, was diese Unterlagen bedeuten.«

»Scharff sollte Alexander Wagner töten«, sagte Hella.

»Jetzt wird auch klar, warum Scharff in den Wochen vor seinem Tod so durcheinander war«, sagte Alina. »Er haderte mit dem Auftrag und wollte ihn vermutlich nicht ausführen.«

»Deshalb die Anrufe von den nicht registrierten Handys?«, fragte Lars in die Runde.

Hella nickte. »Das könnte tatsächlich der Grund sein. Und Meyer wusste von dem Auftrag. Auch er konnte sich schnell zusammenreimen, worum es ging. Dass der Vater von Alexander Wagner einem Anschlag zum Opfer gefallen ist, ist öffentlich bekannt. Meyer hat eins und eins zusammengezählt und war sich nun sicher, dass sein väterlicher Freund als Auftragskiller gearbeitet hat und einen erneuten Auftrag bekommen hatte.«

»Und warum hat er Kontakt mit dem Opfer aufgenommen?«, fragte Lars.

»Ganz einfach«, sagte Alina. »Er selbst wollte oder konnte Scharff nicht töten und erhoffte sich, dass Wagner das für ihn erledigen würde.«

»Was er ja vielleicht auch getan hat«, ergänzte Roland Radmeier.

»Gibt es weitere Funde in Meyers Daten?«, fragte Hella.

»Nicht so spektakuläre wie diesen mutmaßlichen Mordauftrag«, antwortete der Kriminaltechniker. »Allerdings hat Meyer im Netz nach Auftragsmorden in den letzten Jahrzehnten gesucht. Das ist, wie ihr wisst, nicht so einfach. Weit wird er damit nicht gekommen sein. Es gibt auch weitere Puzzleteile, die darauf hinweisen, dass er von Rüdiger Scharffs Vergangenheit wusste oder zumindest ahnte, dass der aktuelle Auftrag nicht der erste war. Er hat ausführlich über die Fremdenlegion recherchiert, hat nach Rüdiger Scharff gesucht und sich über Geldwäsche informiert.«

»Das passt alles ins Bild«, kommentierte Hella die Aufzählung. »Wie ist es mit der Recherche nach K.-o.-Tropfen?«

»Nein, nichts. Bestellt hat er sie nicht übers Netz. Einen Zugang zum Darknet haben wir auch nicht gefunden. Er hat sich auch nicht darüber informiert, ob bei einer Obduktion ein Erstickungstod festgestellt werden kann oder Ähnliches.«

»Das wäre auch zu schön gewesen«, brummte Lars.

»Etwas Arbeit muss ja noch für euch übrig bleiben«, sagte Radmeier mit einem verschmitzten Lächeln.

»Sind die DNA-Abstriche der anderen Personen schon ausgewertet? Konnte die DNA auf dem Kissen schon identifiziert werden?«

Radmeier schüttelte mit dem Kopf. »Leider habe ich da keinen Einfluss drauf. Auf dem Weg hierher habe ich telefonisch noch einmal nachgefragt. Vor Anfang nächster Woche wird das nichts. Personalnot, ein Gerät ist ausgefallen, das Übliche halt. Tut mir leid, mir ist schon klar, wie wichtig das jetzt wäre.«

»Fingerabdrücke?«

»Von allen vier Personen – Meyer, Joken, Dirksen und Kruskopp – sind Fingerabdrücke in Scharffs Haus gefunden worden. Jetzt kommt gleich die Frage, wie alt sie sind. Ihr wisst, dass man das nicht gerichtsfest nachweisen kann.«

»Deine Einschätzung?«, fragte Hella.

»Von den beiden Damen haben wir nur ganz vereinzelte entdeckt, an Stellen, die man nicht jede Woche putzt. Die beiden Männer waren allerdings sicher in den zwei Wochen vor dem Tod im Haus. Ihre Fingerabdrücke sind wesentlich zahlreicher.«

»Du hast noch etwas für uns?«, fragte Hella, die ahnte, dass Roland Radmeier noch ein letztes Highlight zurückhielt.

»Nun gut, wenn du so fragst«, sagte er. »Die Fingerabdrücke von Gerhard Meyer waren unter anderem an Orten, die ein Gast normalerweise nicht berührt. Ihr könnt davon ausgehen, dass Meyer das Haus durchsucht hat. Er scheint sich zu dem Zeitpunkt ziemlich sicher gefühlt zu haben, da er keine Handschuhe benutzt hat. Sprich: Sollte er Scharff getötet haben, ist dieser Plan wohl erst später geschmiedet worden.«

»Reicht das für einen Haftbefehl?« Lars sah erwartungsvoll in die Runde, nachdem Roland Radmeier zurück nach Aurich aufgebrochen war.

»Wir haben ein Motiv, können aber nicht nachweisen, dass Gerhard Meyer zur Tatzeit auf Spiekeroog war«, sagte Hella. »Das würde Meyers Anwalt wohl kaum übersehen. Zwar haben wir eine theoretische Variante – Meyer ist mit seinem Boot gefahren –, aber der Beweis fehlt.«

»Was ist mit diesem Ludwig Schäfer aus Münster?«, fragte Lars. »Jemand war unter falschem Namen an den fraglichen Tagen in Bensersiel mit seinem Boot gelegen.«

»Ein Indiz, mehr aber auch nicht«, sagte Alina.

»Wir müssen bei weiteren Sporthäfen anfragen«, sagte Hella. »Harlesiel, Dornumersiel, Neßmersiel und Norddeich.«

»Das ist nicht zu schaffen«, sagte Alina. »Dafür brauchen wir Tage, wenn nicht Wochen. Wir haben immer noch vier Segler aus Bensersiel, die wir nicht angetroffen haben. Wie wahrscheinlich ist es, dass Meyer so entfernt liegende Sporthäfen angelaufen hat? Ist es nicht besser, wenn wir uns auf Ludwig Schäfer konzentrieren? Hättest du an Meyers Stelle deinen richtigen Namen angegeben, wenn du dir ein Alibi für einen Mord hättest verschaffen wollen?«

»Nein, hätte ich nicht«, sagte Hella. »Aber wir haben häufig genug erlebt, dass Täter unlogisch und wenig planmäßig vorgehen. Wir müssen zumindest bei den vier Sporthäfen anfragen, ob Gerhard Meyer dort an den fraglichen Tagen mit seinem Boot gelegen hat. Und uns gleichzeitig die Namen der Gäste geben lassen, die während dieser Zeit im Hafen waren. Ich besorge sofort einen Beschluss. Ihr versucht erst mal, die noch ausstehenden vier Segler zu erreichen, und fahrt sie ab. Bis dahin sollte der Beschluss da sein. Ich spreche gleich mit der Staatsanwältin.« Sie hielt kurz inne. »Ich fasse noch mal den momentanen Stand zusammen: Rüdiger Scharff war bis vor seinem Umzug nach Spiekeroog als Auftragsmörder in ganz Europa unterwegs. Wir gehen davon aus, dass er vor acht Jahren seinen Ruhestand für den Mord an Johannes Wagner unterbrochen hat. Mutmaßlich wurde er dazu gezwungen oder erpresst. Wir kennen Scharffs Vermögen, es wird sich eher nicht um einen Einsatz wegen Geldmangel gehandelt haben. Im Frankreichurlaub trifft Gerhard Meyer im Frühjahr auf einen ehemaligen Fremdenlegionär, mit dem er sich anfreundet. Der Legionär berichtet ihm von einem Kameraden, der nach seiner Laufbahn beim Militär in Togo als Auftragskiller arbeitete. Irgendetwas muss dazu geführt haben, dass es bei Meyer klick gemacht hat. Was war das? Vielleicht ein Gruppenfoto, das der Ex-Legionär ihm gezeigt hat? Oder er hat ihn genau beschrieben? Meyer wurde jedenfalls bewusst, von wem der Ex-Soldat gesprochen hatte. Schon in den Monaten vorher hatte er zu seinen Eltern recherchiert, bei der Botschaft und bei Behörden angefragt. Als ihm klar wurde, wer sein Freund war, wird er darüber nachgedacht haben, warum Scharff auf Spiekeroog gelandet ist. War er selbst der Auslöser dafür? Meyer wird sich gefragt haben, warum jemand wie Scharff ihn so unterstützt und über viele Jahre begleitet hat. Von dem Gedanken aus ist es nicht mehr weit, um den Zusammenhang mit dem Anschlag auf seine Eltern herzustellen. War Scharff dafür verantwortlich und wollte etwas wiedergutmachen mit seiner väterlichen Freundschaft? Wie hat Meyer auf diese Erkenntnis reagiert? Nehmen wir mal an, er ist bei Scharff eingebrochen. Vielleicht hatte Scharff auch einen Schlüssel bei ihm deponiert, falls er seinen einmal verlieren sollte. Meyer wird den Mordauftrag gefunden haben und spätestens ab diesem Zeitpunkt die absolute Gewissheit über Scharffs Vergangenheit gehabt haben. Hat Meyer zunächst darauf spekuliert, dass Alexander Wagner ihm die Arbeit abnimmt? Das könnte sein. Als nichts passierte, hat er die Sache selbst in die Hand genommen.«

»Oder Wagner hat doch jemanden geschickt«, warf Lars ein. »Das würde zumindest erklären, warum er sich so offen bewegt hat und ohne Personenschützer unterwegs war.«

»Wäre möglich«, stimmte ihm Hella zu. »Unter Umständen wusste Meyer sogar davon und hat sich ein Alibi verschafft.«

»Aber warum so ein lückenhaftes?«, sagte Alina. »Es wäre ein Leichtes gewesen, sich in Oldenburg so zu zeigen, dass er nicht für die Tat infrage kommen kann.«

»Das habe ich mich auch schon gefragt und bin zu keiner Antwort gekommen.«

»Festland hat ihm gereicht«, sagte Lars. »Er wird gar nicht über sein Boot nachgedacht haben.«

»Oder es war ein Zufall, dass beide Ereignisse – der Mord an Scharff und der Festlandaufenthalt von Meyer – zusammengefallen sind«, schlug Alina vor.

Hella nickte. »Auch das könnte zutreffen. Auf jeden Fall steckt Meyer ganz tief mit drin. Auf die eine oder andere Weise. Er scheint der Dreh- und Angelpunkt des Falls zu sein. Ob als Täter, Anstifter oder nur Informant, müssen wir klären.«

Alina stand auf, Lars folgte ihr. »Dann fahren wir jetzt, um die letzten vier Segler zu befragen. Anschließend beschäftigen wir uns mit den weiteren Sporthäfen.«

Hella holte sich einen Kaffee und ging zurück in ihr Büro. In den letzten eineinhalb Stunden hatte sie nicht mehr an ihren Entschluss gedacht, sich für ein Jahr beurlauben zu lassen. Sie ging zum Fenster, öffnete es und sog tief die noch frische Morgenluft ein. »Ein Abenteuer« hatte Leon ihr Jahr genannt. Eine andere Welt, ein anderes Leben, intensive zwölf Monate zusammen mit ihren beiden Liebsten. Das alles klang nach einem Traum, aber warum hatte sie trotzdem ein flaues Gefühl im Magen? Leon meinte, dass es ihm früher genauso ergangen wäre. Nach wenigen Tagen im neuen Leben seien die trüben Gedanken von alleine verschwunden.

Hella schloss das Fenster und setzte sich an ihren Schreibtisch.

29

»Respekt, was Sie und Ihr kleines Team bisher zusammengetragen haben«, sagte die Staatsanwältin Christina von Kampen am Telefon. »Es scheint ja tatsächlich alles auf diesen Herrn Meyer hinauszulaufen.«

»Leider konnten wir bisher noch nicht sein Alibi entkräften«, erinnerte Hella sie.

»Es gibt aber auch keine Zeugen, die bestätigen, dass sich Herr Meyer an dem Abend in Oldenburg aufgehalten hat. Oder habe ich das falsch verstanden?«

»Das ist richtig. Das Alibi ist nicht wasserdicht. Bisher ist nur erwiesen, dass er am Nachmittag im Hotel eingecheckt hat und ab Mittag des Folgetages in Oldenburg war.«

»Aus meiner Sicht hat der gute Mann kein Alibi. Es ist ausgesprochen merkwürdig, dass er am späten Nachmittag im Hotel war und erst am nächsten Mittag den Geschäftstermin wahrnahm. Hat er nicht einmal gefrühstückt?«

»Zumindest konnten die Kollegen in Oldenburg keine Zeugen finden, die ihn gesehen haben. Abgerechnet wurde es auch nicht.«

»Wenn Sie mich fragen – und deshalb rufen Sie ja an –, sollten wir den Herrn vorladen und vernehmen. Ich kann das veranlassen. Das wäre dann allerdings erst nächste Woche. Sagen wir, am Mittwoch.«

»Genau das ist mein Problem. Gerhard Meyer ist durch die Durchsuchung bereits gewarnt. Wenn er jetzt eine offizielle Vorladung von der Staatsanwaltschaft bekommt und ihm mehrere Tage Zeit bleiben, um eine Strategie vorzubereiten und eventuell auch Zeugen zu beeinflussen, könnte das für uns einen erheblichen Nachteil bedeuten.«

»Was ist Ihr Vorschlag?«

»Ich bitte Herrn Meyer um ein Gespräch morgen in Wittmund und überlasse es ihm, mit seinem Anwalt zu kommen oder alleine.«

»Warum sollte er kommen?«

»Um die Sache endgültig abzuschließen und aus der Welt zu schaffen. Ich werde schon die richtigen Worte finden.«

»Wann ist die Testamentseröffnung?«

»Am Montag auf Spiekeroog.«

»Auch deshalb sollten wir unbedingt vorher Gerhard Meyer vernehmen?«, fragte die Staatsanwältin.

»Ja, aber in erster Linie geht es mir um die Zeit, die Herr Meyer ansonsten bis zu einer offiziellen Vorladung nach Aurich hätte.«

»Versuchen Sie es. Ich denke, es ist gut, wenn ich trotzdem vor Ort bin und an der Vernehmung teilnehme.«

»Selbstverständlich«, sagte Hella, die insgeheim gehofft hatte, dass Christina von Kampen nicht kommen wollen würde.

»Ich werde mich zurückhalten«, sagte die Staatsanwältin. »Informieren Sie mich bitte, ob Herr Meyer dem Termin zustimmt.«

Hella griff nach dem Telefonhörer. Sie hatte nach dem Gespräch mit der Staatsanwältin eine Weile überlegt, wie sie Gerhard Meyer überzeugen konnte, nach Wittmund zu kommen.

»Gerhard Meyer!«

»Guten Tag, Herr Meyer, Hella Brandt von der Kriminalpolizei Wittmund hier. Ich hoffe, Sie haben Laptop, Handy und Tablet unbeschadet zurückbekommen?«

»Ja.«

»Das ist gut. Um gleich zur Sache zu kommen: Ich würde Sie bitten, morgen nach Wittmund zu einer Befragung zu kommen. Wäre Ihnen der Vormittag oder der Nachmittag lieber?«

»Befragung? Worum geht es? Sie waren doch zweimal bei mir.«

»Es gibt noch ein paar Fragen zu besprechen, die ich mit Ihnen weder telefonisch noch schriftlich klären kann. Es wäre dafür notwendig, dass Sie zu uns ins Kommissariat kommen.«

»Und wenn ich Ihrer Bitte nicht Folge leisten möchte?«

»Das steht Ihnen frei. Allerdings hat die Staatsanwältin Frau von Kampen bereits vorgeschlagen, Sie offiziell nach Aurich vorzuladen. Dem müssen Sie dann nachkommen, wenn Sie keinen Haftbefehl riskieren möchten.«

»Drohen Sie mir gerade?«

»Nein, Herr Meyer. Sie haben eine Frage gestellt, ich habe geantwortet. Einer staatsanwaltlichen Vorladung müssen Sie nun mal nachkommen, ansonsten zieht das Konsequenzen nach sich. Das ist keine Drohung, sondern der normale Ablauf.«

»Wann?«

»Sie meinen die Befragung hier in Wittmund?«

»Ja.«

»Was halten Sie von zwölf Uhr? Ich kann Sie gerne von der Fähre abholen lassen.«

»Nein, danke. Ich habe selbst einen Wagen in Neuharlingersiel. Aber das wissen Sie ja wahrscheinlich schon.« Er hielt kurz inne. »Ich werde übrigens meinen Anwalt bitten, mich zu begleiten.«

»Das ist selbstverständlich möglich«, sagte Hella. »Dann also morgen um zwölf Uhr.«

»Wie lange wird es dauern?«

»Das kann ich im Vorhinein nicht sagen. Aber ich denke, Sie können noch problemlos am gleichen Tag zurück auf die Insel fahren.«

»In Ordnung. Ich hoffe, dass wir morgen diese leidige Sache abschließen können.«

»Das wäre auch mein Wunsch, Herr Meyer.«

Hella atmete erleichtert auf. Der erste Schritt zu einer erfolgreichen Vernehmung war gemacht. Meyer würde zwar seinen Anwalt mitbringen, konnte aber nicht bis ins Letzte auf ihre Fragen vorbereitet sein. Wenn sie die Fragen geschickt und in der richtigen Reihenfolge stellen würde, bestand die Hoffnung, dass Meyer unter der Last der Beweise einknicken und reden würde. Sollte der Anwalt intervenieren und Meyer empfehlen, die Aussage zu verweigern, stand immer noch die vorläufige Festnahme im Raum. Hella hatte schon oft erlebt, dass Verdächtige zu reden anfingen, wenn die Sprache auf das Thema kam.

Hella lehnte sich auf ihrem Schreibtischstuhl zurück. Seit dem Morgen hatte sie das Gefühl, etwas Wichtiges übersehen zu haben. Sie beugte sich vor und ging ihre schriftlichen Notizen durch, anschließend überflog sie einige Berichte, fand aber keinen Anhaltspunkt für ihren Verdacht.

Alina und Lars kamen Hella auf dem Flur des Kommissariats entgegen. An ihren Gesichtsausdrücken sah Hella schon von Weitem, dass sie keinen Erfolg gehabt hatten.

»Niemand kennt Meyer, niemand hat ihn an den besagten Tagen gesehen«, fasste Alina kurz zusammen. »Wir rufen jetzt die restlichen Sporthäfen an.«

»Die Beschlüsse sind gerade gekommen«, sagte Hella. »Ich habe sie an euch weitergeschickt. Meyer kommt übrigens morgen um zwölf zur Vernehmung nach Wittmund.«

»Freiwillig?«, fragte Lars.

Hella nickte. »Mehr oder weniger.«

»Dann fühlt er sich entweder sehr sicher oder hat mit dem Mord nichts zu tun«, meinte Alina.

»Die Staatsanwältin will unbedingt bei der Vernehmung dabei sein. Heißt, ihr könnt das Ganze nur auf dem Bildschirm verfolgen.«

»Will sie für die Presse vorbereitet sein?«, murmelte Lars und imitierte eine Radiostimme. »Die Verhaftung des Täters ist in kürzester Zeit erfolgt. Staatsanwältin von Kampen hat auf einer Pressekon…«

Alina knuffte ihm in die Seite. »Jetzt hör schon auf. Das ist ihr Job.«

»Der Kriminaldirektor taucht dann sicher auch bald auf«, sagte Hella.

Lars rollte mit den Augen. »Kein zusätzliches Personal, aber Erfolgsmeldungen verbreiten wollen.«

Alina nickte Hella zu und zog Lars mit in Richtung ihrer Büros.

»Onken hat den Antrag auf dem Tisch«, erzählte Hella am Abend Leon. »Ich habe kurz mit ihm gesprochen. Begeistert war er nicht.«

»Kann er es verhindern?«

»Vielleicht verzögern, mehr aber auch nicht. Oder er droht mir, dass meine Stelle in der Zwischenzeit besetzt wird und ich in Aurich arbeiten muss.«

»Hast du schon einmal darüber nachgedacht, als Referentin in der Polizeiakademie zu arbeiten? Hast du nicht während deiner LKA-Zeit in Hannover auch einige Kurse gegeben?«

»Das wäre in Oldenburg. Das ist viel Fahrerei«, gab Hella zu bedenken. Sie hatte über eine Bewerbung schon mehrfach nachgedacht, scheute sich aber vor den mindestens zwei Stunden Fahrt pro Arbeitstag. Auf Dauer nur in der Ausbildung zu arbeiten, konnte sie sich auch nicht vorstellen.

»Ich bin auch fast fünfzig Minuten unterwegs«, sagte Leon. »Wir könnten auch nach Oldenburg umziehen.«

»Machen wir doch lieber einen Schritt nach dem nächsten. Hast du schon mit den Planungen angefangen?«

Leon nickte. »Ich habe bereits ein paar Mails verschickt und telefoniere um Mitternacht mit einem Freund in Australien.«

»Ich weiß aber noch nicht, wann ich das Jahr genehmigt bekomme.«

»Das ist mir doch klar. Ich habe auch noch nicht die Koffer gepackt. Und bei mir im Betrieb weiß natürlich auch noch niemand Bescheid.«

»Werden die dir eigentlich deine Stelle freihalten?«, fragte Hella. »Darüber habe ich noch gar nicht nachgedacht.«

»Ich habe schon vor Monaten mit Hinnerk über eine Auszeit gesprochen. Er findet es gut, wenn ich eine Zeit lang zum Surfen zurückkomme. Sozusagen an der Basis schnuppern. Und wenn der Job weg ist, finde ich einen anderen.«

Hella seufzte. »Ich muss mich wohl daran gewöhnen, dass das Sicherheitsnetz nicht mehr so engmaschig ist.«

30

Hella schaute ihrer Tochter hinterher, wie sie in den Gruppenraum lief, die Erzieherin begrüßte und gleich darauf zu einer ihrer Freundinnen weiterging. Wie würde Jella auf den Umzug, auf das neue Leben reagieren? Leon war sich sicher, dass sie keine Probleme mit der Veränderung haben würde. Vielleicht hatte er recht und Jella hatte die Reise- und Abenteuerlust von ihm geerbt. Hella winkte der Erzieherin zu und machte sich auf den Weg zur Arbeit.

Als sie im Büro ihre E-Mails abrief, fiel ihr Blick sofort auf einen Betreff, der in Französisch verfasst war. Sie öffnete die E-Mail und fügte den Text in ein Übersetzungsprogramm ein. Vor etlichen Tagen hatte sie über Interpol bei den französischen Kollegen nachgefragt, ob für Jules Bernard alias Rüdiger Scharff Einträge vorlagen, und in dem Zusammenhang auch das Datum des Anschlages auf Gerhard Meyers Eltern mit durchgegeben.

Weder Bernard noch Scharff war vorbestraft, doch auf ihre zweite Frage bekam Hella eine überraschende Antwort: Jules Bernard hatte zu dem angegebenen Termin nach einem schweren Autounfall, den er selbst verursacht hatte, drei Wochen im Krankenhaus gelegen. Er kam somit definitiv nicht als Täter infrage.

Es war mehr als unwahrscheinlich, dass Gerhard Meyer an diese Information herangekommen war. Was bedeutete, dass er durchaus davon überzeugt sein konnte, dass Scharff für den Anschlag auf seine Eltern verantwortlich war. Wie würde er reagieren, wenn er von dem Krankenhausaufenthalt erfahren würde? Hella ging noch einmal ihre Aufzeichnungen durch, korrigierte ihre Befragungsstrategie und traf sich gegen elf mit Lars und Alina zu einer letzten Besprechung.

Phillip Averbeck, Meyers Anwalt, ein drahtiger Mann Mitte dreißig, begrüßte Hella und Christina von Kampen und überreichte ihnen seine Visitenkarte. »Mit der Staatsanwaltschaft haben wir jetzt gar nicht gerechnet.«

»Ich war zufällig in Wittmund«, sagte Christina von Kampen. »So ersparen wir uns die langen Berichte.«

Die kleine Lüge der Staatsanwältin klang so ehrlich, dass selbst Hella ihr geglaubt hätte, wenn sie es nicht besser gewusst hätte.

»Nun gut, bringen wir es hinter uns«, sagte der Anwalt, als sie sich zu viert am Tisch gegenübersaßen. »Ich möchte zuvor noch betonen, dass mein Mandant mehr als verwundert war, dass seine Wohnung und die Geschäftsräume durchsucht wurden. Aus unserer Sicht gibt es hierfür keinerlei Rechtfertigung. Wir haben allerdings von einer Dienstaufsichtsbeschwerde Abstand genommen, um die angespannte Atmosphäre nicht noch weiter zu verschlechtern. Wir gehen davon aus, dass mit diesem Gespräch heute die Angelegenheit geklärt sein wird.«

Hella setzte ihr freundlichstes Lächeln auf. »Auch wir sind daran interessiert, schnellstmöglich weiterzukommen. Zunächst möchte ich Ihnen für Ihr Kommen und Ihre Kooperation danken. Es haben sich in den letzten Tagen Fragen ergeben, die wir gerne direkt mit Ihrem Mandanten besprechen möchten.«

»Bitte!«, sagte Averbeck.

Hella wandte sich Gerhard Meyer zu. »Herr Meyer, Sie sind seit vielen Jahren mit Herrn Rüdiger Scharff befreundet gewesen.«

Meyer nickte.

»Sie haben ausgesagt, dass Sie keine Kenntnis über die berufliche Tätigkeit von Herrn Scharff vor seinem Ruhestand gehabt haben.«

Wieder nickte Meyer.

»Wussten Sie, dass Herr Scharff in jungen Jahren in der französischen Fremdenlegion gedient hat?«

Gerhard Meyer hatte seine Mimik im Griff, aber Hella bemerkte schon Anzeichen einer leichten Panik. Seine linke Hand zuckte unkontrolliert, er senkte seinen Blick.

»Fremdenlegion?«

»Ihr Freund war zehn Jahre in Frankreich und vielen anderen Ländern, vor allem in ehemaligen französischen Kolonien, stationiert.«

»Interessant«, sagte Meyer. »Ich kann Ihnen da aber nicht weiterhelfen. Rüdiger war, was seine Vergangenheit anging, ausgesprochen verschlossen.«

»Ihre Eltern sind in Togo einem Anschlag zum Opfer gefallen?«

»Ja.«

»Sie haben sich in den letzten Monaten ausführlich darüber informiert?«

Phillip Averbeck räusperte sich. »Frau Hauptkommissarin Brandt. Für mich ist nicht erkennbar, was das Schicksal der Eltern meines Mandanten mit dem Tod von Herrn Scharff zu tun haben sollte.«

Hella reagierte nicht auf den Einwand des Anwalts und fuhr fort. Sie holte die abfotografierten Dokumente, die sie auf Meyers Laptop gefunden hatten, aus einer Mappe und zeigte ihm zunächst die Seite mit dem Foto und den wenigen persönlichen Angaben von Alexander Wagner.

»Erkennen Sie das?«

Gerhard Meyer sah seinen Anwalt fragend an.

»Um was handelt es sich hier?«, fragte Averbeck.

Hella legte die nächste Seite auf den Tisch und ließ den Anwalt einen kurzen Blick darauf werfen, bevor sie das Dokument zurückzog.

»Was würden Sie sagen?«, fragte Hella.

»Da bin ich überfragt. Ich sehe aber nicht den geringsten Bezug zu dem Thema unseres Gesprächs.«

Hella wandte sich wieder an Gerhard Meyer. »Und Sie?«

Meyer schwieg. Er hat sich bewundernswert unter Kontrolle, dachte Hella. Nur ein geübtes Auge konnte sehen, dass Gerhard

Meyer innerlich erstarrt war. Er atmete schneller, seine Augenlider flatterten ganz leicht, und die Gesichtsfarbe hatte sich um eine Nuance aufgehellt.

Hella zeigte in schneller Folge alle Ausdrucke und legte sie wieder aufeinander, sodass nur noch Alexander Wagners Foto und seine Daten zu sehen waren.

»Kennen Sie diesen Mann?«, fragte Hella.

Meyer schüttelte den Kopf.

»Haben Sie mit ihm telefoniert?«

Meyer presste die Lippen aufeinander.

Sein Anwalt richtete sich auf. »Frau Brandt. Das geht jetzt zu weit. Entweder erklären Sie, was das soll, oder wir brechen hier das Gespräch ab.«

»Diese Dokumente wurden auf dem Laptop Ihres Mandanten gefunden. Sie sind nachweislich mit seinem Handy fotografiert und später sowohl vom Handy als auch vom Laptop gelöscht worden.«

»Ich wüsste nicht, was daran strafbar sein sollte«, sagte der Anwalt, schien aber etwas unsicherer als zuvor.

Hella legte Gerhard Meyer die Telefonliste vor, auf der die Nummer der Hamburger Reederei gelb markiert war. »Warum haben Sie diese Nummer angerufen?«

Meyer schaute nicht auf das vor ihm liegende Blatt. »Ich erinnere mich nicht.«

Hella klopfte mit dem Zeigefinger auf das Foto von Alexander Wagner. »Das ist der Eigentümer der Reederei in Hamburg, die Sie angerufen haben.«

Der Anwalt hatte inzwischen die Telefonliste zu sich hergezogen. »Es handelt sich hier um ein Zwanzig-Sekunden-Gespräch. Ich gehe einmal davon aus, dass mein Mandant sich verwählt hat und sich deshalb nicht mehr an diese Situation erinnert.«

»Haben Sie sich verwählt?«, fragte Hella Gerhard Meyer.

Er räusperte sich leise. »Ja, so wird es wohl gewesen sein.«

Hella schob eine weitere Liste über den Tisch. »Diese Nummer gehört zur Reederei Wagner. Sie sind angerufen worden und haben über eine Viertelstunde mit der Person gesprochen.«

»Mein Mandant erhält täglich Dutzende Anfragen von Personen, die Immobilien auf Spiekeroog besitzen oder vorhaben, eine solche zu erwerben. Er kann unmöglich sagen, wer dieser Anrufer gewesen ist. Im Übrigen kann ich mich nur wiederholen: Wenn Sie nicht bereit sind, den Grund Ihrer Fragen offenzulegen, werde ich meinem Mandanten raten, nicht zu antworten.«

Hella beschloss, einen Trumpf zu spielen, und deutete auf die vor ihr liegenden Ausdrucke. »Ihr Mandant hat diese Dokumente an Herrn Alexander Wagner verschickt. Das ist die Person, deren Daten Sie hier auf der ersten Seite sehen.«

Roland Radmeier hatte sich am Vormittag mit der guten Nachricht gemeldet, dass es ihnen gelungen war, einige gelöschte E-Mails wiederherzustellen. Darunter fand sich eine E-Mail mit Anhang, die Gerhard Meyer an Alexander Wagner geschickt hatte.

»Ich kann mir nicht vorstellen, dass das ein Zufall war«, fuhr Hella fort. »Sie?« Sie ließ dem Anwalt keine Zeit zu antworten. »Das Dokument wird von uns als Recherchematerial für einen Auftragsmord eingeschätzt. Ihr Mandant oder jemand, der seinen Laptop und sein Handy benutzt hat, hat dieses Dokument abfotografiert, Kontakt zu der Reederei aufgenommen und es später an Alexander Wagner geschickt.« Sie wandte sich an Gerhard Meyer. »Ich habe eine einfache Frage: Warum?«

»Ich möchte mich gerne mit meinem Mandanten unter vier Augen unterhalten«, intervenierte der Anwalt, bevor Gerhard Meyer sich zu Hellas Frage äußern konnte.

Hella warf einen Blick zu Christina von Kampen, die nickte. Beide Frauen standen auf, und Hella sagte: »Reicht Ihnen eine Viertelstunde?«

Außer Hörweite auf dem Flur gratulierte die Staatsanwältin Hella zu ihrer Gesprächsführung. »Meinen Respekt. Ich bin gespannt, wie es weitergeht. Glauben Sie, dass wir heute ein Geständnis bekommen?«

»Auf die eine oder andere Weise«, antwortete Hella auswei-chend. Hella war inzwischen nicht mehr so sicher, ob Gerhard Meyer als Täter infrage kam. Unabhängig von der Problematik, dass sie Meyer nicht nachweisen konnten, am Tatabend auf Spiekeroog gewesen zu sein, hatte sie Meyers Kontaktaufnahme mit Alexander Wagner irritiert. Meyer hatte sicher vorgehabt, Rüdiger Scharff zu schaden, ihn eventuell durch Alexander Wagner vor Gericht zu bringen, oder er hatte sogar auf seinen Tod spekuliert. Aber wäre er selbst bereit und fähig gewesen, Hand anzulegen, einen Mordplan zu entwickeln und ihn um-zusetzen?

»Eine sehr interpretationsfähige Antwort«, sagte die Staats-anwältin.

»Gerhard Meyer hat etwas mit dem Tod von Rüdiger Scharff zu tun. Davon bin ich überzeugt. Was genau, weiß ich noch nicht, und gleich wird sich zeigen, ob er und sein Anwalt wirk-lich zur Kooperation bereit sind. Wenn nicht, bleibt uns nur, Meyer gehen zu lassen oder ihn morgen dem Haftrichter vor-zuführen.«

»So manch einer hat nach einer Nacht in der Zelle geredet. Ist das Ihr Plan?«

31

Hella ahnte gleich beim Betreten des Vernehmungszimmers, worauf sich Anwalt und Mandant geeinigt hatten. Ehe sie oder die Staatsanwältin etwas sagen konnte, ergriff Phillip Averbeck das Wort.

»Mein Mandant wird keine weiteren Aussagen machen, bevor ich nicht die gesamte Ermittlungsakte einsehen konnte. Von unserer Seite ist die Befragung jetzt beendet.«

Hella warf Christina von Kampen einen Blick zu. Diese schüttelte fast unmerklich den Kopf, holte tief Luft und sah Gerhard Meyer an.

»Gerhard Meyer, hiermit nehme ich Sie vorläufig fest wegen des Verdachts der Tötung von Herrn Rüdiger Scharff. Sie werden in den nächsten vierundzwanzig Stunden einem Haftrichter vorgeführt, der über die Untersuchungshaft entscheiden wird.« Sie klärte ihn über seine Rechte auf und erhob sich.

Hella folgte ihr. »Sie können sich gerne noch mit Ihrem Anwalt beraten, bevor wir Sie in Haft nehmen.« Sie sah zwischen Meyer und Averbeck hin und her. »Haben Sie noch Fragen?«

Weder Averbeck noch Meyer war auf eine Inhaftnahme vorbereitet gewesen. Der Anwalt schluckte schwer und schien fieberhaft zu überlegen, wie er reagieren sollte. Meyer starrte mit offenem Mund und weit aufgerissenen Augen die Staatsanwältin an und stammelte: »Das ist … Das können … Ich habe Rüdiger nicht … Das war ich nicht.«

»Möchten Sie Ihre Aussage ergänzen?«, fragte Hella.

Es wurde ruhig im Raum. Schließlich nickte Meyer. Erst jetzt beugte sich sein Anwalt zu ihm hinüber und redete leise auf ihn ein. Meyer schüttelte vehement den Kopf und schob Averbeck von sich weg.

»Rüdiger war auf dem Festland und hatte mich gebeten, seine Blumen zu gießen und einen Blick aufs Haus zu werfen. Ich habe durch Zufall das da«, er zeigte auf Hellas Mappe, wo er die Dokumente vermutete, »gefunden und abfotografiert. Ich hatte einen Verdacht, was die Papiere bedeuteten, und habe mit Alexander Wagner Kontakt aufgenommen.« Meyer wurde mit jedem weiteren Wort ruhiger. Hatte seine Stimme beim ersten Satz noch leicht gebebt, klang sie jetzt fest und sicher. »Wagner bat mich, ihm die Dokumente zu schicken. Das habe ich getan. Es war vielleicht ein Fehler, den ich heute auch bereue. Was Rüdiger zugestoßen ist, habe ich so nicht gewollt. Mit dem Mord habe ich nichts zu tun.«

Hella entschloss sich, die Karten auf den Tisch zu legen. Sie waren an einem entscheidenden Punkt angelangt. Meyer hatte den Diebstahl und die Weiterleitung der Dokumente zugegeben. Jetzt kam es darauf an, die ganze Wahrheit zu erfahren. »Seit wann wissen Sie, dass Rüdiger Scharff nach seiner Zeit als Fremdenlegionär Auftragsmorde ausgeführt hat?«

Meyer zögerte, reagierte aber nicht auf die Hand, die sein Anwalt ihm auf den Arm gelegt hatte. Schließlich räusperte er sich. »›Wissen‹ ist zu viel gesagt. Ich habe in Frankreich einen Mann kennengelernt, der ebenfalls bei der Fremdenlegion gedient hat. Er hat mir von einem Kameraden, einem Deutschen, erzählt, der diesen Weg eingeschlagen hat. Der Mann hat mir Fotos aus seiner Zeit in der Fremdenlegion gezeigt. Auf einem war auch Rüdiger zu sehen. Er war jung, aber ich war mir sicher, dass er es war. Trotzdem, ich konnte mir einfach nicht vorstellen, dass Rüdiger«, Meyer suchte nach den richtigen Worten, »also, dass er Menschen für Geld ermordet hat. Ich kann es immer noch nicht glauben, und vielleicht verhält es sich auch ganz anders.«

»Ihre Eltern sind bei einem Mordanschlag getötet worden«, sagte Hella. »Haben Sie Rüdiger Scharff verdächtigt, etwas damit zu tun zu haben?«

Gerhard Meyer schwieg. Er schien nicht mit dieser Frage gerechnet zu haben.

»Ihre Recherchen weisen darauf hin, dass Sie zumindest den Verdacht hatten, dass Herr Scharff …«

»Wäre das so abwegig?«, fiel Meyer ihr ins Wort. »Es passt alles. Er war häufiger in Togo und anderen afrikanischen Staaten. Das hat er mir selbst erzählt.«

Der Anwalt versuchte weiter, seinen Mandanten zur Zurückhaltung zu bewegen, aber Meyer ignorierte ihn.

Hella beugte sich leicht vor. »Sie haben ein starkes Motiv, Sie waren körperlich in der Lage, die Tat auszuführen, und Ihr Alibi wackelt gehörig.«

Gerhard Meyer schüttelte mit verzweifelter Miene den Kopf. »Ich war es nicht. Ich war in Oldenburg. Wie soll ich denn nach Spiekeroog gekommen sein und wieder zurück nach Oldenburg? Mein Boot lag die ganze Zeit im Inselhafen.«

»Die Zeitspanne, in der Sie mit niemandem in Oldenburg Kontakt hatten, war groß genug, um die Tat auszuführen. Sie sind weder beim Frühstück gesehen worden noch beim Verlassen des Hotels. Ihr Alibi taugt nichts. Im Gegenteil: Es sieht danach aus, als wenn Sie sich absichern wollten mit dem Termin in Oldenburg. Sie hätten doch vollkommen problemlos am selben Tag hinfahren können. Wir haben die Fährzeiten überprüft. Selbst mit der regulären Fähre wären Sie rechtzeitig vor zwölf Uhr in Oldenburg gewesen, mit der Schnellfähre sogar schon um zehn Uhr am Vormittag. Motiv, Mittel, Gelegenheit. Alles weist auf Sie als Täter. Haben Sie Rüdiger Scharff getötet?«

Für mehrere Sekunden war es vollkommen ruhig im Vernehmungsraum. Alle Anwesenden schienen den Atem anzuhalten, niemand rührte sich.

»Ich war bei einer Frau«, durchbrach Meyer die entstandene Stille.

»Wie ist ihr Name?«

»Das kann ich Ihnen nicht sagen. Sie ist verheiratet und hat zwei Kinder. Wenn das herauskommt …«

»Herr Meyer, Ihnen droht eine Anklage wegen Mordes. Da sollte es doch möglich sein, dass die Frau eine Aussage macht.«

»Sichern Sie mir zu, dass ihr Mann nichts davon erfährt?«

»Von uns nicht. Dazu besteht keine Notwendigkeit.«

Meyer zögerte einen Augenblick, nickte dann aber. »Kann ich kurz telefonieren?«

Zwei Stunden später verließ Gerhard Meyer das Wittmunder Kommissariat, nachdem die Bestätigung des Alibis aus Oldenburg gekommen war. Sabine Leiser war an ihrem Arbeitsplatz befragt worden und hatte bestätigt, dass sie in der Tatnacht von zwanzig Uhr bis kurz nach zehn Uhr am nächsten Morgen mit Gerhard Meyer zusammen gewesen war. Gerhard Meyers Nachbarin, die ihn an dem besagten Abend gesehen haben wollte, musste sich geirrt haben.

»Ich schlage vor, wir geben den Fall an das LKA Niedersachsen und das LKA Hamburg ab«, sagte Hella bei ihrer Nachbesprechung mit der Staatsanwältin. »Im Moment weist alles darauf hin, dass Alexander Wagner den Mord an Rüdiger Scharff in Auftrag gegeben hat.«

»Wir sollten noch ein, zwei Nächte darüber schlafen«, schlug Christina von Kampen vor. »Sie gehen am Montag zur Testamentseröffnung und kommen anschließend nach Aurich. Ich werde Kriminaldirektor Onken informieren. Ich gehe davon aus, dass er auch an der Entscheidungsfindung beteiligt sein möchte.«

»Ich auch«, sagte Hella. Sie verabschiedete sich von der Staatsanwältin und ging zurück in ihr Büro.

Am offenen Fenster spürte sie ihren Empfindungen nach. Der Mord an Rüdiger Scharff war nicht der erste Fall, den sie nicht zu Ende bringen würde. Es kam nicht selten vor, dass das LKA übernahm oder ein Fall ungelöst zu den Akten gelegt wurde. Auch ihr erster großer Fall als Wittmunder Hauptkommissarin war offiziell als ungeklärt eingestuft worden. Das Opfer hatte ebenfalls auf Spiekeroog gelebt. Während der Ermittlungen hatte Hella Leon kennengelernt und sich später in ihn verliebt. Zweimal Spiekeroog – beide Male ein ungeklärter Fall?

War sie frustriert, dass sie den Fall abgeben musste? Im Moment empfand sie weder Enttäuschung noch Erleichterung. In den nächsten Tagen würde sich zeigen, wo die Reise hinging.

Als jemand an ihre Tür klopfte, schloss sie das Fenster und bat Lars und Alina herein. »Da seid ihr ja!« Hella hatte ihre beiden Kollegen in den Pausen kurz ins Bild gesetzt. Die eigentliche Vernehmung hatten sie über einen Bildschirm verfolgt.

»Wir haben die Recherchen bei den Sporthäfen eingestellt«, sagte Lars. »Das scheint ja jetzt nicht mehr relevant zu sein.«

»Nein. Die Frau in Oldenburg hat glaubhaft bestätigt, dass sie die ganze Zeit mit Meyer zusammen war. Sie hat seit einem halben Jahr ein Verhältnis mit ihm, was der Ehemann nicht erfahren darf. Sie haben zwei Kinder, und die Frau wird im Falle einer Scheidung mittellos dastehen. Meyer und sie haben sich in einem Hotel außerhalb von Oldenburg getroffen. Auch das ist inzwischen von den Kollegen in Oldenburg bestätigt worden, die in dem Hotel nachgefragt haben und Meyers Foto dabeihatten. Warum er trotzdem noch selbst ein Hotel gebucht hat, wissen wir nicht. Vielleicht war der Frau das Hotel in Oldenburg zu gefährlich, da sie dort gesehen werden konnte. Letztlich ist das jetzt auch nicht mehr so wichtig.«

»Verdammter Idiot«, murmelte Lars. »Warum ist er da nicht gleich mit rausgerückt? Das hätte uns einen Haufen Arbeit erspart. Eine Nacht in der Zelle wäre die geringste Strafe dafür gewesen.«

»Geht's noch? Es ist sein gutes Recht zu schweigen«, warf ihm Alina an den Kopf und wandte sich an Hella. »Wir sind raus? Übernimmt jetzt tatsächlich das LKA?«

»Endgültig möchte die Staatsanwältin das am Montag nach der Testamentseröffnung zusammen mit Onken und mir entscheiden. Ich glaube aber, dass es darauf hinauslaufen wird.«

»Keine Chance mehr für uns?«, fragte Alina. »Wir können auch Überstunden machen. Es muss doch …«

»Nein«, unterbrach Hella sie. »Ihr habt fantastisch gearbeitet. Uns kann niemand einen Vorwurf machen. Die Dimensionen des Falls übersteigen einfach unsere Möglichkeiten. Bis Montag bringt ihr die Unterlagen auf den neuesten Stand, damit sie dann nach Hannover und Hamburg verschickt werden können. Es tut mir leid, aber dieses Mal müssen wir uns geschlagen geben.«

»Wie geht es dir damit?«, fragte Leon, der aufmerksam Hellas kleinem Bericht zugehört hatte.

»Im Moment noch gut. Ich hoffe, es bleibt so.«

»Ihr drei habt in den letzten Jahren so erfolgreich zusammengearbeitet. Es ist verdammt schade, dass ihr jetzt klein beigeben müsst.«

»Man kann nicht immer gewinnen.«

Leon sah sie erstaunt an. »Und das von dir? So kenne ich dich gar nicht.«

»Ich weiß. Aber irgendwie ist die Luft raus. Vielleicht hängt es mit unserer Auszeit zusammen. Oder mit dem Vorfall in Hamburg. Keine Ahnung. Am Montag muss ich noch mal nach Spiekeroog zur Testamentseröffnung. Anschließend nach Aurich. Da wird dann zusammen mit der Staatsanwältin und Onken alles beschlossen. Dieses Mal wohl ohne große Pressekonferenz.«

»Sei froh. Du hast dich doch nie so richtig wohlgefühlt vor der ganzen Meute.«

»Stimmt. Darauf verzichte ich nun wirklich gerne. Einiges andere aber wird mir fehlen.«

»Wir kommen ja wieder nach Hause. Ich glaube kaum, dass Onken es wagen wird, dich nach Aurich zu versetzen. Der hat Angst vor dir, glaub mir.«

»Angst?« Hella lachte kurz auf. »Ja, vielleicht hast du recht. So habe ich es noch gar nicht betrachtet.«

32

Hella stellte ihren Dienstwagen auf dem kleinen Parkplatz direkt am Fährhaus ab. In einer halben Stunde würde die Fähre »Spiekeroog II« ablegen und gegen zehn Uhr am Inselhafen ankommen. Die kurze Fahrt von ihrer Bauernkate hinter dem Deich nach Neuharlingersiel hatte sich wie ein Abschied angefühlt. War dieser Kurztrip der vorerst letzte Besuch auf ihrer Lieblingsinsel? Kriminaldirektor Onken hatte bei einem kurzen Telefongespräch am Morgen signalisiert, dass er dem Sabbatjahr zustimmen würde, wenn sie ihm zusicherte, nach einem Jahr auf ihre Stelle zurückzukehren.

Am Wochenende hatte sie das Grübeln über den Fall nicht ganz abstellen können. Tief drinnen spürte sie, dass sie etwas übersehen hatte. War es ein Hinweis, der Alexander Wagner überführen konnte? Hatte er in ihrem kurzen Gespräch etwas erwähnt, was ihn verraten hätte? Gerhard Meyer schloss sie inzwischen vollkommen als Täter aus. Er war mit Sicherheit ein wichtiges Bindeglied und hatte unter Umständen durch seine Kontaktaufnahme zur Reederei und das Weiterschicken der Dokumente eine Lawine ausgelöst, aber mehr als eine unterschwellige Hoffnung, dass Rüdiger Scharff auf die eine oder andere Weise zu Schaden kommen könne, traute Hella ihm nicht mehr zu.

Bei der abschließenden Befragung hatte Meyer zugegeben, dass er seinen väterlichen Freund in Verdacht gehabt hatte, seine Eltern ermordet zu haben. Er hatte erzählt, dass die Begegnung mit dem ehemaligen französischen Fremdenlegionär etwas in ihm in Gang gesetzt habe, seitdem hatte plötzlich jede Bemerkung von Scharff einen Bezug zu Togo und seinen Eltern gehabt. Er sei sich immer sicherer geworden, dass Scharff nicht zufällig auf die Insel gekommen war, sondern durch seine Nähe zu ihm, dem Sohn des von ihm getöteten Paars, etwas wiedergutmachen wollte. Rückblickend hatte er jede finanzielle Unterstützung und alle aufmunternden Worte von Scharff misstrauisch beäugt. Als Hella ihm offenbart hatte, dass Rüdiger Scharff nicht für den Mord an seinen Eltern verantwortlich sein konnte, war Meyer regelrecht zusammengebrochen und hatte über Minuten betroffen geschwiegen.

Hella ging zum Fähranleger und stellte sich in der Reihe an. Pünktlich wurde die Schranke gehoben, und die Fahrgäste strömten auf die Fähre. Sie trat an die Reling und beobachtete das Ablegen des Schiffes. Wenn sie allein auf eine der Inseln fuhr und das Wetter es erlaubte, stand sie jedes Mal draußen und genoss den Wind und die Weite des Wattenmeeres.

Ihre Gedanken kehrten zurück zum Fall. Was hatte sie übersehen? Oder war das Gefühl nur eine Reflexhandlung auf die Einstellung der Ermittlungen?

Ein Paar, kaum älter als zwanzig Jahre, gesellte sich zu ihr an die Reling und begann, sich über das Studium der Frau zu unterhalten. Sie schien in Berlin auf die Freie Universität zu gehen, während ihr Freund in Leipzig studierte.

»Ulla zieht in einem Monat aus«, sagte die Frau. »Sie hat jetzt den Studienplatz in Frankfurt bekommen. Ich habe angekündigt, dass du das Zimmer haben möchtest. Das war doch richtig, oder?«

»Ich habe noch keine Zusage von der Uni. Das weißt du doch.«

»Aber den Antrag hast du doch gestellt?«

»Ja, natürlich«, sagte der junge Mann mit leicht genervter Stimme. »Ich kann ja auch erst mal zusagen. Für zwei, drei Monate halte ich das finanziell durch. Mein Auto wollte ich sowieso verkaufen. Das sollte noch einige Tausender bringen.«

»Apropos Auto: Hatte ich dir eigentlich erzählt, dass Ulla letzte Woche beinahe überfahren wurde?«

»Wie das denn?«

»Sie weiß auch nicht, was genau passiert ist. Auf jeden Fall kam ein Auto ins Schleudern und …«

Hella verließ ihren Platz an der Reling und bekam nicht mehr mit, was der Freundin der jungen Frau passiert war.

»Also ist Gerhard Meyer unschuldig?«, fragte Gerrit Eilers, nachdem Hella ihn in der Spiekerooger Polizeistation bei einem Kaffee auf den neuesten Stand gebracht hatte.

»Ob das Entwenden der Dokumente und das spätere Verschicken an Fremde ein juristisches Nachspiel haben wird, muss die Staatsanwältin entscheiden. Es könnte im schlimmsten Fall auf Beihilfe zum Mord hinauslaufen. Ich denke aber, dass er glimpflich davonkommt. Die eigentliche Tat hat er definitiv nicht begangen.«

»Er ist aber letztlich schon verstrickt in die ganze Angelegenheit?«

Hella nickte. »Eventuell würde Rüdiger Scharff noch leben, wenn Meyer die Unterlagen nicht gefunden hätte.«

»Herr Scharff wollte Ihrer Schilderung nach den Auftrag nicht ausführen. Oder habe ich Sie falsch verstanden?«

»Das legt sein Verhalten in den Wochen vor seinem Tod nahe.«

»Hätten die Auftraggeber das durchgehen lassen, oder wäre über kurz oder lang jemand auf Spiekeroog aufgetaucht, der Rüdiger Scharff zum Schweigen gebracht hätte?«

»Auch die Frage kann ich nicht wirklich beantworten.«

Hella stand auf. In diesem Augenblick fiel ihr ein Foto an der Wand auf. Gerrit Eilers stand in einer kleinen Gruppe von vier Männern und einer Frau vor dem Brandenburger Tor. Sie starrte auf das Foto. Berlin? Das Gespräch des jungen Pärchens auf der Fähre kam ihr in den Sinn. Schlagartig wurde ihr klar, was sie die ganze Zeit übersehen hatte.

Sie ließ sich einen Schreibtisch geben und loggte sich in die Datenbank der Wittmunder Kriminalpolizei ein. Nachdem sie einige Protokolle und Berichte durchgegangen war, rief sie bei den Berliner Kollegen der Verkehrspolizei und des LKA an.

Kurz vor zwölf Uhr stand Hella vor Hindrik Kruskopps Haus. Da sie sicher war, dass Kruskopp nicht zur Testamentseröffnung erscheinen würde, war sie direkt zu ihm nach Hause gegangen.

Der alte Professor öffnete ihr die Tür, trat schweigend zur Seite und bat Hella mit einer Handbewegung in die Küche.

»Trinken Sie eine Tasse Tee mit mir?«, fragte Kruskopp.

»Gerne«, sagte Hella und setzte sich auf die Bank am Tisch.

»Sie sind wegen der Testamentseröffnung auf der Insel?«

»Ja, aber ich habe mich kurzfristig umentschieden und bin zu Ihnen gekommen.«

Kruskopp nickte und goss das heiße Wasser in die Teekanne. Er stellte Teetassen auf den Tisch und reichte Hella den Kluntje-Pott. Sie legte sich eins der Kristallzuckerstücke in die Tasse und sah ihrem Gastgeber zu, wie er das Teelicht im Stövchen anzündete und die gefüllte Teekanne daraufstellte. Kruskopp schenkte Hella ein, sie ließ vorsichtig die Teesahne in die braune Flüssigkeit gleiten und sah der Wolkenbildung der Sahne zu.

»Möchten Sie mir von Frau von Otten erzählen?«, fragte Hella in die entstandene Stille hinein.

Hindrik Kruskopp ließ sich Zeit. Er trank von seinem Tee, goss Hella und sich nach und sah schließlich auf. »Wir haben uns bei der Arbeit kennengelernt.« Der alte Professor lächelte matt. »Wie so viele Paare in unserem Land.«

»Wie lange vor ihrem Tod war das?«

»Zwei Jahre, vier Monate und zweiundzwanzig Tage. Es hat fast ein halbes Jahr gedauert, bis ich den Mut hatte, Sibylle zum Essen einzuladen. Ich habe mit einem Korb gerechnet, aber sie hat gelächelt und gefragt, ob wir am selben Tag essen gehen können. So war Sibylle. Offen und direkt. Sie hat mich an diesem Abend zum Abschied geküsst. Ich hätte es niemals gewagt, und genau das hat sie gewusst.« Er sah Hella unverwandt an. »Ich konnte die ganze Nacht nicht schlafen. Zum Glück hatte ich weder Dienst noch Bereitschaft. Ich habe Sibylle dann um kurz nach sieben am nächsten Morgen angerufen und zum Frühstück in ein Café eingeladen. Es wurde ein langes Frühstück und ein noch längerer Spaziergang. Obwohl es über zwanzig Jahre her ist, kann ich mich an jede Einzelheit dieser ersten Tage erinnern. An jede Minute, an das Gefühl, über beide Ohren in dieses unglaublich schöne und zarte Wesen verliebt zu sein, das unbeschreibliche Glück, die Frau meines Lebens gefunden zu haben. Die folgenden Wochen und Monate habe ich wie im Rausch erlebt. Jeden Morgen, wenn Sibylle neben mir lag, habe ich an einen Traum gedacht, aus dem ich gleich aufwachen würde. Aber es war real, unsere Liebe und das Leben, das wir planten. Ich wollte mit siebzig kürzertreten, sie, obwohl sie noch weit über zehn Jahre bis zum Rentenalter gehabt hätte, wollte nur noch in Teilzeit arbeiten. Fünf Jahre später sollte es nach Spiekeroog gehen. Sie liebte diese Insel, meine Insel, unsere Insel. Ich bin dann alleine hergekommen, gebrochen für alle Zeiten. Sibylle war tot, ich starb jeden Tag, wenn ich aufwachte und sie nicht neben mir lag. Es hat viele Jahre gedauert, bis ich mich wieder fühlen konnte, bis ich in den Spiegel sehen konnte und mich erkannt habe. Meine Insel hat mir geholfen, das Watt, die Nordsee, der Wind und die Sonne. Ohne sie hätte ich es nicht geschafft.«

»Haben Sie gleich, als Gerhard Meyer Ihnen von seinem Fund im Haus von Rüdiger Scharff erzählt hat, daran gedacht, dass Ihr Freund für den Tod Ihrer Lebensgefährtin verantwortlich war?«

»Nennen Sie ihn nicht meinen Freund. Er wollte es sein, er wollte etwas wiedergutmachen, als er auf meine Insel zog. Er ist ein Mörder, kein Mensch. Seine Gefühle hat er nur vorgetäuscht, um seine schwarze Seele ein wenig zu besänftigen.«

»Wann und wie sind Sie darauf gekommen?«, wiederholte Hella ihre Frage.

»Der Gedanke daran kam langsam und hat mich dann aber nicht wieder losgelassen. Ich habe mir gesagt, dass es abwegig ist, dass er auch für den Mord in Berlin verantwortlich war. Immer wieder, aber es hat nicht geholfen. Was blieb, außer ihn direkt zu fragen? An diesem Abend vor drei Wochen habe ich ihn zur Rede gestellt. Und er hat geantwortet. Hat versucht, sich herauszureden, ein Unfall, die glatten Straßen, die Dunkelheit, seine Aufregung. Er hat mir erzählt, dass es ihm keine Ruhe gelassen habe, dass er sein Mörderhandwerk an den Nagel gehängt habe und mich kennenlernen wollte.«

»Rüdiger Scharff war damals nicht wegen der Wattwanderung da, sondern wegen Ihnen.«

»Ja. Erst danach hat er sich entschieden, ein Haus auf der Insel zu kaufen. Er wollte in meiner Nähe sein und glaubte doch wirklich, er könne so seine feige Tat wiedergutmachen.«

»Sie hatten an diesem Abend geplant, Rüdiger Scharff zu töten, und ihm heimlich die K.-o.-Tropfen in den Wein getan?«

»Nein, die Tropfen hat er selbst gekauft. Er wollte selbst Hand an sich legen, war aber zu feige. Ich habe ihm nur assistiert.«

Hella sah Hindrik Kruskopp erstaunt an. »Wollen Sie mir wirklich sagen, dass …?«

»Nein«, unterbrach Kruskopp sie. »Wir haben eine Stunde miteinander gesprochen. Er war bereit, seine gerechte Strafe anzunehmen. Er hat mich dann gebeten, ihm die notwendige Anzahl an Tropfen in den Wein zu geben, eine tödliche Dosis sozusagen.«

»War sie tödlich?«

Kruskopp schüttelte den Kopf. »Nein, ich habe es so dosiert, dass er sich nicht wehren konnte. Als er schläfrig wurde, habe ich ihm gesagt, dass ich ihn töten würde. Mit meinen eigenen Händen.«

»Wie hat Herr Scharff reagiert?«

»Gar nicht. Dazu war er nicht mehr in der Lage.«

»Sie haben ihn erstickt?«

»Ja. Sie werden meine DNA auf dem Kissen finden.«

»Warum haben Sie alles so aussehen lassen, als wäre Herr Scharff eines natürlichen Todes gestorben, aber das Kissen vergessen?«

»Das ist eine gute Frage. Vielleicht wollte ein Teil von mir, dass er nicht so davonkommt und seine Vergangenheit bekannt wird. Erst dachte ich, ich könnte mich vor meiner Verantwortung drücken. Ich habe die Weinflasche aufgefüllt, sein Glas gespült und die K.-o.-Tropfen verschwinden lassen. Aber als ich Sie kennengelernt habe, war mir gleich klar, dass Sie alles ans Licht bringen würden. Ich wusste, dass Sie eines Tages vor meiner Tür stehen und mir die Wahrheit ins Gesicht sagen würden.« Er hielt kurz inne. »Es tut mir übrigens leid für Herrn Meyer, dass er verdächtigt wurde.«

»Hat er Ihnen davon erzählt?«

»Ja, gestern Abend war er bei mir. Hätte ich gewusst, dass er kurz vor der Verhaftung stand, hätte ich mich natürlich sofort gestellt.«

Sie saßen eine Weile schweigend da, schließlich gab Hella sich einen Ruck. »Ich muss Sie vorläufig festnehmen.« Sie klärte Kruskopp über seine Rechte auf. »Gerrit Eilers wird Sie mit der nächsten Fähre nach Neuharlingersiel bringen. Dort warten meine Kollegen auf Sie. Morgen werden Sie dem Haftrichter vorgeführt. Ich empfehle Ihnen dringend, einen Anwalt hinzuzuziehen.«

»Habe ich noch Zeit, ein paar Sachen zu packen?«

»Selbstverständlich. Allerdings darf ich Sie nicht alleine lassen.«

Hindrik Kruskopp lächelte matt. »Sie brauchen keine Angst zu haben. Wenn ich Suizid hätte begehen wollen, hätte ich es längst getan. Ich werde mit Ihnen kommen und mich für meine Tat verantworten.«

33

Nachdem Hella Hindrik Kruskopp an ihren Inselkollegen übergeben hatte, machte sie sich auf den Weg zu Rüdiger Scharffs Haus. Sie hatte den Notar Bargstädt telefonisch gebeten, auf sie zu warten.

»Guten Tag, Frau Brandt«, begrüßte sie Bargstädt. »Ich hatte Sie eigentlich zur Verlesung des Testaments erwartet.«

»Tut mir leid, mir ist etwas dazwischengekommen. Könnten Sie mir bitte das Schreiben von Herrn Scharff zeigen?«

Wolfgang Bargstädt nickte. »Selbstverständlich. Laut richterlichem Beschluss sind Sie dazu berechtigt. Wollen wir in die Küche gehen?«

Liebe Freunde, es ist ein trauriger Anlass, weswegen ihr heute hier zusammentrefft.

Der Tod ist die einzige Gewissheit, die wir Menschen im Leben haben. Ich möchte euch bitten, gemeinsam meine Beerdigung zu organisieren und dafür zu sorgen, dass ich auf Spiekeroog meine letzte Ruhe finde. Sollte das nicht möglich sein, ziehe ich eine Seebestattung vor.

Erlaubt mir, noch ein paar Worte an jeden Einzelnen zu richten.

Ich möchte mit meinem Freund Hindrik anfangen. Du warst über die vielen Jahre mein stiller Begleiter. Du hast nicht viele Worte gemacht, aber wenn ich dich um Rat gefragt habe, warst du da. Ich habe in meinem vorherigen Leben große Schuld auf mich geladen. Ich versuchte, ein klein wenig von dieser übergroßen Schuld zu begleichen. Ich hoffe, dass ich dir, Hindrik, auch ein Freund sein konnte und du das eine oder andere Mal an mich denken wirst. Es war mir eine Ehre, dich kennengelernt zu haben und dich als Freund bezeichnen zu dürfen.

Gerhard, du bist mir über die Jahre so ans Herz gewach-
sen, als wärst du mein eigener Sohn. Ich habe dein Leben
und deine Arbeit verfolgt und hoffe, dass du mich in guter
Erinnerung behalten wirst. Ich habe dir einen Großteil
meines Erbes vermacht. Ich bin mir sicher, dass du ver-
antwortlich damit umgehen und auch privat bald dein
Glück finden wirst. Du bist ein Mann mit Ecken und Kan-
ten, aber im Grunde deines Herzens ein sehr sanftmütiger
Mensch, dem ich noch viele glückliche Jahre wünsche. Du
warst mir ein Sohn und ein Freund. Ich habe jede unse-
rer Begegnungen genossen und gefühlt, dass ich endlich
meine Familie gefunden habe. Dafür bin ich dir unendlich
dankbar.
Liebe Dörte, wir beide sind nicht das geworden, was du dir
von uns erhofft hast. Ich hatte Angst, den letzten Schritt
zu machen, Angst vor mir selbst und vor allem Angst,
dass ich dich irgendwann verletzen würde. Das wäre un-
weigerlich passiert. Und das ist das Allerletzte, was ich
gewollt hätte. Du bist die bezauberndste Frau, der ich je
begegnet bin. Ich bewundere und liebe dich. Aber glaub
mir, es war besser so, wie es gekommen ist. Das Einzige,
was ich bereue, ist, dass wir uns nicht vierzig Jahre früher
kennengelernt haben.
Britta, du bist eine faszinierende Frau, und es tut mir
schrecklich leid, dass ich nicht ehrlich zu dir war. Ich mag
dich sehr, und ich habe jede einzelne Stunde mit dir ge-
nossen. Vielleicht kannst du mir verzeihen – ich hoffe es
so sehr.
Liebe Freunde, ich habe in euch allen eine neue Heimat ge-
funden und mit eurer Hilfe das vorherige Leben hinter mir
lassen können. Dafür kann ich euch nicht genug danken.
Ohne euch hätte ich nie das richtige Leben kennengelernt.
Haltet mich in guter Erinnerung
Euer Rüdiger Scharff

Wolfgang Bargstädt räusperte sich leise, als Hella aufblickte. »Soll ich Ihnen eine Kopie des Schreibens zukommen lassen?«

»Es wäre nett, wenn Sie es an die Kriminalpolizei in Wittmund weiterleiten könnten.«

»Gerne.«

»Wie waren die Reaktionen der Erben?«

»Herr Kruskopp war leider nicht da. Vielleicht geht es dem alten Herrn gesundheitlich nicht so gut. Ich werde ihm die Dokumente direkt zuschicken.« Der Notar hielt kurz inne. »Die drei anderen Erben waren sehr ergriffen von Herrn Scharffs Worten. Allen voran Herr Meyer, der wohl nur mit Mühe die Tränen zurückhalten konnte. Frau Dirksen ließ ihren Emotionen freien Lauf. Ich musste die Verlesung sogar kurz unterbrechen.«

»Und Frau Joken?«

»Sie war sehr tapfer, würde ich sagen. Sie hat später zusammen mit Frau Dirksen das Haus verlassen. Es schien mir so, als wenn beide sich gegenseitig gestützt haben.«

Hella stand auf. »Dann bleibt mir nur noch, Ihnen für Ihre Kooperation zu danken.« Sie verabschiedete sich von dem Notar und ging die Straße hinunter Richtung Inseldorf. Einem plötzlichen Impuls folgend, machte sie auf halber Strecke kehrt und nahm den nächsten Weg zum Strand.

34

»Totschlag?«, fragte Alina, als sie einige Tage später bei Hella im Garten zu viert grillten.

Hella nickte. »Die Staatsanwältin hat Kruskopps Aussage Glauben geschenkt, dass er die Tat nicht geplant hatte und es spontan dazu kam, als Scharff ihm gestanden hat, dass er für den Tod seiner Lebensgefährtin verantwortlich war.«

»Und er ist jetzt aus der U-Haft entlassen worden?«, fragte Lars.

»Ja, heute Morgen. Angesichts seines hohen Alters und der zu erwartenden Strafe ist er bis zum Urteil auf freiem Fuß.«

»Wie ist Kruskopp eigentlich darauf gekommen, dass Scharff der Unfallverursacher war?«

»Die Kollegen in Berlin hatten damals bereits die Vermutung, dass der Anschlag auf den Banker etwas mit dem Unfall zu tun haben könnte. Beides hatte sich am selben Tag in der Nähe der Charité ereignet. Kruskopp ist das damals auch zu Ohren gekommen. Auch war von einem Auftragsmörder, der international tätig war, die Rede. Dass es ihm dann, nachdem er von Meyers Verdacht gehört hatte, keine Ruhe mehr gelassen hat, ist durchaus verständlich.«

»Tragisch«, sagte Alina. »Und verrückt, mit welcher Schuld Scharff die ganzen Jahre gelebt hat. Er muss doch gesehen haben, wie der alte Professor unter dem Tod seiner Lebensgefährtin litt.«

»Wie viele Jahre wird er bekommen?«, fragte Lars.

»Das kann ich nicht sagen. Aber die Staatsanwältin scheint mir nicht auf die Höchststrafe von zehn Jahren aus zu sein. Ich tippe, dass sie auf zwei oder drei Jahre plädieren wird.« Hella hielt kurz inne. »Ich habe auch noch mit dem LKA Hamburg telefoniert. Der Anschlag auf Wagner ist noch nicht aufgeklärt. Es wird wohl schwierig werden, auch weil Wagner nicht gerade kooperativ ist. Aber das ist zum Glück nicht unsere Baustelle.«

»Verrückter Fall«, sagte Lars und trank einen kräftigen Schluck aus der Bierflasche.

Hella bemerkte Leons auffordernden Blick und nickte ihm zu.

»Ich habe noch etwas zu sagen«, begann sie. Alina und Lars sahen sie verwundert an. »Leon, Jella und ich werden kurz nach Weihnachten für ein Jahr Deutschland verlassen. Die Genehmigung für mein Sabbatjahr ist seit gestern durch.«

Lars stellte die Flasche ab, Alina schien für einen Augenblick geschockt, fing sich aber gleich wieder.

»Wir haben schon damit gerechnet«, fand Lars als Erster die Sprache wieder. »Und wir hoffen natürlich, dass du wiederkommst.«

»Und wir verstehen auch«, fügte Alina hinzu, »dass du, dass ihr das jetzt machen wollt. Es wird bestimmt ein tolles Jahr für euch drei.«

Hella kämpfte mit den Tränen und wischte sich die feuchten Augen trocken. »Danke. Ich habe lange überlegt, aber jetzt …« Sie schluckte. »Also, entweder jetzt oder nie.«

»Und natürlich kommen wir wieder«, sagte Leon, der inzwischen seinen Platz am Grill verlassen hatte und neben Hella stand. Er legte seinen Arm um ihre Schulter und küsste Hella auf die Wange.

Hella nickte. »Ja, wir kommen wieder!«

Die Romane von Erfolgsautorin Rieke Husmann im Überblick

Inselruhe
Hella Brandts 1. Fall
ISBN 978-3-7408-0365-0

Inselwahn
Hella Brandts 2. Fall
ISBN 978-3-7408-0570-8

Inselnebel
Hella Brandts 3. Fall
ISBN 978-3-7408-0638-5

Inselerbe
Hella Brandts 4. Fall
ISBN 978-3-7408-0867-9

Inselkälte
Hella Brandts 5. Fall
ISBN 978-3-7408-0956-0

Inselwind
Hella Brandts 6. Fall
ISBN 978-3-7408-1129-7

Inselschuld
Hella Brandts 7. Fall
ISBN 978-3-7408-1323-9

www.emons-verlag.de

Inselstille
Hella Brandts 8. Fall
ISBN 978-3-7408-1462-5

Inselangst
Hella Brandts 9. Fall
ISBN 978-3-7408-1807-4

Inselwut
Hella Brandts 10. Fall
ISBN 978-3-7408-1953-8

www.emons-verlag.de